*Sigrid-Maria Größing*

DER GOLDENE APFEL

Sigrid-Maria Größing

# DER GOLDENE APFEL

*Geschichten aus der Geschichte*

AMALTHEA

*Meinem Mann
gewidmet*

# Inhalt

# Der Freitag war
# ein schwarzer Tag für ihn

*Denn an einem Freitag, am 26. August 1278 fiel der umstrittene böhmische König Ottokar Přemysl nach der verlorenen Schlacht zwischen Dürnkrut und Jedenspeigen aus Privatrache durch die Hand eines Mörders.*

Er war ein dynamischer junger Mann voller Pläne und Ziele gewesen, die er teilweise mit brutaler Gewalt durchzusetzen versucht hatte. Dabei kam es ihm in keiner Weise auf die Mittel an, die ihn zum Erfolg führen sollten. Schon in seiner Jugendzeit fiel Ottokar durch seine ungezügelte Rauflust auf, die auch den Eltern König Wenzel I. und seiner Gemahlin Kunigunde von Schwaben Sorge bereitete. Denn der aufgeweckte Knabe, der wahrscheinlich im Jahre 1233 das Licht der Welt erblickt hatte, fand nicht nur Grund, sich mit Gleichaltrigen im Kampfe zu messen, er legte sich auch schon sehr bald mit dem eigenen Vater an, obwohl sein Erzieher, Philipp von Kärnten, immer wieder versuchte, den unbändigen jungen Mann in die Schranken zu weisen und ihm eine entsprechende Bildung zu vermitteln. Bis heute ist es nicht klar, ob Ottokar lesen und schreiben konnte, wahrscheinlich beherrschte er die deutsche Sprache leidlich, auch das Lateinische dürfte ihm nicht ganz fremd gewesen sein. Aufgrund seiner mäßigen Bildung war es umso erstaunlicher, dass Ottokar im Laufe seines Lebens Pläne entwickelte, die durchaus für seine Länder positiv gewesen wären, hätte er sie zu Ende führen können. Aber viele Ereignisse hinderten ihn daran, wahrhaft Großes zu erreichen.

Wahrscheinlich hatte sein Vater Wenzel ganz andere Vorstellungen von der Zukunft seines zweitgeborenen Sohnes, aber der frühe Tod des älteren Vladislav, der die Nachfolge des Vaters hätte antreten sollen, machte Ottokar überraschend mit vierzehn Jahren zum Markgrafen von Mähren. Große Aufgaben warteten auf den jungen Mann, denn sechs Jahre vorher hatten die Mongolen das Land verwüstet. Jetzt galt es, für Ruhe und Ordnung, aber vor allem für einen wirtschaftlichen Aufschwung der Gebiete zu sorgen. Bei den Methoden, die Ottokar dabei anwandte, kam er erstmals in Konflikt mit seinem Vater, da er mit dem Feldzug Wenzels nach Österreich nicht einverstanden war, der zu einer Revolte der Adeligen geführt hatte. Obwohl Ottokar Přemysl nicht direkt in den Aufstand verwickelt war, ließ er sich doch, als ihm das Angebot gemacht wurde, zum »jüngeren König« in Prag wählen. Die Aufständischen hatten aber gegen die Mannen König Wenzels keine Chance, sodass auch der Sohn klein beigeben musste. Der Vater war trotz anschließender neuerlicher Kampfhandlungen, die Ottokar vom Zaun gebrochen hatte, nicht nachtragend. Er räumte dem Sohn 1249 den Platz eines Mitregenten ein, was Ottokar aber nicht davon abhielt, weiterhin gegen den Vater zu opponieren. Erst als ihn Papst Innozenz IV. offiziell exkommunizierte, da er sich den Staufern gegenüber freundlich gezeigt hatte und er dadurch viele Anhänger verlor, schien er zur Einsicht gekommen, dass er sich endgültig mit seinem Vater aussöhnen sollte. Aber König Wenzel war schon zu oft von seinem Sohn enttäuscht worden. Sicherheitshalber verfügte er, dass sein Sohn auf die westböhmische Festung Pfraumberg gebracht wurde, wo er mehrere Monate als Gefangener lebte.

Kaum war Ottokar wieder in Freiheit, als er überraschender Weise auf der Seite seines Vaters mit angeheuerten deutschen Rittern in Niederbayern einfiel.

Die Ritter hatten längst ihre Ideale vergessen und richteten schon in Böhmen viel Böses an, »indem sie plünderten, sengten und brannten«, das Vieh aus den Ställen trieben und die unglücklichen Menschen in den Städten an der Donau um Hab und Gut brachten. Für die gequälte Bevölkerung waren die Böhmen eine Landplage, die erst durch ein Treffen mit dem Stauferkönig Konrad IV. in Cham im Bayerischen Wald ein Ende zu haben schien.

Aber König Wenzel war immer noch nicht kampfesmüde. Längst hatte er ein Auge auf Österreich geworfen, nachdem ihm von den österreichischen Ständen signalisiert worden war, dass er im Lande, in dem nach dem Tod des letzten Babenbergers Friedrich II. das Chaos herrschte, willkommen war. Und da er 1250 sicherlich schon die Absicht hatte, sich allmählich aus dem politischen Geschehen zurückzuziehen, setzte er seinen Sohn Ottokar zum Statthalter in Österreich ein, den er ein Jahr später noch einmal zum Markgrafen von Mähren ernannte. Damit war der böhmische Thron für Ottokar gesichert!

Aber all dies war dem jungen ehrgeizigen Přemysliden nicht genug. Eine eheliche Verbindung mit der Erbin der babenbergischen Besitzungen sollte seine Position in Österreich verstärken. Obwohl Margarete, die Schwester Friedrichs des Streitbaren, über 30 Jahre älter war als er, schleppte er sie am 11. Februar 1252 fast gewaltsam in der Burgkapelle von Hainburg zum Altar, denn Margarete hatte nach dem Tod ihres Gemahls ein Gelübde abgelegt, nie mehr zu heiraten.

Wahrscheinlich wäre der Kampf zwischen Vater und Sohn in den nächsten Jahren erneut aufgeflammt, hätte sich

nicht König Wenzel, müde von den politischen und privaten Intrigen, mehr und mehr ins Privatleben zurückgezogen,
um endlich seiner wahren Leidenschaft, der Jagd, nachzugehen.

Wenzel sollte sich seines Ruhestandes nicht lange
erfreuen, er starb schon drei Jahre später, wodurch endlich
Ottokar in den Besitz der ganzen přemyslidischen Macht
kam, was für ihn natürlich weiterhin Kampf auf allen Linien
bedeutete. Denn das Kriegsglück war ihm zunächst hold, er
besiegte die Ungarn 1260 in der Schlacht bei Kressenbrunn,
wodurch er den Magyaren die Steiermark, ein wichtiges
wirtschaftliches Land, entreißen konnte, das an die Ungarn
verloren gegangen war. Denn hier befanden sich die Silber-
gruben von Zeiring, auf die Ottokar sofort die Hand legte,
nachdem er Herzog der Steiermark geworden war. Nicht nur
ließ er die Silbervorräte ausbeuten, sondern er schuf einma-
lige Sozialgesetze, die den Bergleuten Schutz im Krank-
heitsfalle und Pensionen garantierten. Es war eine Tragik im
Leben Ottokars, dass mit seiner Person – bis heute – haupt-
sächlich negative Vorstellungen verbunden waren. Aber
seine Ideen fanden in dieser düsteren Zeit wenig Widerhall,
obwohl er versuchte, auf allen Gebieten Besserungen einzu-
führen, indem er verwüstete Gebiete und entvölkerte Dörfer durch ins Land gerufene Schwaben wieder besiedeln ließ,
neue Städte wie Leoben oder Bruck an der Mur gründete
und hoch im Norden den Anstoß zur Gründung der Stadt
Königsberg gab. Er wäre ein politischer Allrounder gewesen, hätte er den Bogen nicht überspannt. Aber er war in seinem Ehrgeiz nicht zu bremsen. Als er es für opportun hielt,
ließ er sich von der ältlichen Margarete scheiden, um Kunigunde von Halitsch zu ehelichen, eine junge, blühende Frau,
die ihm vier Kinder gebar. Und da er so mancher schönen
Hofdame, wie Anna von Chuenring, nicht widerstehen

konnte, war es nur zu erklärlich, dass er auch auf eine stattliche Zahl von unehelichen Nachkommen blickte.

Als König von Böhmen, Herzog von Österreich, der Steiermark und Kärnten war Ottokar sicherlich der mächtigste Kurfürst im Reich, der sich 1273 um die deutsche Königskrone bewarb. Dass er die Wahl gegen den habsburgischen Grafen Rudolf verlor, war der Beginn der Katastrophe seines Lebens. Als Rudolf die Herausgabe der unrechtmäßig angeeigneten Reichsterritorien wie das Egerland von Ottokar verlangte, weigerte sich der Böhmenkönig, dieser Aufforderung nachzukommen. Rudolf verhängte die Reichsacht über ihn. Plötzlich war Ottokar umringt von Feinden, denn viele seiner ehemaligen Sympathisanten fielen von ihm ab, sodass der Böhmenkönig schließlich gezwungen war, klein beizugeben. Im Frieden von Wien 1276 blieben ihm nur seine Stammländer.

Es war die Ruhe vor dem Sturm. Denn zwei Jahre später wollte er sein Glück in der Schlacht noch einmal versuchen. Im August 1278 trafen die beiden Kontrahenten Ottokar und Rudolf auf dem Marchfeld aufeinander. Noch heute wird sowohl an den siegreichen Rudolf von Habsburg als auch an den unglücklichen König Ottokar, der nicht nur die Schlacht, sondern aus Privatrache auch sein Leben verlor, am 15. August mit einem großartigen Fest in Jedenspeigen gedacht.

# Der Zufall spielte Schicksal
# im Leben einer ungewöhnlichen Frau

*Johanna von Pfirt war keineswegs mehr ein junges Mädchen, als sie überraschenderweise dem Habsburger Herzog Albrecht II. die Hand fürs Leben reichte.*

Es waren vor allem ihre Besitzungen im Elsass, Sundgau, den südlichen Vogesen und die Burgunder Pforte gewesen, die die 24-jährige Frau plötzlich attraktiv erscheinen ließen, denn bis zum Jahre 1324 hatte man wenig Notiz von den beiden Töchtern Ulrichs III. von Pfirt genommen. Als der Graf in diesem Jahr die Augen für immer schloss und die Erbregelung, die man getroffen hatte, erkennen ließ, dass die ältere der beiden Töchter Johanna die gesamten Landgebiete erben würde, rückte diese von einem Tag auf den anderen ins Licht der Öffentlichkeit. Um eventuelle Streitigkeiten der Schwestern zu vermeiden, hatte nämlich die Mutter der Mädchen Johanna von Mömpelgard in kluger Voraussicht die jüngere Tochter Ursula anderweitig abgefunden. In dieser Situation begann man sich allerorts Gedanken zu machen, wem wohl das Rennen um die Hand der reichen Braut gelingen würde. Zwar war zu dieser Zeit noch niemand auf den Gedanken gekommen, dass das »glückliche Österreich« heiraten sollte, anstatt sich auf dem Schlachtfeld Ruhm und Ehre zu holen, da aber die Hauptinteressen der Habsburger damals noch im Westen konzentriert waren, machte Leopold, ein Sohn des 1308 ermordeten Königs Albrecht, seinem jüngsten Bruder Albrecht, der noch unbeweibt war, den Vorschlag, sich um die Hand der länderreichen Johanna von Pfirt zu bewerben. Wahrscheinlich war man in der Heimat Johannas froh über die plötzliche Werbung des jungen Habsburgers, denn mit ihren 24 Jahren musste sie schon fürchten, als Äbtissin in einem Kloster ihr Leben beenden zu müssen, wenn man bedenkt, dass in anderen Häusern die Mädchen schon im Kleinkindesalter versprochen oder auch verlobt wurden. Deshalb hatte niemand einen Einwand gegen diese Heirat, auch der Vormund der Mädchen Papst Johannes XXII. gab seinen Segen, sodass Johanna mit großem Gefolge nach Österreich ziehen konnte, um am 26. März 1324 glanzvoll in Wien mit Albrecht Hochzeit zu feiern.

Für beide, Albrecht und Johanna, hatte das Schicksal im Leben eine Hauptrolle gespielt, denn niemand hatte vorhersehen können, dass ausgerechnet der jüngste der Söhne König Albrechts I. über längere Zeit in den österreichischen Ländern regieren würde. Als 1308 der königliche Vater aus Privatrache ermordet worden war, sollte Friedrich sein Nachfolger werden, der aber zugleich Königswürden anstrebte. In jahrelangen Auseinandersetzungen mit seinem Gegenspieler Ludwig dem Bayern resignierte er schließlich, vom Leben und vom Schicksal bitter enttäuscht siechte er dahin, bis ihn der Tod erlöste. Aber auch seinen jüngeren Brüdern, dem dynamisch aktiven Leopold und Otto, war kein langes Leben vorherbestimmt, sodass schließlich der einzige Überlebende der Brüder das Herzogsamt übernehmen musste. Jetzt passte die dynamische Frau so richtig an seine Seite, die noch dazu seine Position durch die Ländereien, die sie mit in die Ehe gebracht hatte, überall aufgewertet hatte. Albrecht und Johanna hätten eigentlich beruhigt der Zukunft entgegensehen können!

Was sie nicht ahnen konnten, war, dass in nächster Zeit größte Schwierigkeiten auf sie zukommen würden. Nicht Feinde rundherum machten ihnen das Leben schwer, nicht die Bauern revoltierten und bedrohten den Herzog, es waren ernsthafte Probleme, die innerhalb der sonst harmonischen Ehe auftraten, die Albrecht und Johanna zermürbten. Monat für Monat, Jahr um Jahr zog ins Land und noch immer lag kein Erbe und Nachfolger, ja nicht einmal ein Mädchen in der herzoglichen Wiege. Die junge Herzogin wurde schon überall mit scheelen Augen angesehen, denn in der damaligen Zeit war es absolut ungewöhnlich, dass die Frauen nicht jedes Jahr einem Kind das Leben schenkten, so lange, bis sie endlich bei irgendeiner Geburt oder unmittelbar danach starben. Konnte nicht ein Fluch über Johanna und Albrecht liegen, die 15 Jahre lang vergeblich auf ein Kind, auf dieses Geschenk des Himmels warteten, obwohl Johanna von Pfirt nicht nur die ihr empfohlenen Badekuren durchführte, diverse Kräuter in Mondnächten zu sich nahm und dubiose Pulver schluckte? Die ersehnte Schwangerschaft ließ immer noch auf sich warten! Dabei wurde die Situation immer kritischer. Denn im Jahre 1330, Johanna hatte die 30 gerade überschritten und war damit zur alten Frau geworden, stellten sich bei Albrecht plötzlich Lähmungserscheinungen ein. Die Ärzte standen ratlos am Bett des Kranken und konnten keine andere Erklärung finden, als dass der Herzog wahrscheinlich vergiftete Speisen zu sich genommen hatte. Oder er war verhext worden! Die wahre Ursache für die zunehmende Unbeweglichkeit Albrechts glaubte man allerdings erst nach Hunderten von Jahren festgestellt zu haben, da Pathologen nach eingehenden Untersuchungen des Skeletts zu dem Schluss kamen, dass Albrecht II. an einer fortschreitenden Arthrose gelitten haben musste. Aber glaubte man das, was man mit eigenen

Augen sah. Und da Albrecht nur mehr imstande war, sich mit einer Sänfte fortbewegen zu lassen, bezeichnete man ihn bald landauf, landab als »Albrecht den Lahmen«, obwohl ihn Wohlmeinende auch »Albrecht den Weisen« nannten. Natürlich wurde gerade jetzt die Frage aktuell, ob ein Lahmer imstande war, Kinder zu zeugen. Aber auch Albrecht und Johanna schienen mit der Zeit mutlos geworden zu sein, denn nachdem sie alle irdischen Mittel und Hilfsmittel versucht hatten, wandten sie sich als gläubige Christen an den Himmel und baten um ein Wunder. Albrecht unternahm trotz seiner Behinderung eine Wallfahrt an den Rhein, um die rheinischen Heiligen anzuflehen, die ihm beistehen sollten. Und da auch in den Klöstern gebetet wurde, die er auf seiner Reise besuchte und denen er große Geldgeschenke machte, damit die Mönche und Nonnen ebenfalls alle Märtyrer um Unterstützung anriefen, hatte der Himmel ein Einsehen mit dem armen Herzog und schickte Hilfe, in welcher Form auch immer! Denn mit 39 Jahren schenkte Johanna im Jahre 1339 einem gesunden Knaben das Leben, der später in seiner nur kurz bemessenen Lebenszeit als Rudolf IV., genannt »der Stifter«, Geschichte schreiben sollte. Aber in die Freude über die Geburt des Sohnes mischten sich sofort Zweifel über die Vaterschaft des Kindes. Konnte es bei der Zeugung mit rechten Dingen zugegangen sein? War Albrecht II., der Lahme, tatsächlich der Vater des Knaben? Es war geradezu eine Ironie des Schicksals, dass Johanna von der Pfirt in den nächsten Jahren ununterbrochen schwanger war und weiteren Kindern, allein noch drei Söhnen, das Leben schenkte und das in einer Zeit, wo sie als Frau schon zu den Greisinnen zählte. Auch heute ist es beinah ein medizinisches Wunder, was sich im Schlafgemach der Herzogin abgespielt haben mag. Dass Albrecht der Vater dieser vielen Nachkommen gewesen sein muss, daran zweifeln vielleicht Böswillige oder historische Laien, denn je öfter Johanna von der Pfirt schwanger war, umso mehr wurde sie bewacht und beäugt. Es wäre wahrscheinlich unmöglich für sie gewesen, sich einen ständigen Liebhaber zu halten, es sei denn, reichlicher Kindersegen war für Albrecht II. wichtiger als eine treue Ehefrau. Aber der Herzog stellte sich in jeder Hinsicht hinter seine Frau und ließ öffentlich von den Kanzeln erklären, dass die geborenen Kinder seine eigenen Nachkommen wären, um somit alle böswilligen Gerüchte offiziell aus der Welt zu schaffen. Obwohl die Herzogin ab ihrem 40. Lebensjahr ständig in anderen Umständen war, übernahm sie die Repräsentationspflichten im gesamten Herrschaftsgebiet und führte die Vorverhandlungen mit dem Patriarchen von Aquileja, wobei es um die Zukunft der Länder Kärnten, Krain und die Windische Mark ging. Auch bei den Friedensverhandlungen zwischen den Habsburgern und Luxemburgern spielte die politisch äußerst kluge Frau eine hervorragende Rolle. Sie fand immer und überall den richtigen Ton, sodass sie auch von der einfachen Bevölkerung geliebt wurde. Daher war die Trauer im ganzen Land groß, als sich die Kunde verbreitete, dass die Herzogin, nachdem sie mit 51 Jahren ihr letztes Kind 1351 in Wien zur Welt gebracht hatte, unmittelbar nach dessen Geburt starb.

# Der Freundfeind war ein Ehrenmann

*Als Friedrich der Schöne erkennen musste, dass er sein Versprechen, das er Ludwig dem Bayern in die Hand gegeben hatte, nicht halten konnte, stellte er sich freiwillig in München seinem Gegner, um ins Gefängnis zurückzukehren.*

Ein Leben lang hatte Friedrich, der zweitgeborene Sohn des Habsburgerkönigs Albrecht I. und seiner Gemahlin Elisabeth, nach dem Motto gelebt, dass das einmal gegebene Wort nicht gebrochen werden sollte, auch wenn ihm daraus stets die größten Unannehmlichkeiten erwuchsen. Er war eigentlich durch Zufall in eine Situation gekommen, die ihm zur Bürde geworden war, denn sein älterer Bruder Rudolf, der die Nachfolge seines Vaters hätte antreten sollen und als König von Böhmen schon regierte, war als junger Mann gestorben, eine Tragödie, die nur noch von der Ermordung seines Vaters im Jahre 1308 übertroffen worden war. Obwohl der 1289 geborene Friedrich schon zwei Jahre vor dem Tod seines Vaters mit der Verwaltung der habsburgischen Länder betraut worden und daher den Mächtigen im Land keineswegs ein Fremder war, brachen überall nach dem Mord an Albrecht Aufstände gegen den arrogant wirkenden jungen Mann und seinen aggressiven Bruder Leopold aus, die beide zur gesamten Hand mit den Ländern ihres Vaters belehnt worden waren. Nicht nur die Herzöge von Niederbayern bekriegten die Brüder, auch sein bis dahin bester Freund Ludwig von Oberbayern war mit von der Partie, da er fürchten musste, dass sich Friedrich genauso wie er selbst

um den deutschen Königsthron bewerben würde, der nach
dem Tode Heinrichs VII. 1313 vakant geworden war. Und
Ludwig der Bayer sollte Recht behalten! Für beide Bewer-
ber fanden sich überall im Reich Unterstützungsgruppen,
die in Wirklichkeit wahrscheinlich nur ihr eigenes Süppchen
kochen wollten. Ein unvorstellbarer Kleinkrieg begann in
Deutschland, wobei die Menschen in den betroffenen
Gebieten wahrscheinlich keine Ahnung hatten, weshalb
ihnen so viel Leid geschah. Als besondere Kriegshetzer taten
sich der Bruder Friedrichs Leopold und der Burggraf von
Nürnberg hervor. Beide sollten in dem Drama, das zur
Gefangennahme Friedrichs führte, eine entscheidende Rolle
spielen.

Aber noch war es nicht so weit, noch konnte Friedrich
sein Privatleben einigermaßen genießen, denn er hatte um
die Hand der schönen Tochter des aragonesischen Königs
Jayme II. durch Männer seines Vertrauens, unter denen sich
auch der steirische Reimchronist Otacher ouz der Geul
befand, werben lassen. Die junge Braut Isabella, die später
in Österreich Elisabeth genannt wurde, war zwar zum Zeitpunkt der Brautschau ungefähr elf Jahre alt, was im 14. Jahrhundert durchaus als heiratsfähiges Alter galt. Die Vorstellung, einem echten König angetraut zu werden, begeisterte
das Kind, da ihm in einem Traum geweissagt worden war,
dass ein schöner König um ihre Hand anhalten würde. Und
Isabella sollte wahrhaft einen Traummann bekommen,
hochgewachsen und attraktiv, wenngleich Friedrich seinen
Beinamen »der Schöne« erst zweihundert Jahre später
erhielt. Als Isabella, die die weite Reise meist zu Pferde mit
einem riesigen Gefolge zurückgelegt hatte, wobei sie ständig fürchten musste, dass sich die aragonesischen Begleiter
mit den österreichischen in die Haare geraten könnten, im
steirischen Judenburg ihren Einzug hielt, da stimmten alle

Schaulustigen darin überein: ein schöneres Paar hatte man selten zu Gesicht bekommen!

Friedrich ehelichte kein armes Mädchen, denn Isabella brachte nicht nur einen schönen Batzen Geld mit in die Ehe, ihre Aussteuer konnte sich auch sonst sehen lassen: Allein 28 Armbänder mit wertvollsten Edelsteinen besetzt, die für die Braut eine wichtige Rolle spielten, fanden sich unter den Kostbarkeiten, genauso wie zahllose Silbergefäße, vergoldete Messer und Löffel sowie eine mit Haifischzähnen besetzte »Kredenz«, ein Gefäß, durch das man vergiftete Speisen hätte erkennen können. Ein kunstvoll verziertes Schachbrett durfte ebenfalls nicht fehlen, da zur damaligen Zeit auch die Damen sich gerne diesem Denkspiel widmeten.

Es waren kurze Tage des Glücks, die Friedrich mit seiner jungen Frau verbringen konnte, denn die Situation im Reich sollte endgültig geklärt werden. Erstarkt durch den ersten Sieg über seinen Rivalen Friedrich in der Schlacht bei Gammelsdorf setzte Ludwig alle Hebel in Bewegung, um deutscher König zu werden. Und tatsächlich erhielt er bei der Wahl im Oktober 1314 vier der sieben Kurstimmen und Friedrich nur drei. Aber selbst als Ludwig offiziell in Aachen gekrönt worden war, warf der Habsburger noch lange nicht die Flinte ins Korn, sondern ließ sich am 25. November 1314 vom Erzbischof von Köln Heinrich von Virnenburg bei Bonn auf freiem Felde die Krone aufs Haupt setzen. Nun standen sich nicht mehr zwei ehemalige Freunde gegenüber, sondern zwei gekrönte deutsche Könige!

Auch dem Papst wurde die seltsame Situation mitgeteilt, wobei sich Ludwig darauf berief, dass er als Erster gekrönt worden war und damit sein Anspruch als deutscher König legitim sein musste. Als Friedrich zusammen mit seinem Bruder Leopold, einem ungewöhnlich streitsüchtigen jungen Mann, seine vermeintlichen Rechte als deutscher König mit Waffengewalt durchsetzen wollte, kam es zum offenen Krieg, der mit aller erdenklichen Grausamkeit geführt wurde. Obwohl Ludwig über Friedrich und seinen Bruder die Reichsacht verhängt hatte, fanden beide doch nach wie vor ihre Anhänger, sodass sich die Kämpfe auf deutschem Boden jahrelang dahinzogen, wobei Leopold gegen die Schweizer, die er in seiner Großmannssucht angegriffen hatte, bei Morgarten eine schwere Schlappe einstecken musste.

Nach jahrelangem Blutvergießen kam es am 28. September 1322 endlich zur Entscheidungsschlacht zwischen Mühldorf und Ampfingen in Oberbayern, die zu einer vernichtenden Niederlage für Friedrich den Schönen wurde. Kampfeslüstern hatte er nicht mehr die Ankunft seines Bruders Leopold abgewartet, er verließ sich ganz auf die Schlagkraft seiner Leute, die er absolut überschätzte. Obwohl es zunächst so aussah, als würde der Österreicher im Vorteil sein, neigte sich das Schlachtenglück auf die Seite des Bayern, als ganz plötzlich Friedrich, der Burggraf von Nürnberg, aus einem Hinterhalt hervorbrach. Die Lage war für den Habsburger aussichtslos geworden. Ausgerechnet ein Steirer namens Rindsmaul nahm Friedrich den Schönen gefangen und lieferte ihn an Ludwig aus, der seinen Gegner auf die Festung Trausnitz an der Naab schickte.

Zweieinhalb Jahre verbrachte Friedrich in ritterlicher Haft, während Leopold alles unternahm, um für den unglücklichen Bruder die Freiheit wiederzuerlangen. Selbst die Reichskleinodien, die sich in seinem Besitz befanden, schickte er an Ludwig. Erst als Leopold wieder zu den Waffen griff, ließ sich Ludwig erweichen und bot seinem ehemaligen Gegner unter bestimmten Bedingungen die Freiheit an. Friedrich der Schöne akzeptierte den *Vertrag von*

*Trausnitz* und gelobte, ins Gefängnis zurückzukehren, sollte es ihm nicht gelingen, die Vertragsbedingungen zu erfüllen. Tatsächlich konnte er sich mit seinem Bruder Leopold nicht einigen. Daher lieferte sich Friedrich in München freiwillig seinem Gegner aus, obwohl ihn Papst Johannes XXII. von seinem Versprechen entbunden hatte. König Ludwig war von der ehrenhaften Geste Friedrichs so beeindruckt, dass er ihn fürderhin wieder als Freund ansah, der nicht nur an seiner Tafel einen Platz hatte, sondern mit dem er sogar in einem Bett schlief. Als Ludwig während der vielfältigen politischen Wirren außer Landes weilte, ernannte er Friedrich zu seinem Statthalter und schließlich einigte man sich in einem Geheimvertrag 1325 sogar darauf, dass Friedrich als Mitkönig anerkannt werden sollte.

Das gute Einvernehmen zwischen beiden blieb auch bestehen, als Friedrichs Bruder Leopold erneut zu den Waffen griff. Allerdings machte ihm der Tod einen Strich durch die Rechnung, noch bevor größeres Unheil angerichtet werden konnte. Aber auch Friedrich war kein langes Leben mehr beschieden, er starb in Gutenstein in Niederösterreich im Jahre 1330.

# Rudolf IV. hätte Österreich bis in die Sterne erheben oder in den Abgrund stürzen können …

*… wenn ihm das Schicksal ein längeres Leben vergönnt hätte. Früh verbraucht starb der in vielerlei Hinsicht dubiose, aber dennoch geniale Habsburger bereits im Alter von 26 Jahren.*

Herzog Albrecht der Weise und seine Gemahlin Johanna Pfirt mussten geradezu an ein Wunder geglaubt haben, als nach 15-jähriger Ehe plötzlich doch noch ein Sohn in der Wiege lag, denn immerhin schien der Vater halbseitig gelähmt zu sein. Dass er nur an schwerer Arthrose litt, wie man Hunderte Jahre später festgestellt hatte, konnten die Zeitgenossen, die die Vaterschaft Albrechts anzweifelten, freilich nicht wissen.

Als hätten die Eltern geahnt, dass der älteste Sohn Rudolf keinem langen Leben entgegensah, suchte man für den Buben schon sehr früh eine Braut aus und engagierte die besten Lehrer des Landes, die den aufgeweckten Knaben in den damals bekannten Wissenschaften unterrichteten, sodass Rudolf nicht nur lesen und schreiben lernte, sondern auch in einem Alter, in dem andere Kinder noch auf ihren Holzsteckenpferden ritten, bereits eigene politische Vorstellungen und zukunftsorientierte soziale Ideen entwickelte. Auch die junge Braut, die erst sechsjährige Katharina, die Tochter Kaiser Karls IV., wurde schon kurz nach der Verlobung im Jahre 1348 auf ihre zukünftige Rolle vorbereitet und zur Erziehung nach Wien gebracht. Mit 11 Jahren war schließlich die Braut im heiratsfähigen Alter, sodass die Hochzeit mit dem vierzehnjährigen Rudolf in Prag glanzvoll ausgerichtet werden konnte.

Es war für Rudolf schicksalhaft, dass ausgerechnet der ungewöhnlich aktive und gebildete Karl IV. aus dem Hause Luxemburg sein Schwiegervater wurde, denn Rudolf erkannte mit Erstaunen, welche große Leistungen Karl in Böhmen vollbrachte. Deshalb dauerte es nicht lange, bis der junge Herzog – kaum hatte er 1358 nach dem Tod seines Vaters die Herrschaft in Österreich und der Steiermark übernommen – versuchte, es Karl gleich zu tun. Und da ihm in verschiedener Weise die Hände gebunden waren, kam Rudolf auf die Idee, den Schwiegervater durch verschiedene Tricks zu überbieten und vielleicht auch zu überlisten. An Einfällen mangelte es Rudolf wahrlich nicht! Da Karl IV. in seiner *Goldenen Bulle* 1356, in der der Wahlmodus der deutschen Könige für alle Zeiten festgeschrieben wurde, die habsburgischen Herzöge nicht berücksichtigt hatte und Rudolf daher den sieben Kurfürsten gegenüber eine Hintansetzung fühlte, suchte er nach Möglichkeiten, dieses Manko auszugleichen. An gelehrten Männern, die den jungen Herzog berieten, war kein Mangel, sein Kanzler Ribi war der richtige Mann für ihn, Dokumente zu verfassen, die anscheinend schon seit Urzeiten im Hause lagen und die plötzlich nur aus der Tasche gezogen zu werden brauchten. Im *Privilegium maius*, das aus sieben Dokumenten bestand, in denen genau die Abstammung und Stellung der Habsburger im europäischen Raum dargelegt wurde, wurde der Machtanspruch der Habsburger den anderen Großen im Reich vor Augen geführt. So musste Kaiser Karl IV., als er Einblick in die Urkunden bekam, mit Erstaunen feststellen, dass sich schon Julius Caesar und Kaiser Nero über die

Habsburger und ihre Positionen den Kopf zerbrochen hatten.

Karl IV. war ein kritischer Mann, der im Laufe der Zeit seinen dynamischen, aber auch ehrgeizigen Schwiegersohn durchschaute. Deshalb beauftragte er einen der berühmtesten Gelehrten seiner Zeit, den Dichter Petrarca, mit der Überprüfung der Angelegenheit. Und Petrarca fällte ein vernichtendes Urteil über das angebliche *Privilegium maius*. Er bezeichnete den Verfasser als einen Narren, Verrückten und törichten Lügenschmied und vermerkte, dass »der Ochse« und »Esel« keine Ahnung von der Geschichte haben musste, vor allem dass sich Rudolf mit Titeln wie »Pfalz-Erzherzog« und »Oberjägermeister des Reiches« schmückte, die es bisher noch nie gegeben hatte. Für Karl IV. war die Angelegenheit durch die Aussage Petrarcas abgetan, er akzeptierte lediglich, dass sich der Schwiegersohn selbstherrlich auch weiterhin »Erzherzog« nannte. Auch die Zackenkrone, mit der Rudolf auf dem ersten zeitgenössischen Portrait abgebildet wurde, ließ sich der Habsburger von niemandem mehr nehmen, obwohl ihm nur der Herzogshut zugestanden wäre.

Der junge Rudolf schränkte sich in seinem unwahrscheinlichen Tatendrang auch durch die Maßnahmen des Schwiegervaters nicht ein, auch wenn Karl sich geweigert hatte, dem Wunsche Rudolfs nachzugeben und ihn zum König der Lombardei zu ernennen. Der Expansionsdrang des jungen Mannes war unschwer zu erkennen gewesen, denn auch im Elsass und in Schwaben war Rudolf präsent. In den kurzen Jahren seines Lebens vollbrachte der junge Mann Leistungen, die andere in Jahrzehnten kaum bewältigt hätten. Sein Hauptaugenmerk richtete er freilich auf Wien, das er als »das Haupt aller seiner Länder und Herrschaften bezeichnete, wo er tot und lebendig bleiben wollte«. Diese geliebte Stadt sollte hinter Prag, wo Karl IV.

die erste deutsche Universität gegründet hatte, keine zweite Rolle spielen. Auch Wien wollte Rudolf zur Universitätsstadt machen, hierher lud er die berühmtesten Gelehrten seiner Zeit ein und stattete sie mit außerordentlichen Privilegien aus, indem Rudolf selber für sämtliche Schäden »auf yeklicher strazze« haftete. Die Professoren und Studenten sollten in einem eigenen Viertel, das nur für die geistige Elite bestimmt war, leben. 1365 wurde die nach ihm benannte Alma Mater Rudolphina gegründet, wobei allerdings die theologische Fakultät, die für den Status einer anerkannten Universität notwendig war, erst im Jahre 1385 eingerichtet wurde.

Obwohl Rudolf der Geistlichkeit nicht unbedingt hold gesinnt war, war es in seinem Prestigedenken notwendig, ein Bauwerk errichten zu lassen, das dem Veitsdom in Prag in nichts nachstand. Mit dem Stephansdom sollte gleichsam die Voraussetzung geschaffen werden, dass Wien Bischofsstadt werden konnte. Denn noch übten die Bischöfe von Passau ihren Einfluss bis in den Wiener Raum aus. Durch einen unglücklichen Zufall kam es vorübergehend zur Unterbrechung der Baumaßnahmen von St. Stephan, denn Rudolf hatte, wie bei vielen anderen Unternehmungen, auf die Einnahmen aus dem Silberbergwerk von Oberzeiring in der Steiermark gebaut. Durch überraschende Wassereinbrüche kamen aber in den Jahren zwischen 1361 und 1365 nicht nur 1400 Bergleute ums Leben, sondern die Silbervorräte versiegten mit einem Schlage. Um Geld in die leeren Kassen zu bekommen, ließ sich der junge Herrscher eine andere Möglichkeit einfallen, ohne das bestehende Geld abwerten zu müssen, wie dies in anderen Ländern Jahr für Jahr geschah: Er führte 1359 das sogenannte »Ungeld« ein, das auf alle in einem Wirtshaus konsumierten Getränke bezahlt werden musste – sehr zum Unbehagen der Gäste!

Die ungewöhnlich kurze Regierungszeit Rudolpfs war gekrönt durch die äußerst geschickte Erwerbung Tirols, um das sich nicht nur die Habsburger bemüht hatten. Wie immer es dem mit allen Wassern gewaschenen Rudolf gelang, dass Margarete Maultasch in München die Erburkunde mit dem Habsburger unterzeichnete, der Erfolg gab ihm Recht. Als der einzige Sohn Margarete Meinhards III. 1363 starb, machte sich Rudolf eilends auf den Weg nach Tirol, um den Tiroler Adeligen zuvorzukommen, die sicherlich ihr Veto dagegen eingelegt hätten, dass das heilige Land an die Habsburger kommen sollte. Durch seine Überredungskunst überzeugte Rudolf außerdem die zutiefst deprimierte Margarete, dass es in Hinkunft das Beste für sie wäre, mit ihm nach Wien zu ziehen, um dort ihren Lebensabend zu verbringen.

Rudolf sollte sich nicht lange an seiner diplomatischen Meisterleistung erfreuen. Auf einem Zug nach Italien, auf dem er schon vorübergehend an Gesichtslähmung gelitten hatte, ereilte ihn völlig unerwartet das Schicksal. Mit nur 26 Jahren starb er kinderlos am 27. Juli 1365 in Mailand. Nachdem man angeblich seinen Leichnam in Rotwein gekocht hatte, brachte man das, was von dem ungewöhnlichen Habsburger noch übrig geblieben war, in dicke Ochsenhaut gewickelt über die Alpen und setzte ihn in der Fürstengruft, die er sich hatte errichten lassen, unter großer Anteilnahme der Bevölkerung bei.

# Der Kaiser war
# ein hochgebildeter Weltmann

*Eigentlich hätte Karl IV. aus dem Hause Luxemburg
in Böhmen aufwachsen sollen, aber sein Vater hatte
beschlossen, den Knaben nach Paris zu schicken, wo
seine Lehrer ihn in die Geheimnisse der abendländi-
schen Bildung einweihten.*

König Johann von Böhmen war ein Bonvivant, der ganz in
der ritterlichen Tradition lebte, das Turnieren, die Frauen
und den Wein liebte und der von der Vorstellung beseelt
war, dass auch Sohn Wenzel, der am 14. Mai 1316 geboren worden war, schon von Kindheit an den Duft der großen weiten Welt genießen sollte. Deshalb schickte er den
Knaben, der nach dem Nationalheiligen getauft worden
war, schon bald nach Paris, wo dieser dann seinen Firmna-
men Karl annahm. Ganz unterschiedliches Blut rollte in
den Adern des Knaben, seine Vorfahren stammten teils aus
Frankreich, aber auch Deutsche waren unter seinen Ahnen
und die slawische Mutter Elisabeth stammte aus dem Haus
der Přemysliden, sodass er zu einem echten europäischen
Herrscher prädestiniert war. Denn im Gegensatz zu seinem
unfähigen, dümmlichen Bruder Johann, der mit der Erbin
von Tirol Margarete Maultasch verheiratet war, zeigte Karl
schon von Jugend an politisches Talent und diplomatisches
Geschick. Wissensdurstig und bildungshungrig hatte Karl
in Paris die richtigen Lehrer gehabt und wahrscheinlich
war schon damals der Plan in ihm gereift, auch sein Hei-

matland den geistigen Errungenschaften der Zeit zu öffnen.

Schon sehr bald zeigte es sich, dass der junge Karl ein weltgewandter Mann war, der fünf Sprachen beherrschte, sodass er überall dort, wo er hinkam, keinen Dolmetscher benötigte. Dies erwies sich natürlich als vorteilhaft, als er seinen Bruder Johann, dessen Ehe mit Margarete gescheitert war, in Tirol unterstützen sollte. Denn dieses Land war nicht nur von den Luxemburgern, sondern auch von den Wittelsbachern und Habsburgern umworben. Immerhin ging es um den Besitz der Alpenpässe. Karl konnte zwar die Ehe seines Bruders nicht mehr retten, denn Margarete hatte mittlerweile schon den Sohn des Kaisers, Ludwig von Brandenburg, geheiratet, aber aufgrund dieser pikanten Mission war er auch in die oberitalienischen Städte gekommen. Er hatte italienische Lebensart und Kultur kennengelernt, was er später als Kaiser zu schätzen wusste. Vielleicht war es dieses erste Kennenlernen gewesen, was ihn Jahre später hinderte, die Städte mit Waffengewalt unter sein Joch zu zwingen.

Als Karl mit siebzehn Jahren nach Böhmen zurückkehrte, wurde er ein Jahr später von seinem königlichen Vater mit der Markgrafschaft Mähren belehnt. Auf seinen weiten Reisen mit König Johann lernte er die verschiedenen Mentalitäten kennen, er war dabei, als Verträge zwischen dem Königreich Böhmen und Ungarn sowie Polen geschlossen wurden, und begleitete den fast blinden Vater auf seinen Fahrten in die preußischen Gebiete. So war Karl bestens vorbereitet, die Nachfolge König Johanns, der schon bald den Beinamen »der Blinde« erhielt, anzutreten. Auch ein Ereignis, das er in seiner Autobiographie berichtete, bestärkte ihn in dem Glauben, zum Herrschen auserkoren zu sein. Er beschrieb einen Traum, in dem ihm ein Engel erschienen war, der ihn an den Haaren durch die Luft zu einem Schlachtfeld getragen hatte.

Der Engel forderte Karl auf zu schauen: »Blicke hin und schaue! Und siehe da, ein anderer Engel fuhr mit feurigem Schwert vom Himmel herab, durchstieß einen Mann in der Mitte der Schlachtreihe und verstümmelte sein Glied mit dem Schwerte.« Der Engel erklärte Karl, dass es sich um den französischen Dauphin von Vienne handelte, der auf diese grauenvolle Weise zu Tode kam. Kurze Zeit später bestätigten Augenzeugen, dass der Dauphin tatsächlich von einem Pfeil tödlich getroffen worden war. Ein potenzieller Gegner war damit ausgeschaltet.

Dieser Traum erschien Karl wie ein Omen. Als er von den Streitigkeiten, die damals im Reich herrschten, erfuhr, ließ er sich von seinem Großonkel Balduin von Trier, einem der mächtigsten Männer seiner Zeit, als Gegenkönig zu Ludwig dem Bayern aufstellen und wurde, ganz gegen die allgemeine Sitte, in Bonn 1346 zum König gekrönt. Damit aber alles seine Ordnung haben sollte, ließ er sich zur Sicherheit ein zweites Mal im Jahre 1349 in Frankfurt und im gleichen Jahr noch in Aachen krönen! Diplomatisch wie Karl war, suchte er nicht die Konfrontation mit den anderen starken Familien, er verständigte sich sowohl mit den Wittelsbachern als auch mit den Habsburgern, mit denen er verwandtschaftliche Beziehungen aufbaute. Seine Tochter Katharina, die aus seiner ersten Ehe mit Blanca Margarete von Valois stammte, sollte den jungen dynamischen Habsburger Rudolf heiraten, wobei er nicht ahnen konnte, dass er einmal mit diesem Schwiegersohn große Probleme bekommen sollte.

Obwohl Karl IV. in seinem Wesen wenig seinem Vater glich, liebte er doch so wie König Johann die schönen Frauen seiner Zeit. Er war viermal verheiratet und besaß beinah ein Dutzend ehelicher Kinder, von denen Wenzel IV., genannt »der Faule«, König von Böhmen und Sigismund römisch-deutscher Kaiser wurden.

Es waren grundlegende Neuerungen, die Karl in seinen Ländern, aber auch für das Reich anstrebte. Nicht durch Kriege wurde er als letzter großer spätmittelalterlicher Herrscher bekannt, sondern durch seine Gesetzeswerke und seine kulturellen Bestrebungen, die zu einem Ausgleich innerhalb der Völkerschaften in seinen Ländern führen sollten. Natürlich war die Kaiserkrönung in Rom im Jahre 1355 für ihn eine besondere Bestätigung, wobei er sich auf seinem Italienzug keineswegs in italienische Belange einmischte, wohl aber das Geld, das die Kommunen zu zahlen hatten, mit offenen Händen annahm. Genauso wie er sich nicht zierte, die Zahlungen, die die Juden leisten mussten, um unter kaiserlichem Schutz zu stehen, einzufordern. Denn in den Zeiten der Pest, die damals weite Teile Deutschlands entvölkerte, kam man auf die wahnwitzige Idee, dass die Juden die Brunnen vergiftet hätten, was eine Hatz auf diesen Teil der Bevölkerung auslöste. Karl stellte sich blind und taub und gebot dem wütenden Treiben keinen Einhalt. Er glaubte, auf die Loyalität der Städte wie Frankfurt und Nürnberg angewiesen zu sein, die unter seiner Regierung genauso wie die oberpfälzische Stadt Sulzbach besondere Bedeutung erlangten. Für viele Zeitgenossen wirkte der Kaiser wie ein biederer Kaufmann, der seine Hausmacht hütete und nicht wie der Nachfolger der von universalem Geist geprägten Herrscher, wie sein Großvater Heinrich VII. einer war. Und dennoch beschäftigte ihn die Rolle und Stellung des Kaisers von Grund auf. Obwohl er mit den Päpsten ein gutes Einvernehmen pflegte, wollte er den Einfluss des Papstes auf die Wahl des römisch-deutschen Königs abschaffen. Das wichtigste Reichsgesetz entstand unter seiner Ägide, die *Goldene Bulle* wurde im Jahre 1356 verabschiedet, deren Gesetze bis zum Jahre 1806 Gültigkeit hatten. Das Wahlverfahren sowie die Anzahl der

Kurfürsten und deren Bedeutung war ein für alle Mal festgeschrieben worden.

Der Kaiser war von Jugend auf ein frommer Mann, der vor allem für die slawische Kirche große Sympathien hegte und versuchte, in der Volkskirche die lateinische Sprache abzuschaffen. Das Volk sollte verstehen, worum es betete, was in Rom allerdings nicht goutiert wurde.

Kulturell aufgeschlossen, war er auf seinen weiten Reisen nicht nur auf Italien konzentriert, auch die Balkanländer und die Gebiete an Nord- und Ostsee stießen auf sein Interesse, überall ging er mit offenen Augen durch die Welt und holte die bedeutendsten Männer seiner Zeit nach Prag, wo er den Grundstein für die »Goldene Stadt« legte. Die Baumeister Brüder Parler schufen in seinem Auftrag den Veitsdom und der berühmte Dichter Petrarca zählte zu den persönlichen Beratern und Freunden des Kaisers. Da Karl IV. schon in seinen Pariser Jahren die Wichtigkeit der universitären Bildung erkannt hatte, gründete er im Jahre 1348 die nach ihm benannte Karlsuniversität. Aus dem unbedeutenden Prag war unter dem Kaiser eine europäische Metropole geworden, wie die Inschrift am Altstädter Rathaus bezeugte: »Praga Caput Regni« – Prag – Hauptstadt des Reiches.

Als der Kaiser am 29. November 1378 starb, dauerten die Beisetzungszeremonien Tage. Sein Tod war ein Fest für das Volk von Prag.

# Der »Nachgeborene« war ein Spielball der Mächtigen

*Von Anfang an lag viel Tragik über dem Leben des Ladislaus Postumus, der vier Monate nach dem Tod König Albrechts II. zur Welt kam.*

Sein dynamischer Vater, der große Pläne gehabt hatte, wäre sicherlich ein fähiger Herrscher gewesen, wäre er in Ungarn nicht plötzlich an der Ruhr erkrankt, die er nicht überleben sollte. Albrecht II. entstammte der »albertinischen Linie« der Habsburger und war mit einer äußerst umworbenen Frau verheiratet gewesen, mit Elisabeth, der Tochter des Kaisers Sigismund, der im Prozess um den abtrünnigen Reformator Jan Hus auf dem Konzil von Konstanz einen sehr umstrittenen Eindruck hinterlassen hatte. Sigismund hatte vergeblich auf Söhne gehofft, sodass seine Tochter Elisabeth nicht nur Böhmen, sondern auch Ungarn als Heiratsgut mit in die Ehe brachte. Außerdem gelang es dem Kaiser durchzusetzen, dass man seinen Schwiegersohn Albrecht zum deutschen König wählte. Zunächst schienen keine gröberen Probleme für das junge Paar aufzutauchen, bis der Tod Albrechts alle Hoffnungen zunichtemachte. Zurück blieb in Ungarn die junge Witwe, die ihr zweites Kind erwartete und die sofort in die Mühlen der verschiedenen politischen Gruppierungen geriet. Aus diesem Hexenkessel sollte auch ihr Sohn Ladislaus, der am 22. Februar 1440 im ungarischen Komorn das Licht der Welt erblickte, in seinem kurzen Leben nicht mehr herauskommen.

Ein Wettlauf um den Knaben begann, als das schreiende Baby auf dem Arm seiner Kinderfrau Helene Kottannerin im zarten Alter von zwölf Wochen in Stuhlweißenburg zum König von Ungarn gekrönt wurde. Es gab wenig Menschen um sie herum, auf die sich die verwitwete Königin verlassen konnte, die Kottannerin aber war ihr mit Leib und Leben ergeben. Denn die Ungarn hatten ziemlich schnell nach dem Ableben Albrechts II. einen Polen, Wladislaw III., zum König gewählt, der allerdings schon vier Jahre später in einer Schlacht gegen die Türken fallen sollte.

Elisabeth und ihr kleiner Sohn waren gewarnt, niemand mehr schien nämlich ein besonderes Interesse an einer späteren Regentschaft ihres Sohnes zu haben, zu turbulent waren die Zeiten, die eines starken Herrschers bedurft hätten. Daher bestellte man in Ungarn einen siebenbürgischen Reichsverweser, während der spätere Kaiser Friedrich zum offiziellen Vormund von Ladislaus ernannt wurde, wobei es natürlich alles andere als sicher war, dass der Knabe dereinst die ungarische Krone tragen würde.

Seine Mutter und deren Kammerfrau hatten allerdings vorgesorgt, dass die Krone nicht in die Hände irgendwelcher Glücksritter kam. Heimlich hatten die beiden Frauen den Plan geschmiedet, die in einem Schrein wohl verwahrte Krone des hl. Stephan bei Nacht und Nebel nach Wiener Neustadt zu bringen. Das war leichter gesagt als getan. Denn die Krone wurde streng bewacht, sodass es schwierig war, überhaupt an sie heranzukommen. Durch eine List gelang es der Kottannerin, die Krone an sich zu nehmen, die sie in ein großes Samtkissen wickelte und zusammen mit einem wertvollen Halsband und anderen Kleinodien der Königin auf einen Schlitten legte und unter Lebensgefahr aus der Burg schaffte. Dabei wurde das Kreuz, das die Krone zierte, leicht verbogen, was auch später nicht mehr zu reparieren war.

So sehr sich Elisabeth bemühte, den kleinen Sohn in ihrer Nähe zu haben, konnte sie nicht verhindern, dass der Vormund das Kind unter Verschluss hielt, denn immerhin war der Königssohn ein wichtiges Pfand im Kampf um die Macht. Die Böhmen, deren Krone er auch dereinst tragen sollte, beobachteten äußerst misstrauisch, dass Ladislaus beinah wie ein Gefangener auf Schloß Orth erzogen wurde, sie forderten seine Überstellung nach Prag, wo man vorübergehend Georg von Podiebrad eingesetzt hatte, der die Regierungsgeschäfte führen sollte, bis Ladislaus in der Lage sein würde, den Thron zu besteigen.

Was zuerst nur verbal begonnen hatte, eskalierte mit der Zeit mehr und mehr, denn auch die österreichischen Stände forderten Friedrich auf, sein Mündel frei zu geben. Aber undurchsichtig wie Friedrich ein Leben lang war, äußerte er sich kaum und ließ die Sache auf sich zukommen. Als er 1452 seinen Zug nach Rom unternahm, um sich zum Kaiser krönen zu lassen, nahm er den jungen Ladislaus sicherheitshalber mit, er musste während seiner Abwesenheit mit allem rechnen. Für den jungen Mann war die Romfahrt ein Erlebnis, denn Friedrich hatte ihm eine gute humanistische Ausbildung zuteilwerden lassen, der Knabe sprach außer Deutsch und Latein auch noch Ungarisch und Tschechisch und begeisterte sich für die klassische Antike. Seine Liebe zur Wissenschaft und zu den Büchern zeigte sich bei ihm deutlich, als er, kurz nachdem er für volljährig erklärt worden war, den Kaiser aufforderte, ihm die Bibliothek seines Vaters auszuhändigen, in der sich auch die wertvolle *Wenzelsbibel* befand. Ladislaus Postumus wäre mit Sicherheit ein gebildeter, kultivierter Herrscher geworden, hätte er nur die geringste Chance gehabt!

Kaum war der Kaiser von den Krönungsfeierlichkeiten aus Rom zurückgekehrt, belagerten ihn die österreichischen

Stände, die von Georg von Podiebrad und Johann Hunyadi unterstützt wurden, in seiner Burg in Wiener Neustadt so lange, bis er Ladislaus herausgab. Nachdem der junge Prinz im Triumphzug, den Ulrich von Cilli, ein Freund der Familie, anführte, nach Wien gebracht worden war, entschlossen sich die Böhmen, ihn 1453 in Olmütz zum König zu krönen.

Die Lage für den Jüngling, der zwischen die Interessensfronten der Böhmen, Ungarn, der österreichischen Stände und des Kaisers geraten war, wurde immer undurchsichtiger und schwieriger. Denn die Türken hatten schon Jahrzehnte vorher Wien belagert und waren aus weiten Teilen Ungarns nicht mehr abgezogen. Immer neue Kämpfe und Schlachten waren die Folge, in die auch die ungarischen Magnaten verwickelt wurden. Und da sie untereinander uneins waren und sich jeder vor jedem hüten musste, fand der jugendliche Ladislaus eigentlich niemanden, dem er wirklich vertrauen konnte, nachdem Ulrich von Cilli, der es ehrlich mit ihm gemeint hatte, von einem Sohn Johann Hunyadis ermordet worden war. Man fackelte nicht lange und richtete den Mörder hin, was wiederum die Anhänger Hunyadis zutiefst empörte. Man schob die Schuld an der Tragödie dem jungen Ladislaus in die Schuhe, der Hals über Kopf nach Prag flüchtete, um sein Leben zu retten.

In der böhmischen Hauptstadt schien für den Jüngling die Sonne zu scheinen. Dass alles, was man ihm hier bot, nur das eine Ziel hatte, seine Gesundheit zu untergraben, konnte Ladislaus nicht durchschauen. Das »dolce vita«, das ihm tagaus, tagein geboten wurde, übertraf alles, was er bisher erlebt hatte. Delikateste stark gewürzte Speisen, die seinen Durst anregen sollten, wurden ihm kredenzt, Wein floss in Strömen und raffinierte Damen legte man in sein Bett, die ihn in die Geheimnisse der Liebe einführen sollten. Trotz all der Verführungen konnte man aber nicht verhindern, dass der

Fünfzehnjährige plötzlich politische Ambitionen zeigte. Vor allem trachtete er danach, wieder in Besitz der ungarischen Krone zu kommen, wobei sich der Kaiser mit aller ihm zur Verfügung stehenden Energie weigerte, diese herauszugeben. Ein langer Streit schien sich anzubahnen, der vielleicht auch in kriegerischen Auseinandersetzungen geendet hätte, denn weder Friedrich noch Ladislaus waren gewillt, in dieser Prestigeangelegenheit nachzugeben.

Mitten in diesen Kontroversen im Jahr 1457 erwartete Ladislaus in Prag seine französische Braut Magdalena, eine Tochter des französischen Königs Karl VII. Seine Anwesenheit in Prag hatte auch politische Hintergründe, da der Gubernator, der in Böhmen die Regierungsgeschäfte führte, mit der Zeit reichlich selbstherrlich geworden war. Aber Ladislaus konnte weder seine Braut begrüßen, noch für Ruhe und Ordnung sorgen, denn von einem Tag auf den anderen überfiel ihn eine geheimnisvolle Krankheit. Mit nur 17 Jahren hauchte der blond gelockte junge Mann sein Leben aus. Wahrscheinlich starb er an Leukämie, obwohl das Gerücht nicht verstummen wollte, dass Ladislaus Postumus vergiftet worden war.

# Königin Isabella sponserte Christoph Kolumbus

*Der genuesische Seefahrer hatte schon mehrere Bitt-gesuche bei den Katholischen Majestäten eingereicht, aber Königin Isabella entschloss sich erst im letzten Moment, das abenteuerliche Unternehmen von Kolumbus zu finanzieren.*

Schon im Jahre 1486, mitten in den erbitterten Kämpfen um die Eroberung des Kalifates von Grananda, wurde Königin Isabella von Kastilien und ihr Gemahl Ferdinand von Aragon auf einen kühnen Seefahrer namens Christoph Kolumbus aufmerksam gemacht, der seltsame Theorien über die Kugelgestalt der Erde verbreitete und behauptete, diese durch eine Seereise nach Indien beweisen zu wollen. Dabei hatte Kolumbus vor, nicht nach Osten wie bisher zu fahren, sondern nach Westen. War die Erde rund, so musste er auf diese Weise ebenfalls nach Indien gelangen.

Christoph Kolumbus, der wahrscheinlich um das Jahr 1451 in Genua das Licht der Welt erblickt hatte, war der Sohn eines Webers, der sich nicht entschließen konnte, das Handwerk seines Vaters zu erlernen. Das Meer hatte ihn von Kindesbeinen an fasziniert, sodass er schon mit 14 Jahren anheuerte und zur See fuhr. Wissensdurstig, wie er war, studierte er eifrig die Karten von Paolo Toscanelli und kam zu dem Schluss, dass die Erde keinesfalls eine Scheibe sein konnte, denn noch niemandem war es gelungen, den Rand der angeblichen Scheibe zu erreichen.

Da Kolumbus erfahren hatte, dass vor allem die portugiesischen Könige Entdeckungsfahrten gegenüber aufgeschlossen waren, zog der junge Mann nach Lissabon, wo er Felipa Perestrelo e Moniz heiratete und eine Familie gründete. So sehr er sich auch bemühte, König Joao II. für seine Pläne zu interessieren, so sehr stieß er auf Ablehnung. Der portugiesische König sah keine Veranlassung, einen genuesischen Abenteurer zu finanzieren, sodass Christoph Kolumbus gezwungen war, sich um andere Geldgeber umzusehen. Er hatte längst vernommen, dass die Königin von Kastilien und ihr Gemahl Ferdinand von Aragon ein offenes Ohr für neue Entdeckungsfahrten haben sollten, obwohl beide gerade dabei waren, das blühende Kalifat von Granada mit Feuer und Schwert von den Mauren zu erobern, um es in den Schoß der christlichen Kirche zu führen.

Nachdem Kolumbus 1485 mit seinem kleinen Sohn nach Spanien gezogen war, seine Frau war inzwischen gestorben, suchte er um Audienz bei den spanischen Majestäten an und trug ihnen seine Pläne vor, wobei er gleichzeitig um die Bereitstellung einer kleinen Flotte bat. Die Königin hörte den Ausführungen des Seefahrers fasziniert zu und unterbrach ihn höchstens, um interessante Fragen zu stellen, während ihr Gemahl beinahe teilnahmslos dasaß. Kolumbus erkannte erfreut, dass Isabella ganz und gar nicht abgeneigt schien, ihn zu unterstützen, obwohl sie eine so wichtige, weitreichende Entscheidung nicht alleine treffen wollte. Wozu hatte sie gelehrte Männer um sich? Die sollten das Für und Wider dieses faszinierenden Planes genau abwägen.

Es war beinahe zu erwarten, dass die katholischen Experten nach intensiven Beratungen zu einem ablehnenden Urteil kamen, denn das bisherige Weltbild würde in Frage gestellt werden, wenn Kolumbus mit seinen Theorien Recht behalten würde. Und das war absolut abzulehnen. Der

Genuese warf aber die Flinte nicht sofort ins Korn, da er das Interesse der Königin bemerkt hatte. Immer wieder suchte er – auch bestärkt durch das aufmunternde Zureden zahlreicher Freunde in Spanien – bei Isabella um Audienz an, um sie endlich doch noch umzustimmen. Die Königin wäre wahrscheinlich längst bereit gewesen, ihm die Schiffe zur Verfügung zu stellen, wären seine persönlichen Forderungen nicht maßlos gewesen. So wollte er nicht nur Vizekönig über die neuen Länder werden, die er auf seinem Weg nach Indien entdecken würde, sondern er verlangte und bekam schließlich auch in den *Capitulaciones von Santa Fe*, einer Charta, in der der Auftrag zu neuen Entdeckungen schriftlich niedergelegt war, zugesichert, dass er den Zehnten aller durch die Eroberungen erworbenen Güter als Privateigentum behalten durfte und zusätzlich noch ein Achtel aus dem Gewinn, den der Schiffsverkehr bringen sollte.

Mit dem Titel eines Großadmirals ausgestattet, konnte Kolumbus seine abenteuerliche Fahrt übers Meer beginnen, nachdem ihm bei einer neuerlichen Vorsprache in Granada beinahe wiederum ein Expertenkonsortium den Weg abgeschnitten hätte. Kolumbus war schon deprimiert aus der Stadt geritten, als es sich Isabella von einem Moment auf den anderen plötzlich überlegte und ihrem sicheren Instinkt nachgab. Sie schickte dem Genueser einen Boten nach, der ihn zurückholen sollte, und eröffnete dem völlig Überraschten, dass sie mit seinen Forderungen und Vorschlägen einverstanden wäre und ihm die nötigen Mittel zur Verfügung stellen wollte. Was Isabella nicht wusste, war freilich die Tatsache, dass Kolumbus wahrscheinlich auch ohne ihre Hilfe gen Westen gesegelt wäre, denn seine Ideen waren einem reichen Mann namens Luis de Santángel zu Ohren gekommen, der sich von dem Abenteuer persönlichen Gewinn erhoffte. Deshalb hatte er sich bereit erklärt, das riskante

Unternehmen mit seinem gesamten Privatvermögen abzusichern, wobei er dem Seefahrer versprach, große Geldmittel zur Verfügung zu stellen.

Es waren politische und religiöse Motive gewesen, die eine Änderung der Einstellung Isabellas bewirkt hatten. Sie hatte mit sicherem Instinkt erkannt, dass ein Erfolg von Kolumbus für sie, für Kastilien, für ganz Spanien, ja für die gesamte Christenheit nur von Vorteil sein konnte. Glückte die Fahrt übers Meer und hatte der Seefahrer Recht, so würde er viel Neues, Wertvolles, vielleicht sogar große Reichtümer mit nach Hause bringen. Dazu kam, dass man endlich beginnen konnte, den Ungläubigen auf der anderen Seite der Erde die Botschaft Christi zu übermitteln. Wie unendlich würden ihre Verdienste für die Ewigkeit sein!

Isabellas Gemahl Ferdinand blieb bei den Verhandlungen seiner dynamischen Frau im Hintergrund. Er hörte nur dann aufmerksam zu, wenn die Rede auf finanzielle Vorteile kam; alles andere interessierte ihn herzlich wenig, vor allem, da der Atlantik, das Meer im Westen, fern von seinem Einflussgebiet, von Aragon, war. Für ihn war einzig und allein das Mittelmeer von Bedeutung, hier fuhren die aragonesischen Schiffe nach Italien, mit dem man Handel trieb und politische Beziehungen hatte. Wahrscheinlich hätte Kolumbus niemals eine Chance für seine weltbewegende Entdeckung gehabt, hätte Ferdinand eine Entscheidung über seine Expedition fällen sollen.

Am 3. August 1492 stach Christoph Kolumbus endlich mit dem Flaggschiff Santa Maria und zwei Begleitschiffen in See. Nach einer abenteuerlichen Fahrt über den Atlantik entdeckte der Matrose Rodrigo de Triana am 12. Oktober zum ersten Mal wieder Land. Die kleine Flotte hatte eine Insel der Bahamas erreicht, worüber der Großadmiral einen Bericht zu Papier brachte: »Ich begab mich, begleitet von

Martin Alonso Pinzo und dessen Bruder Vicente Yanez…
an Bord eines mit Waffen versehenen Bootes an Land. Dort
entfaltete ich die königliche Flagge…« Kolumbus nannte
die für die Seefahrer heilbringende Insel San Salvador.

Es war nicht die einzige Insel, die Kolumbus auf seinen
Fahrten entdeckte, wobei er zwar südamerikanischen Boden, aber nicht das Festland von Nordamerika betrat. Als in
den für die spanische Krone okkupierten Gebieten Unruhen
der einheimischen Bevölkerung gegen die plötzlich aufge-
tauchten weißen Besatzer ausbrachen, griff Kolumbus übertrieben hart durch, was nicht einmal von der spanischen
Obrigkeit goutiert wurde. Die Katholischen Majestäten
setzten ihn ab und ließen ihn in Ketten zurück nach Spanien bringen, wo er zwar nicht verurteilt wurde, aber in
Ungnade fiel, da er die sagenhaften Schätze, von denen auch
die Könige träumten, nicht übers Meer gebracht hatte. Als
vergessener und gebrochener Mann starb Christoph Kolumbus am 20. Mai 1506 in Valladolid, immer noch in dem
Glauben, über den Weg nach Westen nach Indien gekommen zu sein. Die Kugelgestalt der Erde hatte er bewiesen!

# Karl der Kühne von Burgund war ohne Furcht und Tadel

*An phantastischen Plänen mangelte es dem Herzog von Burgund ein Leben lang nicht. Seine kühnste Idee allerdings war der Erwerb der Königskrone. Der Preis dafür war seine schöne Tochter.*

Dabei hätte es Herzog Karl, dessen Reich viel umworben war, gar nicht nötig gehabt, seine Tochter als Unterpfand anzubieten, denn Maria, sein einziges Kind, war ein hochtalentiertes, reizendes junges Mädchen, um deren Hand sich nicht nur der französische König für seinen erst fünfjährigen Sohn bemühte. Für Ludwig XI. von Frankreich ging es dabei nicht eigentlich um Maria, sondern vor allem um die reichen Gebiete, die sich die Herzoge von Burgund, die vor nicht allzu langer Zeit noch Lehensmänner des französischen Königs gewesen waren, mit allen zur Verfügung stehenden Mitteln angeeignet hatten. Schon Philipp der Kühne regierte über Flandern, Artois und die Freigrafschaft Burgund, der zweite Herzog, Johann ohne Furcht, erweiterte sein Reich um Holland, Seeland, Friesland und dem Hennegau. Und dem Vater Karls des Kühnen, Philipp dem Guten, fielen Brabant, Limburg Lüttich, Cambrai und Utrecht zu, sodass sich das Gebiet allmählich zu einem einheitlichen Staatsgebilde abrundete. Philipp unternahm außerdem geschickte Schachzüge, wodurch er noch Boulogne, Macon, Auxerre, Namur und Luxemburg an sich bringen konnte. Dass man in Europa beinah erstaunt auf dieses

»grand-duché d'Occident« schaute, ist nicht verwunderlich, denn der zusammengewürfelte Staat, der wohl die mittelalterlichen Traditionen aufrechthielt, zeigte revolutionäre moderne Reformen: Die Herzoge verliehen den Bürgern Mitspracherecht in politischen Angelegenheiten sowohl im Großen Rat als auch in den Generallandtagen. So eine innenpolitische Struktur war völlig neu und beinahe sensationell! Dazu kam, dass es Philipp der Gute, der seinen Beinamen keineswegs zu Recht trug, da er mit brutaler Härte in so mancher Angelegenheit durchgriff, ein Symbol schuf, das bis in unsere Tage Gültigkeit hat: Auf ihn ging das Goldene Vlies zurück, ein Widderfell, das seinen Träger als elitär auswies. Wer der Vlies-Gemeinschaft angehörte, war in einen elitären Männerkreis eingetreten, der schon bald zu einer verschworenen Gemeinschaft wurde. Es galt daher als höchste Auszeichnung, Ritter des Goldenen Vlieses zu sein – auf Erden auserwählt – im Jenseits der göttlichen Gnade sicher!

Um diese Auserwähltheit auch der Mitwelt darzutun, entwickelten die Herzöge um ihre Person ein eigenes Zeremoniell, das sie von allen anderen Sterblichen abheben sollte. Das burgundische Zeremoniell, das von den Habsburgern auch in Spanien übernommen wurde, ließ alles Menschliche bei Hofe erstarren. Jahrhundertelang prägte es das Verhalten der Herrscher, selbst zur Zeit Kaiser Franz Josephs zeigte es noch Auswirkungen.

Herzog Karl der Kühne hatte viel erreicht in seinem Leben, nur eines fehlte ihm noch: eine Königskrone. Daher wandte er sich schon sehr bald an Kaiser Friedrich III., denn er allein schien in der Lage, das Burgunderreich aufzuwerten. Der Sohn des Kaisers Maximilian war noch keine fünf Jahre alt, als ein Heiratsprojekt zwischen den beiden Vätern Friedrich und Karl besprochen wurde. Dabei winkte dem

Herzog von Burgund die Königskrone. Als Gegenleistung sollte Maximilian der Gemahl des steinreichen Mädchens werden – eine begehrenswerte Partie für die ewig von Geldsorgen geplagten Habsburger! Als diese Idee bekannt wurde, traten sofort andere Brautwerber auf den Plan: Markgraf Archilles von Brandenburg wurde ebenso vorstellig wie der Herzog von Lothringen, denn keiner gönnte dem anderen die goldene Braut. Beide Männer kamen für Karl niemals in Betracht, zu offensichtlich waren ihre Absichten. Außerdem konnten sie nichts bieten, als eine ruhige Nachbarschaft für die Zukunft. Da war die Vereinbarung mit dem Kaiser schon von bedeutenderem Wert. Karl der Kühne wusste, wie er den misstrauischen Habsburger zu behandeln hatte, er kannte Friedrichs Sorgen und Nöte, die er vor allem im Osten des Reiches hatte. Der Burgunderherzog versprach dem Kaiser Hilfe gegen die Türken und Ungarn, die den Österreichern das Leben schwer machten, zusätzlich noch gegen die Böhmen, die es auch noch zu befrieden galt. Das großzügige Angebot, das Peter von Hagenbach dem Kaiser unterbreitete, bereitete Friedrich III. so manche schlaflose Nacht. Nach langem Hin und Her entschloss er sich, so wie es seine Art war, zum Nichthandeln, er wollte einfach abwarten, wie sich die Dinge entwickeln würden.

Nachdem Peter von Hagenbach den jungen Maximilian in Augenschein genommen hatte, konnte er nur das Allerbeste über den jungen Mann berichten. Zur allgemeinen Zufriedenheit kam man überein, dass man einander am Reichstag von Trier kennenlernen sollte. Allerdings war dem Kaiser auch bewusst, dass ihm die Mittel fehlten, um zumindest genauso prunkvoll in der Stadt an der Mosel mit Maximilian erscheinen zu können, wie man dies von Karl dem Kühnen vermutete. Und da wieder alle Kassen hinunter bis zum Hund leer waren, versuchte Friedrich III. bei den reichen Handelshäusern Kredit zu bekommen. Die meisten allerdings zeigten ihm die kalte Schulter, nur die Fugger in Augsburg waren bereit, den Kaiser und seinen Sohn mit den feinsten Tuchen auszustatten, sodass Friedrich III. am 28. September 1473 mit 2500 berittenen Begleitern, die ebenfalls prachtvoll gekleidet waren, in Trier einreiten konnte. Dass die Fugger nicht aus Liebe zum Kaiser die Delegation so herausstaffiert hatten, war allen Zeitgenossen klar: Ulrich Fugger wurde ein eigenes Wappen für seine Großzügigkeit versprochen!

Es war beinahe selbstverständlich, dass die Reichsfürsten mit Argusaugen nach Trier schauten, musste man doch auf der Hut sein, damit der Kaiser dem Burgunderherzog nicht Privilegien zukommen ließ, die dem Ansehen der Reichfürsten schaden konnten. Allerdings hätten sie im Laufe der Zeit das Wesen Friedrichs erkennen müssen. So wie immer, wenn es darum ging, irgendwelche Angelegenheiten abzuhandeln, kam es auch in Trier zu keinem Ergebnis. Sowohl die Eheschließung der Kinder als auch die Königsangelegenheit blieben ungeklärt.

Es musste für den tatkräftigen Burgunderherzog ein Tiefschlag gewesen sein, als er erkennen musste, dass all der Aufwand umsonst gewesen war. Er, ein dynamischer, aktiver Mann war nicht gewohnt, etwas zu unternehmen, das sich am Ende als sinnlos herausstellte. Er war ein Leben lang unermüdlich unterwegs, teils mit kriegerischen Aktionen beschäftigt, dabei bedachte er nicht, dass seine Untertanen längst kriegsmüde geworden waren. Seine Aktivität brachte ihm verschiedene Beinamen ein, wie »der Verwegene«, »der Kriegerische«, aber auch »der Unermüdliche«. Der Herzog war ein Mann des Wortes, der Redlichkeit über alles liebte und jedem seiner Untertanen Gerechtigkeit widerfahren ließ. Die hohen Ansprüche, die er an sich selber stellte, verlangte er auch von seinen Zeitgenossen. Auf seinen vielen Kriegszügen verbot er seinen Mannen jegliche Bereicherung durch wahlloses Plündern und bestrafte das Vergewaltigen wehrloser Frauen mit dem Tode.

Karls Privatleben war von einer gewissen Tragik überschattet, seine erste Gemahlin starb früh und seine zweite Ehefrau Margareta von York konnte ihm auch nicht den ersehnten Erben schenken. Dafür kümmerte sie sich liebevoll um die kleine Maria und war dem verwaisten Mädchen nicht nur eine gute Ersatzmutter, sondern auch eine lebenslange Freundin.

Hochgebildet wie Karl der Kühne war, las er die antiken Schriftsteller in der Originalsprache, komponierte Motetten und schrieb Lieder, die in Burgund Allgemeingut wurden. Der Herzog war der personifizierte Vertreter der burgundischen Hofkultur, der zu viel gewollt hatte und dadurch von seinen Zeitgenossen nicht verstanden wurde. Alle seine Pläne wurden mit einem Schlag vernichtet, als er sich wieder in Kampfhandlungen mit den Schweizern verstrickte, die ihm Leib und Leben kosten sollten. In der Schlacht bei Nancy im Jänner 1477 erfüllte sich das Schicksal des dynamischen Mannes. Seine gefrorene, von Wölfen angefressene Leiche wurde Tage später in einem Teich entdeckt.

Es war ihm nicht vergönnt gewesen, die Hochzeit seiner einzigen Tochter mit Maximilian, dem Sohn des Kaisers, zu erleben.

# Die Tochter des Kaisers
## wurde zur Ehe überlistet

*Kunigunde, die einzige überlebende Tochter des habs-burgischen Kaisers Friedrich III., war schon in die Jahre gekommen und immer noch hatte der ständig von Feinden umringte Vater keinen passenden Ehe-mann für die Prinzessin gefunden.*

Wahrscheinlich hatte Friedrich III. jahrelang ganz andere Sorgen, als sich um die Angelegenheiten seiner Tochter zu kümmern, obwohl der Kaiser Kunigunde auf eine ganz besondere Weise liebte. Und das hieß viel bei dem spröden, beinah unzugänglichen Herrscher, der ständig nörgelnd und mit verdrießlicher Miene eine schlechte Stimmung verbrei-tete. Kunigunde war erst zwei Jahre alt, als die Mutter Eleo-nore, die von ihren beiden Kindern heiß geliebt worden war, starb. Der Kaiser suchte nach dem Tod seiner Gemahlin sel-ber den Hofstaat und die Lehrer für seine Tochter aus, die am 16. März 1465 in Wiener Neustadt das Licht der Welt erblickt hatte. Kunigunde sollte nicht nur lesen und schrei-ben, sticken und häkeln lernen, auch in die Kunst des Rei-tens und Jagens wurde sie eingeführt, daneben sollte ihr Interesse für Astronomie und Mathematik geweckt werden, etwas Ungewöhnliches für ein Mädchen in dieser Zeit, wo man nichts mehr fürchtete als wissenschaftlich gebildete Frauen. Kaiser Friedrich III. setzte sich in jeder Hinsicht über die Volksmeinung und althergebrachte Traditionen hinweg. Daher hatte er es auch nicht eilig, seine einzige

Tochter möglichst gewinnbringend zu verheiraten, sodass sich das keineswegs unattraktive Mädchen, das sehr viel Ähnlichkeit mit seiner portugiesischen Mutter hatte, schon beinah dem Matronenalter näherte und noch war kein Bräutigam weit und breit in Sicht! Aber wahrscheinlich sah der misstrauische Friedrich in jedem, der sich um seine Tochter bemühte, einen Mitgiftjäger, obwohl allgemein bekannt war, dass der Kaiser finanziell nicht auf Rosen gebettet war. Wenn auch bei Kunigunde nicht das große Geld zu erwarten war, so galt die Tochter des Kaisers und die Schwester des zukünftigen Königs landauf, landab als hervorragende Partie.

Heiratspläne lagen freilich einige auf dem Tisch, wobei Friedrich III. in seiner ständigen Bedrängnis angeblich sogar darüber spekuliert haben soll, seine einzige Tochter mit dem türkischen Sultan Mehmed II. zu vermählen. Kunigunde sollte als Christenmädchen den osmanischen Heiden im Bett bekehren. Auch eine Ehe mit dem immerwährenden Feind Matthias Corvinus, der Friedrich schließlich aus Wien verdrängt hatte, hatte der Kaiser vorübergehend ins Kalkül gezogen, aber nach reiflicher Abwägung aller Wenn und Aber davon Abstand genommen.

Das erste öffentliche Auftreten der jungen Kunigunde als erste Dame des Reiches an der Seite ihres kaiserlichen Vaters fand überraschenderweise in Wien statt, wo Friedrich seinerzeit die größte Schmach als Herrscher erlebt hatte. Aber längst hatte sich die Stimmung der Wiener geändert, sodass der Kaiser den Bayernherzog Georg in die Stadt an der Donau geladen hatte, um ihn in einer großartigen Zeremonie, bei der Friedrich III. seinen legendären edelsteinbesetzten Damastmantel trug, der einen Wert von 500 000 Gulden hatte, zu belehnen. Gleichzeitig hatte der Herzog die Ehre, die fünfzehnjährige Kaisertochter zum Tanze zu führen. Niemand konnte damals ahnen, welche Schicksalsrolle die bayerischen Verwandten Herzog Georgs dereinst im Leben Kunigundes spielen sollten.

Nach den abwechslungsreichen Tagen in Wien hieß es für Kunigunde Abschied vom prunkvollen Leben zu nehmen, denn in der Grazer Burg, wohin sie zu ihrer eigenen Sicherheit gebracht wurde, hatte sie nur wie üblich ihre Hofdamen um sich. Dabei ahnte der Vater nicht, in welcher Gefahr seine geliebte Tochter schwebte, da Feinde des Kaisers ihre Entführung geplant hatten. In letzter Minute wurde das Komplott aufgedeckt und die Verschwörer hingerichtet. Auch die Stadt an der Mur schien kein sicherer Ort mehr für Kunigunde zu sein!

Bedroht von allen Seiten konnte Friedrich nur eines tun, um sich selber, aber auch seine Tochter in Sicherheit zu bringen: Er übersiedelte mit Sack und Pack nach Linz, wo er fortan lebte, während er Kunigunde nach Innsbruck zu seinem ehemaligen Mündel, zu Herzog Sigismund, der den Beinamen der Münzreiche trug, schickte. In Innsbruck tat sich für Kunigunde eine staunenswerte neue Welt auf. Sigismund war das genaue Gegenteil des Kaisers, ein lustiger, weltoffener und vor allem ungewöhnlich freigiebiger Mann. Die Feste, die er feierte, kosteten Unsummen von Geld, das er sich von überall zusammenborgte oder dafür weite Ländereien verpfändete. Jeder, der eine offene Hand hatte, war in Innsbruck willkommen, auch Männer, die das tolle Treiben des Herzogs für ihre politischen Ziele ausnützten, wie Herzog Albrecht IV. von Bayern. Und als er obendrein erfuhr, dass die einzige Tochter des Kaisers in Innsbruck zu Gast war, gab es für Albrecht nur noch ein Ziel: Er wollte um die Hand Kunigundes anhalten. Der um 18 Jahre ältere Albrecht war ein bekannter Charmeur, der wusste, wie er Kunigunde den Kopf verdrehen konnte. Zwar zog der Kaiser im letzten Moment die Heiratserlaubnis zurück, nachdem er von dubiosen politischen Machenschaften Albrechts erfahren hatte, die darin gipfelten, dass der Herzog die freie Reichsstadt Regensburg in Besitz genommen hatte. Albrecht und Sigismund, der mit ihm im Bunde war, wussten sich zu helfen, indem sie ganz einfach eine gefälschte Erlaubnis aus der Tasche zogen, von der die Braut keine Ahnung hatte. Albrecht hatte es eilig. Am 2. Januar 1487 fand die kirchliche Trauung in der Schlosskapelle statt, danach bestieg er sofort mit seiner jungen Frau das Brautbett. Jeder allfällige Einspruch des Schwiegervaters wider Willen war damit zwecklos.

Kaiser Friedrich III. war nicht nur auf den mit allen Wassern gewaschenen Schwiegersohn wütend, auch die Tochter war bei ihm in Ungnade gefallen, obwohl Kunigunde in flehentlichen Briefen versuchte, den Vater zu versöhnen. Schon hatte der Kaiser ein Heer gegen den unbotmäßigen Schwiegersohn aufgestellt, ein Kampf schien unausweichlich. Im letzten Moment gelang es Maximilian, den seine Schwester händeringend gebeten hatte, zu vermitteln, das Schlimmste zu verhindern. Die folgende Aussprache zwischen Friedrich und Albrecht in Linz endete allerdings in einem Schreiduell, sodass sich der Kaiser dahingehend äußerte, dass der Stolz des Fürsten in Bayern gedemütigt werden müsste.

Das Verhältnis der Ehegatten wurde natürlich durch den Zwiespalt, in dem sich Kunigunde befand, getrübt. Dazu kam, dass die Herzogin zunächst nur Mädchen das Leben schenkte, wodurch alle Anstrengungen ihres Gemahls, Bayern durch Intrigen, Morde und Erbschaften zu einer Großmacht werden zu lassen, eigentlich sinnlos gewesen wären. Aber gerade die drei reizenden Mädchen waren es, die zu einer Versöhnung zwischen Vater und Tochter führten. Kunigunde war mit den Kindern nach Linz gereist, wo der alte, schon gebrechliche Kaiser vom Liebreiz der Kleinen so hingerissen war, dass er auch seine Tochter endlich wieder in die Arme nahm und mit Albrecht Frieden schloss.

Auch die Beziehung zu ihrem Ehemann besserte sich schlagartig, als Kunigunde drei Söhne zur Welt brachte, wodurch die Erbfrage wieder aktuell wurde. Nach reiflicher Überlegung war Herzog Albrecht IV. zu dem Schluss gekommen, dass nach den Regeln der Primogenitur der älteste Sohn den gesamten Besitz erhalten sollte. Die jüngeren Brüder sollten als Grafen mit einer jährlichen Apanage abgefunden werden. Diese Regelung war alles andere als in Kunigundes Sinn, da sie nach dem Tode Albrechts am 18. März 1508 einen Bruderkrieg heraufziehen sah. Durch ihr ausgleichendes Wesen und intensive Verhandlungen mit ihren Söhnen gelang es ihr mit viel Mühe, einen ernsthaften Zwist zu vermeiden und die Teilung Bayerns zu verhindern. Vom Püttrich-Frauenkloster in München aus, wohin sie sich nach Albrechts Tod zurückgezogen hatte, kümmerte sie sich weiterhin um die Geschicke der Familie mit ungebrochener Energie.

Als Kunigunde mit 55 Jahren am 5. August 1520 starb, trug man eine Frau zu Grabe, die durch ihre Tatkraft und politische Weitsicht die Tür zu einer neuen Zeit in Bayern aufgestoßen hatte.

# Der unechte Mohr von Mailand

*Ob es die etwas dunklere Gesichtsfarbe gewesen war,
die dem Regenten von Mailand den Beinamen »il
Moro« eingetragen hatte, oder ob diese Bezeichnung
auf einen seiner Taufnamen »Maurus« zurückzuführen war, ist bis heute nicht geklärt.*

Ludovico il Moro war durch die undurchschaubaren Intrigen, die ab Mitte des 15. Jahrhunderts in Mailand herrschten an die Macht gekommen, da der eigentliche Herzog
Gian Galeazzo noch in den Kinderschuhen steckte, als sein
Vater durch die Hand von Meuchelmördern fiel. Daher
gelang es dem Bruder des Ermordeten, Ludovico, ohne
große Anstrengungen, die Rolle des Regenten einzunehmen, immer mit dem Hinweis, dass sein Neffe, dem die
Herzogswürde zustand, zunächst einmal volljährig werden
musste, um die politischen Geschicke des heiß umstrittenen
Stadtstaates lenken zu können. Gian Galeazzo sollte in seinem kurzen Leben lediglich eine Marionette in der Hand
seines Oheims sein.

Der Moro war ein fähiger Mann, hochgebildet, kunstsin-
nig und ungewöhnlich reich. Unter seiner Regentschaft
nahm das Land einen nie da gewesenen Aufschwung und
trat in Konkurrenz mit den Kunstmetropolen Florenz und
Venedig, denn wohlhabend, wie er war, unterbreitete Ludovico den bedeutendsten Künstlern seiner Zeit verlockende
Angebote und jeder, der etwas auf sich hielt, machte sich
eine Ehre daraus, für den Moro schöpferisch tätig sein zu
können. 17 Jahre lang lebte und wirkte allein Leonardo da

Vinci am Mailänder Hof, er hatte von Ludovico den schöpferischen Freiraum bekommen, den jeder Künstler für die Schaffung großartiger Werke benötigt. Leonardo war aber nicht nur Maler, seine Hauptbeschäftigung in Mailand sah er darin, technisch Neues, nie da Gewesenes zu entwickeln, von Belagerungsmaschinen angefangen über U-Boote und Flugmaschinen, abgesehen von einer allumfassenden Stadtplanung für die Metropole, die Abwässerkanäle und zweistöckige Straßen beinhaltete. Ludovico il Moro hatte schon sehr bald das Genie Leonardos erkannt und ließ ihn bei hervorragender Entlohnung schalten und walten, denn der Künstler verstand es, den Herrn von Mailand mit großartigen, farbenprächtigen Festen zu erfreuen, bei denen er selber Regie führte. So lang es die politische Situation zuließ bis Ende der 80er-Jahre, blühten in Mailand Kunst und Lebensfreude, sodass alle, die etwas auf sich hielten, dieser Stadt einen Besuch abstatteten, um sich mit eigenen Augen von dem Luxusleben, das hier die Reichen und Schönen führten, zu überzeugen.

Alles, was dem Moro fehlte, war eine entsprechende attraktive Gemahlin, die dem 30 Jahre alten Regenten einen Erben schenken sollte. Seine Wahl fiel auf Beatrice d'Este, die jüngere Tochter des Herzogs von Ferrara, ein 15-jähriges ungewöhnlich reizvolles, gebildetes Mädchen. Ludovico hätte keine bessere Gattin finden können, er verliebte sich so in seine kleine Frau, dass er sich zwar schweren Herzens, aber doch nach der Geburt eines Kindes von seiner langjährigen schönen Mätresse Cecilia Gallerani trennte.

Die junge Beatrice hatte in kürzester Zeit nicht nur die Herzen der Mailänder gewonnen, die ihrem Gemahl immer noch skeptisch gegenüberstanden, sondern auch den deutschen König Maximilian bezaubert, der ein Leben lang schönen Frauen nicht widerstehen konnte. Vielleicht war es ihr Verdienst, dass sich Maximilian entschloss, den Moro am 26. Mai 1495 in einer großartigen Szene vor der Kathedrale mit dem Herzogtum Mailand zu belehnen, nachdem der rechtmäßige Herzog Gian Galeazzo ohne irgendwelche Aufgaben erfüllt zu haben, die Augen für immer geschlossen hatte.

Der Moro wäre am Ziel seiner Wünsche gewesen, als Beatrice im Jahre 1493 einem Sohn das Leben schenkte. Aber er hatte sich längst in die Politik der italienischen Stadtstaaten eingemischt, auf die die zentraleuropäischen Mächte, vor allem Frankreich, ein Auge geworfen hatten. Es schien zu einer Manie der französischen Könige, vor allem Karls VIII., zu werden, die Königskrone von Neapel-Sizilien anzustreben, auf die sie vorgaben, ein Anrecht zu haben. Dazu kam natürlich die feindselige Haltung zwischen Frankreich und dem Reich, sodass jeder mit jedem Bündnisse abschloss, in die der Heilige Stuhl genauso verwickelt war wie die Republik Venedig, die wiederum Geheimabkommen mit den Osmanen eingegangen war. Eine Zeitlang sah es so aus, als würden alle gegen Karl VIII. kämpfen, als er von Ludovico il Moro gleichsam unter der Hand aufgefordert worden war, nach Neapel zu ziehen. Es war ein brandgefährliches Spiel gewesen, das der Moro schließlich verlieren musste, denn die französischen Truppen zogen sengend und brennend durch Italien und es war für ihre vandalische Einstellung uninteressant, ob es sich um Freunde oder Feinde handelte, deren Gebiete sie verwüsteten. Als Karl VIII. erkannte, dass seine Truppen vor allem durch die verheerende Krankheit, die sich in Neapel ausgebreitet hatte, durch die Syphilis, stark dezimiert worden waren, entschloss er sich, nach Frankreich zurückzukehren, wobei die Franzosen auch auf dem Rückzug alles andere als einen guten Eindruck hinterließen. Mittlerweile hatte auch Ludovico die

Seiten gewechselt und auf seinen neuen Schwiegerneffen, den deutschen König Maximilian gesetzt, der als zweite Gemahlin Maria Bianca Sforza, die reiche Nichte des Moro, geheiratet hatte. Aber Maximilian war an engen verwandtschaftlichen Banden nach Mailand nur so lange interessiert, solange aus dieser Stadt Geld in seine stets leeren Kassen geflossen war und er eine Chance gewittert hatte, Mailand eng an sich zu knüpfen. Denn Mailand war seit eh und je ein verlockendes Gebiet für die deutschen Kaiser und Könige, jetzt bestand vielleicht die Möglichkeit, dieses reiche Gebiet endgültig zu gewinnen. Selbst der Papst betonte die Vormachtstellung der Stadt, als er Maximilian den Vorschlag unterbreitete, ihn in Mailand zum Kaiser zu krönen. Für Maximilian war dies ein Ansinnen, das er rundheraus ablehnte, obwohl er wissen musste, dass eine Krönung in Mailand das Fest aller Feste für ihn werden würde.

Durch die ununterbrochenen Kampfhandlungen ab dem Jahr 1490 und das dubiose Taktieren war die Macht Ludovicos allmählich zusammengebrochen. Dazu kam, dass er auch sein persönliches Glück verspielte, denn im Jahr 1495 hatte er sich wieder eine Mätresse genommen, dies zu einer Zeit, als seine Gemahlin aufs Neue ein Kind erwartete. Diese Lieblosigkeit konnte die sensible Beatrice in ihrem Zustand kaum verkraften. Sie fiel in tiefe Depressionen, die dazu führten, dass sie viele Stunden des Tages nur in der Kirche und an Gräbern verbrachte. Die Todgeburt ihres dritten Kindes überlebte die Herzogin von Mailand nur eine Stunde. Die lebensfrohe, schöne Frau starb mit nur 22 Jahren.

Mit ihr ging Ludovicos Glücksstern unter. Hatte er sich mit Karl VIII. auf seine Weise arrangiert, so zeigte ihm der neue französische König Ludwig XII., die »Spinne Europas«, von vornherein die kalte Schulter. Er wollte unter allen Umständen in den Besitz Mailands gelangen. Als für

Ludovico und seine beiden Söhne 1499 die Lage gefährlich wurde, flüchteten sie nach Innsbruck, wo sie den Schutz des deutschen Königs suchten. Aber Maximilian erinnerte sich nicht mehr an sie!

Der Moro gab sich aber noch lange nicht geschlagen. Er stellte ein Heer mit Schweizer Söldnern auf, um gegen die französischen Truppen, unter denen sich auch Schweizer befanden, zu kämpfen. Als der Kampf begann, in dem Schweizer gegen Schweizer antreten sollten, weigerten sich die Söldner, aufeinander zu schießen. Die Anhänger Moros wollten aber den Herzog nicht ganz im Stich lassen und boten ihm an, ihn in Verkleidung eines Landsknechtes vor den Franzosen in Sicherheit zu bringen. Der Plan misslang, da Ludovico um zweihundert Gulden verraten wurde. Als kranken Mann brachte man ihn zunächst auf Schloss Lys-Saint-Georges in Berry, von wo er nach vier Jahren nach Loches überstellt wurde. Nach einem Fluchtversuch, der gescheitert war, starb Ludovico il Moro am 27. Mai 1508. Er hatte in die Mauer seines Gefängnisses folgenden Satz eingeritzt: »Der ist nicht weise, der auf das Glück vertraut.«

# Der Blaubart galt als attraktiver Mann

*Nach dem Urteil des Botschafters von Venedig, Giustinian, war König Heinrich VIII. von England außerordentlich schön, weitaus schöner als irgendein anderer Herrscher der Christenheit, weit mehr als der König von Frankreich.*

Nicht nur der Venezianer war voll des Lobes über den jungen englischen König, auch andere berühmte Männer seiner Zeit wurden nicht müde, wahre Lobeshymnen über das Aussehen Heinrichs zu verfassen. Außer einer gewissen Attraktivität, die dem Zeitgeschmack entsprach, hoben die Lobredner besonders seine Liebenswürdigkeit und Bildung hervor. Der König besaß viele Talente, war ein guter Musiker, der außer Flöte und Laute auch ausgezeichnet das Virginal spielte, eine Art Spinett, und komponierte neben anderen Musikstücken selber zwei Messen. Und da Heinrichs erster Lehrer der Dichter John Skelton gewesen war, schien es nicht verwunderlich, dass sich der junge Mann auch eingehend mit der Literatur der Zeit, aber auch mit den Werken antiker Schriftsteller beschäftigte, die er versuchte, in der Originalsprache zu lesen, denn er lernte neben Französisch, Spanisch und Italienisch auch Latein, wie es den Usancen der Zeit entsprach. Zumindest in seiner Jugendzeit galt Heinrich, der Sohn Heinrichs VII. aus dem Hause Tudor und dessen Gemahlin Elisabeth von York – den Eltern war es gelungen, nach den jahrelangen Rosenkriegen die beiden Häuser im Bett zu vereinen –, als tief religiös, er hörte drei Messen am Tage, was insofern nicht ungewöhnlich war, da er wahrscheinlich als zweiter Sohn für den geistlichen Stand bestimmt gewesen war. Da sein älterer Bruder Arthur für das Königsamt ausersehen war, hatte sein Vater in Europa nach einer passenden und vor allem reichen Braut Ausschau gehalten. Die Wahl war auf Katharina, die jüngste Tochter König Ferdinands von Aragon, gefallen, die zwar einige Jahre älter als der jugendliche Bräutigam war, aber nach einer Dispens des Papstes die zukünftige Gemahlin Arthurs werden sollte. Von einem König Heinrich VIII. war zu jener Zeit noch keine Rede. Dieser Knabe wurde isoliert von seinen Geschwistern aufgezogen, durfte sich nur in Begleitung auserwählter Diener höchstens in den weitläufigen Parks bewegen und schlief in einem Zimmer, das nur eine einzige Tür hatte: zum Schlafgemach des Vaters. Dass der junge Mann dennoch ein brillanter Reiter, exzellenter Fechter und tüchtiger Jäger wurde, grenzte beinahe an ein Wunder bei dem zurückgezogenen Leben, das Heinrich während seiner Kinderzeit führen musste.

Die erste größere Rolle seines Lebens spielte Heinrich bei der Hochzeit seines fünfzehnjährigen Bruders Arthur mit der ein Jahr älteren Katharina am 15. November 1501, wo er nicht nur den Brautzug angeführt hatte, sondern bei den 10 Tage dauernden Festlichkeiten sich durch Ausdauer im Tanz und durch besondere Grazie auszeichnete. Die Hochzeit sollte im Leben Arthurs das letzte Fest sein, denn schwindsüchtig wie er war, starb er schon im April des darauf folgenden Jahres, ohne in der Lage gewesen zu sein, die Ehe mit Katharina zu vollziehen. Heinrich war Kronprinz geworden, er stand plötzlich im Mittelpunkt des europäischen Interesses und man ventilierte die Frage sowohl bei den Habsburgern als auch in Spanien und genauso in Frankreich, wem der zukünftige König einmal die Hand fürs Leben reichen würde. Familiäre Verbindungen mit England waren in jedem Fall bei den herrschenden politischen unsicheren Konstellationen von Vorteil, denn die Bündnisse wechselten von einem Tag auf den anderen und wurden vor allem durch den Mann auf dem Stuhle Petri, Julius II., und seinen Nachfolgern geschürt. England war ein nicht zu übersehender Faktor im Spiel der Mächte.

Der 21. April 1509 war sowohl für den jungen Heinrich als auch für Katharina von Aragon, seine verwitwete Schwägerin, ein Schicksalstag, da der englische König Heinrich VII. die Augen für immer schloss. Jetzt gab es einen neuen Herrscher, den jungen, dynamischen Heinrich VIII., der seine Regierungszeit mit rauschenden Festen, durchtanzten Nächten und jubelndem Volk begann. Der berühmte Erasmus von Rotterdam schrieb über das »goldene Zeitalter«, das heraufzuziehen schien: »Der Himmel lacht, und die Erde freut sich: alles ist voller Milch, Honig und Nektar ... unser König sucht nicht Gold oder Edelsteine ... sondern Tugend, Ruhm und Unsterblichkeit.«

Über all den Festen und Lustbarkeiten vergaß aber der junge König nicht, dass er in allernächster Zeit heiraten sollte, um die neu entstandene Dynastie zu sichern. Und die Braut war nicht irgendwo in Europa zu suchen, sie war schließlich beinah vor der Tür: seine Schwägerin Katharina, die vor Gott und der Welt ausgesagt hatte, dass sie sich noch im Zustand der Jungfräulichkeit befinde. Daher fiel der Passus, der eine Ehe zwischen Schwägern ausschloss, weg, sodass Heinrich Katharina am 11. Juni 1509 in der Franziskanerkirche von Greenwich heiraten konnte. Er tat dies, obwohl die vom Brautvater zugesagten 100 000 Kronen aus Spanien noch nicht eingelangt waren, was allerdings nicht verwunderlich war, kannte man die Unzuverlässigkeit Ferdinands von Aragon, die seinem Schwiegersohn noch oft zu schaffen machen sollte. Zwei Wochen nach der Hochzeit fand die Krönung Heinrichs zum König von England statt, ein Ereignis, das an Glanz und Prunk kaum zu überbieten war. Und so sollten die ersten Regierungsjahre des jungen Herrschers weitergehen, dessen Ehe mit Katharina durchaus glücklich zu sein schien, obwohl der kleine Sohn der beiden schon nach sechs Wochen gestorben war, denn Katharina schrieb 1512 an ihren Vater: »Das Leben am königlichen Hofe ist ein immerwährendes Fest... Maskeraden und Komödien, Lanzenstechen und Turniere, Konzerte Tag und Nacht...« Es war, als wollte Heinrich VIII. all dies nachholen, was ihm zu Lebzeiten seines strengen Vaters verwehrt worden war.

Es war nicht verwunderlich, dass sich bei dem jungen König ehrgeizige politische Ideen einstellten, vor allem der Kampf gegen Frankreich sollte ihn in den nächsten Jahren in Beschlag nehmen, wobei er auf die militärische Hilfe seines Schwiegervaters Ferdinand hoffte, denn der König von Spanien, dessen Herrschaftsbereich nach dem Tod seiner Gemahlin Isabella von Kastilien auf Aragon reduziert war, warf auch immer wieder lüsterne Blicke auf französische Landstriche, genauso wie der Habsburgerkaiser Maximilian. Was lag also näher, als sich mit den beiden Franzosenfeinden zu verbünden. Während Heinrich politisch seine Pläne zu verwirklichen suchte, begann seine Ehe mit Katharina längst den Reiz zu verlieren, vor allem, als Heinrich erkennen musste, dass je älter seine Gemahlin wurde, die Chance auf einen Sohn, den er dringend brauchte, immer mehr dahinschwand. Und der temperamentvolle König war keineswegs ein Kostverächter, er bemerkte immer mehr, welch verführerische Damen sich in seinem Dunstkreis befanden. Unter ihnen stachen besonders die beiden Schwestern Mary und Anne Boleyn dem Herrscher ins Auge, wobei er bei Mary leichteres Spiel als bei Anne hatte. Eine Affäre mit dem König von England kam für die sittsame Anne in keiner Weise in Frage. Und da Heinrich dieser keuschen Dame nicht nur glühende Liebesbriefe schrieb, sondern sie, wie er sich ausdrückte, für immer und ewig besitzen wollte, kam für ihn nur die Trennung von seiner ersten Gemahlin in Frage, die natürlich gegen jedes kirchliche Gesetz geschehen musste, obwohl Heinrich alle möglichen Gründe anführte, um zu beweisen, dass die Ehe mit Katharina von vornherein ungültig gewesen war. Um dies aller Welt und vor allem dem Papst zu dokumentieren, strengte er einen Prozess an, in dem zwar Katharina ihre Aussage, unberührt in die Ehe gegangen zu sein, nicht widerrief, der aber dennoch mit der offiziellen Scheidung von Katharina endete. Papst Clemens VII. hüllte sich vorerst in Schweigen, selbst als Heinrich Anne Boleyn, die inzwischen ein Kind erwartete, in aller Stille heiratete.

Das Schicksal Katharinas war besiegelt, denn erst nach sieben Jahren äußerte sich der Papst zu ihren Gunsten, als es längst zu spät war. In ihrer Hochherzigkeit verzieh sie ihrem Gatten all die Schmach, die er ihr jemals angetan hatte. Sie konnte nicht ahnen, dass das Schicksal ihrer Nachfolgerin noch viel schrecklicher sein sollte.

# Der Papst war mit Leib
# und Seele Krieger

*Mit riesigen Summen Bestechungsgeldern war es Gui-liano della Rovere gelungen, im fortgeschrittenen Alter von sechzig Jahren als Julius II. auf den Stuhl Petri zu gelangen. Er sollte einer der eindrucksvollsten Renais-sancepäpste werden.*

Obwohl Guiliano aus ganz einfachen Verhältnissen kam, besaß er einen mächtigen Onkel, der sich schon sehr früh darum kümmerte, dass der am 5. Dezember 1443 geborene Neffe nicht als einfacher Franziskaner sein Leben fristen sollte, sondern schon mit nur 28 Jahren zum Kardinal ernannt wurde. Mit dieser Würde und vielen Pfründen, die damit verbunden waren, fiel es dem hochgewachsenen schlanken jungen Mann nicht schwer, die Herzen so mancher schönen Dame zu erobern, wobei eine zu seiner Dauer-konkubine avancierte, eine verheiratete Frau, mit der er drei Töchter besaß. Da er einem abwechslungsreichen Liebes-leben nicht abgeneigt war, war es kein Wunder, dass er sich schließlich mit der grassierenden Franzosenkrankheit, der Syphilis, infizierte, für einen zukünftigen Heiligen Vater wahrlich eine Seltsamkeit!

Der neue Papst galt mit seinen 60 Jahren als uralter Mann, dem man wenig Initiative zugetraut hatte, denn in Wirklich-keit trachteten die Kardinäle um ihn herum danach, mög-lichst schalten und walten zu können, wie sie es gewohnt waren. Aber Julius II. sollte sie sofort eines Besseren belehren. Er besaß eine ungewöhnlich starke Herrschernatur, die keinen wie immer gearteten Widerspruch duldete. Jähzornig wie er war, trug er für alle Fälle einen Stock bei sich, mit dem er jeden Unbotmäßigen auf der Stelle züchtigen konnte. Auch den berühmten Michelangelo trieb er von Zeit zu Zeit auf diese Weise an.

Wenngleich der neue oberste Hirte der Christenheit sicherlich kein Kirchenmann war, ging er für alle Zeiten als Förderer und Mäzen der größten Künstler seiner Epoche in die Geschichte ein. Sein Ziel war es, aus Rom, das noch immer baufällige Häuser im Zentrum besaß, wobei die Peterskirche nicht auszunehmen war, eine Kunstmetropole zu machen, die in der Welt einzigartig sein sollte. Dynamisch, wie es seine Art war, gab er den Auftrag, die alte Peterskirche einzureißen, wobei ihm sein Baumeister Donato Bramante freudig zu Willen war, denn der Künstler hatte längst die Pläne für den Neubau des Petersdomes entworfen. Wahrscheinlich war die römische Bevölkerung entsetzt, als man die Kirche abriss, sodass man dem Baumeister den Beinamen »Maestro rovinante« gab, »Meister der Zerstörung«. Aber am 18. April 1506 erfolgte schon die Grundsteinlegung für den heutigen gewaltigen Petersdom.

Natürlich war viel Geld für dieses Bauwerk, aber auch für die Förderung der Künstler und die luxuriöse Hofhaltung des Papstes vonnöten. Julius II. erfand eine lukrative Geldquelle, indem er einen Ablass erließ, der durch Geld erkauft werden konnte. Die Idee verbreitete er nicht nur in Italien, auch in Deutschland wurden die Ablasszettel verkauft, was schließlich ein letzter Anlass für die reformatorischen Thesen eines Martin Luthers war, denn für einen gläubigen Christen war es geradezu gotteslästerlich, sich durch Geld von den Sündenstrafen freikaufen zu können.

Julius II. war in keiner Hinsicht ein Gottesmann, allein die Regeln der Fastenzeit stellte er auf den Kopf, indem er Garnelen, Thunfisch und feinsten Kaviar bevorzugte, wozu er die teuersten Weine trank. Er genoss das feudale Leben eines echten Fürsten, der zufällig auf dem Stuhle Petri saß. Und als solcher strebte er nach überzeitlichem Ruhm, den ihm die Künstler ihrer Zeit verschaffen sollten. Als ihm der Name Michelangelo zu Ohren kam und er von dessen Talent als Bildhauer hörte, beschloss er, den Künstler damit zu beauftragen, für ihn das Gewölbe der Sixtinischen Kapelle zu gestalten. Obwohl Michelangelo dem Papst, als er die schier unmenschlichen Arbeitsbedingungen erblickte, zu erklären versuchte, dass er bisher kaum als Maler tätig gewesen war, zwang ihn der Papst beinah mit Gewalt, die Arbeit zu übernehmen. Aus einer Honorarforderung des Künstlers geht hervor, wie er die Aufgabe gesehen hatte: »Ich Michelangelo Buonarroti, Bildhauer, habe 500 Dukaten zur Verrechnung bekommen ... für das Ausmalen des Gewölbes der Sixtinischen Kapelle.« Vier Jahre arbeitete der begnadete Künstler unter den schlechtesten Bedingungen meist liegend, um die 300 Figuren in dem 580 Quadratmeter großen Deckengemälde anzubringen – eine Großtat in der Kunstgeschichte!

Die eigenen Räumlichkeiten des Papstes gestaltete kein Geringerer als Raffael mit seinen Stanzen, denn dieser wollte auch in seinen privaten Gemächern ständig von Kunstwerken umgeben sein. Daher war es doppelt seltsam, dass gerade dieser kunstsinnige Mann keine andere Beschäftigung lieber suchte als die des Kämpfens auf den verschiedenen Kriegsschauplätzen. Dabei ging es ihm eigentlich nur darum, die italienischen Gebiete, die von den Franzosen besetzt waren, von den Eindringlingen zu befreien. Zwar war Julius II. in verschiedenen französischen Diözesen

Bischof gewesen, hasste aber alles Französische und vor allem den französischen König Ludwig XII., der sich geweigert hatte, ihm gegen die Republik Venedig Beistand zu leisten. Julius II. sann auf Rache. Ludwig sollte sein Königreich verlieren, das der Papst an den ach so frommen Heinrich VIII. von England, einem Christen wie aus dem Bilderbuch, übertragen wollte. Der greise Papst konnte seinen Plan nicht mehr ausführen, denn er starb, noch bevor er hätte erleben müssen, wie sein englischer Schützling sich wegen einer Frau von Rom abwandte.

In den zehn Jahren seines Pontifikats saß der alte Mann mehr im Sattel als auf dem Stuhle Petri. Am liebsten trug er seinen Panzer, über den er bei Bedarf den weißen Mantel der Unschuld zog, den langen Bart hatte er in seinem Helm eingeklemmt, damit er ihm beim Erklimmen der Leitern, die auf die Stadtmauern führten, nicht hinderlich war. Julius II. kannte weder Rücksicht und am allerwenigsten Gnade, er metzelte wie ein Söldner die Feinde nieder, sodass ihm Luther den Beinamen »Blutsäufer« gab. Als es darum ging, die Stadt Mirandola einzunehmen, schlitterte er wie ein Bär über zugefrorene Gräben, den Kopf mit einem Schaffell bedeckt, und schrie in Richtung der Franzosen: »Mal sehen, wer die dickeren Eier hat, der König von Frankreich oder der Papst!«

Julius II. war alles andere als ein verlässlicher Bündnispartner, denn die Mitglieder der einzelnen Ligen wechselten in den zehn Jahren seiner Regierungszeit ständig. Einzig und allein wichtig war für ihn, die unter den Borgia verloren gegangenen Gebiete wieder zurückzuerobern. Daher nahm er gleich nach seinem Regierungsantritt Cesare Borgia, den berüchtigten Sohn von Papst Alexander VI., gefangen und entzog ihm die Gebiete, die er sich unrechtmäßig angeeignet hatte.

Um auch nach seinem Tode unsterblich zu sein, gab er Michelangelo den Auftrag, ein überdimensionales Grabmal zu entwerfen. Der Künstler zeigte dem Papst die Entwürfe, die Julius II. mit einem Buch in der Hand darstellten, worauf der Papst Michelangelo zornig anfuhr, weshalb er ihn mit einem Buch darstellen wollte, er solle ihm lieber ein Schwert geben, das entspräche wesentlich mehr seinen Intentionen.

Da sich der Papst überhaupt nicht um kirchliche Belange kümmerte, verlangten die französischen Kardinäle die Einberufung eines Konzils in Pisa. Für Julius geradezu ein Affront. Er zauderte nicht lange und rief ein paar Monate später ein Konzil in den Vatikan ein, wo man Kirchenfragen hätte diskutieren sollen. Aber es blieb nur bei spärlichen Ansätzen.

Da der Papst aufgrund seines hochfahrenden Wesens mit Anschlägen auf seine Person rechnen musste, sorgte er vor und berief 150 Schweizer, die aus dem Kanton Uri stammten, 1506 zu seinem ganz persönlichen Schutz, die heute noch berühmte Schweizer Garde.

Julius II. war schon lange ein kranker Mann, von dem sein Zeremonienmeister berichtete, dass man ihm am Karfreitag nicht mehr den Fuß küssen konnte, da »er voller Geschwüre von der französischen Krankheit war«.

Als er sein Ende nahen fühlte, ließ er seine Tochter Felice in den Vatikan kommen, die ihm den letzten Trost gewährte. Am 21. Februar 1513 starb der Papst, der viel mehr Kunstmäzen und Krieger als ein Mann Gottes gewesen war.

# Süleymans sonderbares Geschenk oder Der goldene Apfel

*Jahrelang hatte es sich abgezeichnet, dass der türkische Sultan Süleyman I. nicht vor den Gebieten halt machen würde, die nach der Schlacht bei Mohács 1526 dem habsburgischen König Ferdinand geblieben waren. Sein Drang nach dem Westen war unaufhaltsam.*

Als Süleyman I. nach dem Tode seines Vaters Selims I. im Jahre 1520 mit ungefähr 15 Jahren den Thron der Osmanen bestieg, hatten er oder sein eigener Vater schon alle männlichen Verwandten, die ihm hätten gefährlich werden können, aus dem Weg geräumt. Der Prinz, der den Beruf des Goldschmieds erlernt hatte, übernahm ein Reich, das sich an Größe mit dem damaligen Habsburger Reich auf europäischem Boden durchaus messen konnte, denn Selim I. war es gelungen, ganz Ägypten in seine Gewalt zu bekommen. Die ständige Erweiterung des Macht- und Einflussgebietes war für die Osmanen schon lange Lebensziel geworden. Blut und Tränen flossen nicht nur bei den Kämpfen Mann gegen Mann in Strömen, auch nach der Einnahme der neuen Länder wüteten die Osmanen schrecklich. So hatte sich die Fama ihrer Grausamkeiten längst auch in Europa verbreitet, noch lange bevor die Heerscharen vor den Toren Wiens standen. Wer immer mit den Türken in Verbindung stand, konnte froh sein, mit heiler Haut davon gekommen zu sein, denn auch Gesandte und Botschafter verloren manchmal Kopf und Kragen, wenn sie ihre Aufgabe erfüllt hatten.

Daher war die Angst im westlichen Ungarn und in Wien nur zu begreiflich, als man die Absicht des Sultans, als sein nächstes Ziel diese Stadt zu erobern, richtig deutete. Allerdings hatte Wien seinen Glanz durch die Orientierung Kaisers Karls V. nach Westen verloren. Und als dessen Bruder Ferdinand, dem im Vertrag von Brüssel 1522 der Osten des Reiches übertragen worden war, es vorzog, in Linz oder Prag zu residieren, büßte die Stadt an der Donau ihren letzten Nimbus ein. Nachdem Süleyman den jungen König von Ungarn Ludwig II. bei Mohács geschlagen und die Hauptstadt Ofen erobert hatte, schreckte er nicht davor zurück, einen König von seinen Gnaden, den Ban von Siebenbürgen Johann Zápolya einzusetzen. Damit deutete er an, dass dieser auch über die Gebiete herrschen sollte, die im Westen an die Habsburger gefallen waren. Nun wusste man, was man zu befürchten hatte. In den nächsten Jahren würde von Osten ein eiskalter Wind wehen, der sich zu einem alles verheerenden Orkan für Wien entwickeln konnte. Es war fünf vor zwölf, als man begann, ein zusammengewürfeltes Landsknechtheer zum Schutz der Stadt an der Donau aufzustellen. Dies war zwar leichter gesagt, als getan, denn im Gegensatz zu den Türken, die ihre Untertanen knechteten und daher willkürlich rekrutieren konnten, bedurfte es großer Anstrengungen und nicht geringer finanzieller Mittel, Söldner aus aller Herren Länder anzuwerben – immerhin wollten die Leute, die ihr Leben riskieren sollten, ordentlich bezahlt werden. Und obwohl die Habsburger riesige Länder besaßen, hatten sie eines nicht: flüssige Geldmittel. Wären nicht die Fugger im letzten Moment immer wieder in die Bresche gesprungen, hätte sich die Geschichte wohl ganz anders entwickelt.

Nach einem eindringlichen Appell von Seiten König Ferdinands strömten allmählich zwischen 17 000 und 20 000 Mann in die Gegend von Wien. Weniger, um die Osmanen aufzuhalten, als um reiche Beute zu machen. Als man von den schrecklichen Gerüchten hörte, dass eine unbesoldete leichte Kavallerie plündernd, sengend, mordend und sklavenmachend der allgemeinen osmanischen Armee voranzog, um die Bevölkerung einzuschüchtern, beschloss man, den Kampf mit diesem Erzfeind aufzunehmen.

Auch im übrigen Europa hatte man die Grausamkeiten der Türken vernommen. Schon 1529 fanden sich in der Reichschronik, die Peter Stern von Labach verfasst hatte, folgende Zeilen: »Vn was vnmenschlicher grausamkhait Sy die Tuerkhen sonnst mit de Christenlichen volkh gebraucht ist nit mueglich zu schreiben / Wie man dan allenthalben in den Waelden / pergn / un auf den Strassen / auch im gantzen Leger/ erslagn leutt / ... finden werden.«

Als die Türken beinahe in Sichtweite waren, floh ein Großteil der Wiener Bevölkerung vor Entsetzen aus der Stadt, sodass von zwölf Stadträten nur der Bürgermeister Wolfgang Treu mit vier weiteren Unerschrockenen ausharrte. Auch von den mehr als 3500 Bürgern der Stadtmiliz waren nur 300 bis 400 übrig geblieben.

Mit einem gewaltigen Heer mit über 80 000 kämpfenden Soldaten und einem Tross, der beinah zweimal so groß war, zog Süleyman im September 1529 auf Wien zu. Die Verteidiger hatten praktisch keine Chance gegen diese Übermacht. Pfalzgraf Philipp, der die Reichstruppen befehligte, und der schon 70-jährige Feldherr Graf Salm konnten mit ihren Mannen nur auf ein Wunder hoffen. Sie hatten eine Strategie entwickelt, die zumindest teilweise Erfolg versprechend war. Nachdem man die Bevölkerung der Vorstädte innerhalb der Stadtmauern in Sicherheit gebracht hatte, brannte man die niederen Häuser und Scheunen nieder, um freies Schussfeld zu haben. Dann verschanzte man sich in der Stadt und erwartete die Angriffe der Türken, die in Halbmondform ein Zeltlager im Süden der Stadt errichtet hatten. Vorsichtshalber hatte man die Stadttore zugeschüttet, sodass diese Schwachstellen beseitigt waren. Aber für die Osmanen bildete dies ein geringes Hindernis, denn sie waren als geniale Mineure bekannt. Sie hatten die Kunst des Minenlegens schon des Öfteren bewiesen, sodass die Verteidiger Wiens gewärtig waren, dass Süleyman diese Taktik wieder anwenden würde. Und sie sollten recht behalten. Beim Kärntnertor begannen die Türken ihr unterirdisches Werk. Um zu sehen, wo die Osmanen gerade gruben, stellte man große Wasserbottiche auf, in denen sich die Flüssigkeit bewegte, wenn unterirdisch gebohrt wurde. So konnte man von der Stadt aus den Türken entgegengraben und viele Minen entschärfen. Auch die berüchtigten Janitscharen kamen nicht so zum Einsatz, wie es sich Süleyman vorgestellt hatte. Als schlimmstes aber erwies sich für ihn das Wetter. Am 27. September hatte der Sturm auf Wien begonnen und der Himmel schien es mit den sich verteidigenden Christen gut zu meinen. Denn Stürme, Regen und sogar Schnee machten die Nachschubstraßen zu einem unpassierbaren Schlammmeer. Dazu kam, dass die Türken schon bevor sie Wien angegriffen hatten, die Dörfer rund um die Stadt bis auf das letzte Huhn ausgeplündert hatten. Und die ermordete Bevölkerung konnte ihnen nicht mehr zeigen, wo etwas Essbares zu finden gewesen wäre. Obwohl Süleyman trotz seiner gewaltigen Übermacht schon bald erkennen musste, dass die Aktion verloren war, gab er so schnell nicht auf. Er, der Sieggewohnte, wollte keine Niederlage hinnehmen!

Als auch die letzte Attacke, die Sprengung des Kärntnertores, am 14. Oktober fehlschlug, gab Süleyman den Befehl zum Rückzug, nicht ohne den Verteidigern ein höchst sonderbares Geschenk zu hinterlassen. Er ließ Gerüchten zufolge den tapferen Verteidigern eine große goldene Kugel in Form eines Apfels überbringen, die auf der Spitze des Turmes des Stephansdoms angebracht werden sollte. Lange rätselte man über diese merkwürdige Gabe. Für den Sultan war der goldene Apfel wahrscheinlich ein Symbol für Wien, die Stadt der Deutschen und Ungarn. Angeblich rief Süleyman bei seinem Abzug aus Wien drohend aus: »Beim goldenen Apfel sehen wir uns wieder!« Ein Schlachtruf, der die türkischen Truppen viel später vor der zweiten Belagerung Wiens im Jahre 1683 anfeuerte.

Was man dem Sultan nach dieser schweren Niederlage nie zugetraut hätte, war die Tatsache, dass er seine hohen Würdenträger und strategisch Verantwortlichen nicht etwa köpfen ließ, sondern »Alle Beys erhielten ein Prunkgewand und wurden zum Handkuss zugelassen.«

Die Kaiserlichen dagegen machten sich selbstständig, denn der versprochene Sold ließ zu lange auf sich warten. Anstatt den Türken nachzusetzen und sie endgültig zu schlagen, zogen sie raubend und plündernd umher und verfehlten damit die historische Chance, ein für alle mal Ruhe auf dem Balkan zu schaffen.

# Kaiserkrönung in Bologna

*Was nach dem fürchterlichen »Sacco di Roma« kaum zu erwarten gewesen war, trat ein: Der Papst krönte den deutschen König Karl in Bologna zum Kaiser.*

Und keiner, nicht einmal der französische König Franz I., ein Dauerwidersacher des Habsburgers verhinderte dieses Ereignis, ja er zeigte sogar ein freundliches Gesicht und lud den frisch Gekrönten zu einem Besuch in Frankreich ein. Es geschahen eben auch im 16. Jahrhundert noch Zeichen und Wunder!

Es war für Karl eine ausgemachte Sache, dass er sich nicht auf den Weg nach Rom begeben konnte, um sich hier, so wie es Sitte war, die Kaiserkrone aufs Haupt setzen zu lassen. Schon sein Großvater Maximilian hatte die vielen Gefahren, die überall in den italienischen Stadtstaaten lauerten, vermieden und sich selbst, da der damalige Papst ihm nicht wohlgesinnt war, in Trient zum Kaiser gekrönt. Und nach den Verwüstungen, die die kaiserlichen Truppen zusammen mit spanischen Söldnern 1527 in Rom angerichtet hatten – die unvorstellbaren Plünderungen und Brandschatzungen gingen als »Sacco di Roma« in die Geschichte ein –, war es für Karl auch auf keinen Fall ratsam, in die ewige Stadt zu ziehen. Deshalb war er mit Papst Clemens VII. übereingekommen, dass man einander in Bologna treffen wollte, um alle weiteren politischen Schritte, aber auch private Dinge zu besprechen. Denn nach wie vor bedurften verschiedene Angelegenheiten intensiver Diskussionen, wie die Veröffentlichung der 95 Thesen eines Martin Luthers in Witten-

berg und seine Haltung 1521 auf dem Reichstag zu Worms
sowie das dubiose Taktieren Franz' I. von Frankreich, der
nicht nur Geheimverhandlungen mit den Türken führte,
sondern auch mit Clemens VII. ständig in diplomatischer
Verbindung stand. Es war unschwer abzusehen, dass die
Kontroversen mit Frankreich wieder aufflackern würden, zu
undurchsichtig waren die Machenschaften des französischen Königs und zu wichtig war aber auch für den Habsburger die Haltung Venedigs und natürlich vor allem die des
Papstes.

Die beiden mächtigsten Männer der Zeit, der keineswegs
»milde« Papst Clemens VII. aus dem Hause Medici und der
Habsburgerkönig Karl V. sprachen in Bologna lange miteinander, ohne allerdings die Karten offen auf den Tisch zu
legen, denn Karl wusste, dass er dem mit allen Wassern
gewaschenen Medici gegenüber misstrauisch und vorsich-
tig sein musste, hatte Clemens VII. als echter Renaissance-
papst doch schon allzu oft erkennen lassen, dass ihm weniger das Wohl der Christenheit am Herzen lag als Macht und
Geld. Da die Gerüchte nicht verstummen wollten, dass die
Bündnisse, die der Papst schloss, nicht das nächste Abend-
läuten überstehen würden, war Karl in allen Punkten, über
die ausgiebig verhandelt wurde, auf der Hut. Im Mittelpunkt
der Gespräche stand zunächst nicht die Kaiserkrönung, Karl
dachte an eine Erneuerung der Kirche an Haupt und Glie-
dern, was nicht unbedingt mit den Vorstellungen des Papstes übereinstimmte. Man fand in Bologna zwar viele Worte,
die sich aber nach dem Auseinandergehen als leer erweisen
sollten, denn dem Papst schienen weder ein Martin Luther
noch die Türken eine ernste Bedrohung zu sein.

Bei den endlosen Gesprächen, die man in relativ ent-
spannter Atmosphäre geführt hatte, kam man überein, dass
Clemens VII. Karl an seinem 30. Geburtstag, am 24. Feb-

ruar 1530 in Bologna zum Kaiser krönen würde, ein ungewöhnliches Fest, wie es schon lange keines mehr gegeben
hatte. Bisher war Karl auch als König gewohnt, eher ein
bescheidenes Leben zu führen, sodass es vorkommen
konnte, dass er nur mit einem einfachen Rock bekleidet
durch die Straßen spazierte, aber mit der geplanten Krönung
zum Kaiser in Bologna ging trotzdem für ihn ein Traum in
Erfüllung. Denn es war für ihn schon vor elf Jahren gar nicht
selbstverständlich gewesen, dass er nach dem Tod seines
Großvaters Maximilian – sein Vater Philipp der Schöne war
überraschenderweise schon 1506 gestorben – zum deutschen König in Frankfurt gewählt worden war. Sein Kon-
trahent um die Königskrone war damals schon der König
von Frankreich gewesen! Es war ein Meisterwerk seiner
Tante Margarete, nicht nur auf diplomatischem Wege seine
Wahl durchzusetzen, sondern auch durch überreichliche
Bestechungsgelder an die Kurfürsten.

Als Ort und Zeit für die Kaiserkrönung feststanden, zerbrach man sich über die Einladungsliste den Kopf, denn die
bedeutendsten Fürsten im Reich durften bei den Feierlich-
keiten in Bologna genauso wenig fehlen, wie die Vertreter
der italienischen Kleinstaaten, wichtige Persönlichkeiten,
die manchmal in kriegerischen Auseinandersetzungen das
Zünglein an der Waage gebildet hatten. Unter ihnen nahm
eine besondere Stellung die schöne Isabella d'Este ein, die
Herzogin von Mantua, eine der berühmtesten Frauen ihrer
Zeit, der Könige und Päpste schon gehuldigt hatten. Karl
V. schätzte diese »gentil donna del mondo« in ganz beson-
derer Weise, ihr gebührte ein Ehrenplatz in der ersten Reihe
der Kathedrale von San Petronio, wo die Krönung stattfinden sollte.

Prächtig gekleidet schritt der König langsam und würde-
voll durch den weiten Kirchenraum bis hin zu den Altarstu-

fen, wo er vom Papst erwartet wurde. Hier ließ er sich langsam auf die Knie nieder und beugte das Haupt bis fast zur
Erde. Die Tradition forderte diese Demutsgeste des weltli-
chen Herrschers vor dem Vertreter Gottes auf Erden. Huld-
voll ging Clemens VII. auf den Knieenden zu, beugte sich
hinab und hob Karl auf, wobei er ihn auf beide Wangen
küsste. Dann setzte er ihm die Krone des Heiligen Römischen Reiches aufs Haupt, während der Chor in einen Jubel-
gesang ausbrach. Karl V. sollte der letzte von einem Papst
gekrönte deutsche Kaiser sein!

Nach der endlosen Zeremonie konnte der so eben
gekrönte Kaiser nicht einfach sein Pferd besteigen und sich
der vielköpfigen wartenden Menge zeigen, er musste zuerst
einer alten Pflicht nachkommen und dem Papst die Steig-
bügel halten. Dann ritten beide Seite an Seite durch die
Stadt, mitten durch die jubelnden Menschenmassen. Der
Wein floss in Strömen, und an allen Ecken und Enden der
Stadt wurden köstliche Speisen feilgeboten, sodass sich
jedermann satt essen und einen kräftigen Schluck auf das
Wohl des neuen Kaisers trinken konnte. Nach dem Festban-
kett, das sich über Stunden bis in die tiefe Nacht hinein zog,
waren die Gäste in so ausgelassener Stimmung, dass man
begann, die wertvollen goldenen und silbernen Tafelgeräte
aus den Fenstern zu werfen, zur allgemeinen Freude der
Menschen, die sich versammelt hatten und die nun, wenn
sie Glück hatten, ein wertvolles Stück erhaschten.

Als man genug getafelt hatte, spielten die Musikanten auf
und es begann der Tanz. Der Kaiser hatte Isabella d'Este
dazu auserwählt, den Reigen zu eröffnen, eine Auszeichnung, die sie über alle Damen, die anwesend waren, erhöhte.
Zudem kündigte er seinen Besuch in Mantua an, da er
wusste, welch kultureller Genuss ihn in der Stadt am Min-
cio erwarten würde, denn an Isabellas Hof hatten sich schon

seit vielen Jahren die berühmtesten Künstler Italiens ein Stelldichein gegeben.

Eine friedliche Zeit im Leben Karls V. schien angebrochen, denn auch Franz I. von Frankreich wirkte weniger kämpferisch als zu anderen Zeiten, ja er lud den frisch gekrönten Kaiser herzlich ein, seinen Rückweg über Frankreich zu nehmen. Und der meist argwöhnische Habsburger nahm tatsächlich dieses Angebot an. Was er allerdings nicht erwartet hatte, war die Tatsache, dass er überall, wo er in den französischen Provinzen erschien, von der Bevölkerung herzlich begrüßt wurde. Wahrscheinlich hatten die einfachen Leute die vielen Kriege, in die die beiden Herrscher ständig verwickelt gewesen waren, reichlich satt.

Auch als Kaiser hatte Karl V. keine eigentliche Residenz, er zog ununterbrochen in seinem riesigen Reich umher, bis er 1556 krank, alt und müde geworden in Brüssel seine Abdankung bekannt gab.

# Er war der Liebling seines päpstlichen Vaters: Juan Borgia

*Von den vier Kindern, die Papst Alexander Borgia mit seiner langjährigen Mätresse Vanozza gezeugt hatte, liebte er Juan wahrscheinlich am meisten. Er sollte nach den Visionen des Vaters an der Spitze eines Borgia-Staates stehen.*

Bei seiner Geburt im Jahre 1474 zeichnete es sich noch nicht ab, dass dieser Sohn des damaligen Vizekanzlers der Kirche, der noch den Namen Rodrigo Borgia führte, dereinst nicht nur einen Herzogstitel tragen sollte, sondern auch von seinem Vater, der im Jahre 1492 zum Papst gewählt werden sollte, dazu ausersehen war, die Macht der Borgia in Italien zu sichern.

Der Vater liebte den schönen Knaben ganz besonders, sah er doch in ihm einen talentierten, viel versprechenden jungen Mann, dem lediglich der Makel der unehelichen Geburt anhaftete. Dies war freilich nur Eingeweihten bekannt, denn Rodrigo Borgia hatte es verstanden, die Vaterschaft der vier Kinder, die Vanozza de' Cattanei zur Welt brachte, einem Scheinehemann zuzuschreiben. Da aber Papst Alexander VI. alles andere als ein makelloser Vertreter Gottes auf Erden war, tauchten schon sehr bald Gerüchte über die wahre Vaterschaft der drei Söhne und der Tochter Lukrezia auf.

Schon in seiner Jugendzeit in Aragon war der überaus attraktive Rodrigo Borgia ein Mann gewesen, der den schönen Frauen nicht widerstehen konnte. Daher war es auch kein Wunder, dass er schon sehr früh Söhne und Töchter in die Welt gesetzt hatte, um die er sich wahrhaft väterlich kümmerte und bei denen er stets darauf achtete, dass sie gut versorgt wurden. Für seinen ersten Sohn Pedro-Luis Borgia, der in den Jahren 1460 oder 1461 geboren worden war, erwarb der damalige Kardinal von König Ferdinand von Aragon das Herzogtum Gandia mit dem dazugehörenden Schloss in der Nähe von Valencia, das frei verfügbar war, da der herzogliche Besitzer enthauptet worden war. Das Herzogtum war zwar nicht gerade billig gewesen, aber Rodrigo Borgia verfügte schon als Kardinal über eine Vielzahl von Pfründen, aus denen das Geld geradezu herausprudelte.

Rodrigo Borgia sah das kleine blühende Herzogtum als echten Hausbesitz an, denn immerhin betrachtete er Spanien als seine eigentliche Heimat und seine Beziehungen zu den spanischen Königen Ferdinand von Aragon und Isabella von Kastilien waren zwar wechselhaft, aber doch so, dass er seinem Sohn gestattete, in die Dienste Ferdinands zu treten, um gegen die Mauren zu kämpfen. Als Dank für seine Verdienste wurde Pedro-Luis nicht nur zum Herzog ernannt, er erhielt auch die Hand der kleinen Maria Enriquez, die zur Zeit der Eheschließung noch ein Kind war. Für alle überraschend starb der junge Herzog im Jahre 1488 nach seiner Landung in Civitavecchia, wohin ihn sein Vater beordert hatte. Da Pedro-Luis der Vormund für seinen jüngeren Bruder Juan gewesen war, hatte er diesem seine Besitzungen in Gandia vererbt und obendrein seine Ehefrau-Witwe!

Der junge, sehr gut aussehende Juan machte sich daher auf die Reise nach Spanien, wo ihn nicht nur das Herzogtum erwartete, sondern auch Maria Enriquez, mit der er im August 1493 eine prunkvolle Hochzeit feierte. Juan hatte kaum die Grenzen seines Herzogtums überschritten, als er schon begann, sich Gedanken über eine Verwaltungsreform zu machen. Mit seinen 17 Jahren war er nämlich keineswegs ein politischer Neuling, er hatte in Rom gute Gelegenheit gehabt, politische und menschliche Intrigen zu studieren, da die rivalisierenden Familien selten einen Hehl daraus machten, dass sie dem Papst, der durch Bestechungsgelder auf den Stuhl Petri gekommen war, das Leben schwer machen wollten. Rodrigo Borgia oder Papst Alexander VI., wie er sich jetzt nannte, musste tagtäglich auf der Hut sein, um sich nicht in irgendwelchen Fallstricken, die seinen Sturz herbeiführen würden, zu verfangen. Es waren lehrreiche Lektionen für den Sohn gewesen, sodass er in Gandia beginnen konnte, die Struktur des Herzogtums nach einem guten System umzubauen. Alexander VI. beobachtete das Wirken seines Sohnes in der Ferne mit großem Interesse, er schrieb ihm eine Unzahl von Briefen, in denen er ihm Ratschläge in jeder Hinsicht gab. Dabei handelte es sich manchmal auch um ganz persönliche Dinge, er ermahnte ihn, Handschuhe und Schals in den kühlen Wintermonaten zu tragen, um sich vor Erkältungen zu schützen, daneben schrieb er ihm beinahe vor, wie er sich bei festlichen Anlässen kleiden sollte, wobei der Vater nicht bedachte, dass Juan ohnedies eine Vorliebe für prunkvolle Gewänder an den Tag legte, die über und über mit kostbarsten Edelsteinen besetzt waren. Natürlich lag Alexander VI. auch die Ehe seines Sohnes am Herzen, denn er hörte von seinen Berichterstattern, dass der junge Mann ein sehr freizügiges Leben führte. In zahlreichen Briefen ermahnte er daher den Sohn, seine junge Frau nicht zu vernachlässigen. Ob sich Juan die Ratschläge seines Vaters wirklich zu Herzen nahm und seine Amouren einschränkte, ist allerdings nicht bekannt, obwohl er in einem beinah naiven Antwortschreiben versicherte, dass er jede Nacht bei seiner Frau schliefe.

Nach drei Jahren glaubte der Papst, die Abwesenheit dieses Lieblingssohnes nicht länger ertragen zu können, und beorderte Juan zurück nach Rom. Ohne seine schwangere Frau und ohne seinen kleinen Sohn kehrte der Herzog nach Italien zurück, wo der Vater ihm einen glanzvollen Empfang bereiten ließ. Der Zeremonienmeister des Papstes Johannes Burckard berichtete: »Am 26. Oktober betrat Juan Gandia unter Trompetenklängen die Peterskirche, um zum Generalkapitän der Kirche und Gonfaloniere ernannt zu werden. Alexander war überwältigt von Stolz und väterlicher Liebe. Der mantuanische Gesandte schrieb spöttisch: Der Papst ist wegen der Ernennung seines Sohnes so aufgeblasen und geschwollen, dass er nicht mehr weiß, was er mit sich anfangen soll.«

Es waren keine glücklichen Zeiten, die auf Juan warteten, denn er hatte eigentlich keine Funktion in der Ewigen Stadt, sodass er sich nur in dem Lichte sonnte, der Sohn des Papstes zu sein. Und diese Sonne hatte auf die Dauer nicht genügend Glanz. Denn allenthalben erinnerte man sich daran, wenn man den gimpelhaften jungen Mann in den Palästen bei den verschiedenen Gelagen erblickte, dass er eigentlich ein Bastard und keineswegs ein echter Herzog war. Nicht nur einmal gab man ihm deutlich zu verstehen, dass er weder zu einer der renommierten italienischen Familien gehörte, noch zu einer der einflussreichen spanischen. Und je öfter Juan brüskiert wurde, umso mehr empörte er sich gegen die Arroganz der römischen Schickeria und voller Empörung berichtete er seinem Vater von einem für ihn äußerst peinlichen Vorfall im Palast des Kardinals Ascanio Sforza, bei dem man Juan zu vorgerückter Stunde lauthals als Papstbastard bezeichnet hatte. Alexander VI. fackelte nicht lange mit dem Beleidiger seines Lieblingssohnes: Er schickte Schergen aus, die den Kammerherrn Ascanio Sforzas, der sich so geäußert hatte, kurzerhand festnahmen und ihn im Auftrag des Papstes noch in derselben Nacht henkten. Alexander hatte ein sichtbares Exempel statuiert, keiner sollte mehr seinen Lieblingssohn, über den er schützend seine Hand gelegt hatte, beleidigen dürfen!

Wenn allerdings der Vater geglaubt hatte, dass Juan in der nächsten Zeit seines Lebens sicher sein würde, so hatte er sich schwer getäuscht. Denn immerhin war auch der berühmt berüchtigte Cesare Borgia sein Sohn! Und der konnte wahrscheinlich nicht mit ansehen, wie der päpstliche Vater seinen Bruder bevorzugte. Zunächst schien das Verhältnis der Brüder gut zu sein, wenngleich sich damals schon Cesare einen üblen Ruf in der ganzen Stadt wegen seines obszönen Lebenswandels, der mit brutaler Gefährlichkeit verbunden war, aufgebaut hatte. Ob Cesare seine Hand bei der dubiosen Ermordung Juans im Spiel hatte, ist bis heute nicht geklärt. Putztrupps fanden die durch 16 Stiche entstellte Leiche des jungen Herzogs im Tiber, dort wo man die Abfälle in den Fluss warf. Als man einen Tag später dem Papst die Schreckensnachricht überbrachte, war Alexander zunächst unfähig, diese zu glauben. Seine großen Zukunftspläne waren durch die Ermordung seines Sohnes im Jahre 1497 zunichtegemacht worden.

# Schwarz wie seine Tracht
# war die Lehre Calvins

*Unter den Reformatoren, die mit den Zuständen in der katholischen Kirche im 16. Jahrhundert nicht einverstanden waren, war Johannes Calvin sicherlich einer der kompromisslosesten. Freuden des Lebens kannte er nicht.*

Vielleicht war es der frühe Tod der Mutter, der das erst fünfjährige Kind derartig schockte, dass der Knabe keine normale Entwicklung nehmen konnte. Jeanne Calvin, die Tochter eines Gastwirtes, stammte aus Flandern; sie hatte in den ersten Lebensjahren ihres Sohnes Johannes, der am 10. Juli 1509 in der Picardie das Licht der Welt erblickt hatte, zunächst die streng katholische Erziehung des Kindes übernommen. Auch der Vater war ein gläubiger Mensch, der es, obwohl seine Vorfahren Schiffer gewesen waren, bis zum Generalprokurator des Bischofs und des Domkapitels von Noyon gebracht hatte. Wichtig war für ihn, dass der Sohn möglichst bald die Lateinschule besuchte, damit der Grundstock für sein weiteres möglichst akademisches Leben schon in der Jugendzeit gelegt wurde. Hier im Collège des Capettes lernte der Jüngling adelige Mitschüler kennen, die ihn einluden, am privaten Hausunterricht teilzunehmen. Ehrgeizig und wissbegierig wie Johannes Calvin war, genoss er diese zusätzlichen Unterrichtsstunden und beobachtete seine adeligen Gastgeber ganz genau. Sein untadeliges Benehmen, das er sich in kurzer Zeit angeeignet hatte, öffnete ihm viele Türen und war vielleicht auch der Grund, dass er schon mit 12 Jahren Einkünfte eines Kaplans der Kathedrale von Noyon als Pfründe erhielt. Nun standen für ihn die Tore zur höheren Bildung in Paris weit offen.

Calvin begann die »sieben freien Künste« zu studieren, zu denen Grammatik und Rhetorik gehörten, aber schon bald wurde vom Domkapitel in Noyon bestimmt, dass er an die Sorbonne wechseln sollte, um hier den Titel »Magister Artium« zu erwerben. Der Vater hätte stolz auf seinen gebildeten Sohn sein können, aber aufgrund seiner eigenen Schwierigkeiten, die er mittlerweile mit der katholischen Kirche bekommen hatte, forderte er Johannes auf, Rechtswissenschaften anstelle von Theologie zu studieren. Denn über Gerard Calvin hatte man ungerechtfertigterweise, wie er glaubte, den kleinen Kirchenbann verhängt. Gehorsam, wie der Sohn war, zog er nach Orleans, wo er nicht nur sein Jusstudium begann, sondern Melchior Vollmar, einen Deutschen kennenlernte, der ein glühender Anhänger von Martin Luther war. Er sollte den weiteren Lebensweg Calvins entscheidend beeinflussen.

Johannes Calvin galt auf den Universitäten, die er besuchte, als außerordentlicher Student. Rast- und ruhelos machte er die Nacht zum Tage, sodass er unter den Mitstudenten bald eine besondere Position einnahm. Mit Glanz und Glorie beendete er das Rechtsstudium als Lizentiat der Rechte und es dauerte nicht lange, da bot man ihm das Ehrendoktorat an. Calvin lehnte zur Überraschung aller diese Würde aber ab. Wahrscheinlich waren die Vorgänge, die sich beim Tod seines Vaters im Jahre 1531 ereigneten ausschlaggebend für den weiteren Lebensweg von Calvin. Denn auf dem Sterbebett verweigerte man dem Mann, der beinahe ein Leben lang im Dienste der katholischen Kirche gestanden hatte, die Sterbesakramente. Erbarmungslos erinnerte die Geistlichkeit daran, dass Gerard Calvin immer noch im Kirchenbann war.

Immer mehr zog es Johannes Calvin zu den Anhängern der Lehre Luthers, die sich mittlerweile in Paris etabliert hatten. In aller Heimlichkeit traf man sich im Hause eines reichen Tuchhändlers, wo Calvin auch den Prediger des französischen Königs Franz I. Gérard Roussel kennenlernte, der natürlich dem König gegenüber nicht sein wahres Gesicht zeigen konnte.

Die erste Veröffentlichung Calvins erschien im Jahre 1532. Es war ein Kommentar zu *De clementia* des römischen Philosophen Seneca. Diese Betrachtung über die Milde erregte zwar das Interesse des berühmten Erasmus von Rotterdam, war aber noch kein bahnbrechendes Werk des späteren unduldsamen Reformators.

Ein seltsames Ereignis beflügelte 1533 die reformatorisch gesinnten Freunde Calvins. Die Schwester des Königs Margarete von Navarra hatte vorübergehend die Regierungsgeschäfte in Frankreich übernommen. Im Gegensatz zu ihrem Bruder sympathisierte Margarete mit den Ideen der neuen Lehre, sodass ein Freund Calvins, der neue Rektor der Universität, es wagte, in seiner Antrittsrede, die er vor zahlreichen kirchlichen Würdenträgern hielt, die lutherische Lehre als einzig richtige hinzustellen. Seine Worte waren als Todesstoß für die katholische Lehre gedacht. Ein unüberschaubarer Tumult unter den Zuhörern war die Folge dieser ketzerischen Worte, nicht nur Nikolaus Kop, der unverfrorene Redner, sondern auch seine Freunde mussten Hals über Kopf das Weite suchen, auch Johannes Calvin. Als Schergen nach ihm suchten, konnte er sich im letzten Moment nur an zusammengebundenen Leintüchern über das Fenster ins Freie retten. Obwohl Margarete von Navarra wusste, dass sie in Konflikt mit dem König kommen würde, bot sie

Calvin und seinem Kreis ihr Schloss als Zufluchtsort an. Hier war es Calvin möglich, nachdem er auch die Bekanntschaft mit dem Übersetzer der Bibel ins Französische Lefèvre d'Étaples gemacht hatte, seine eigenen Ideen für seine *Institutio* niederzuschreiben. Auch offiziell hatte er sich von der katholischen Kirche verabschiedet, indem er seine Pfründe in Noyon zurücklegte. Der Weg war für ihn und seine revolutionären Ideen frei, obwohl er immer noch zögerte, sich innerlich ganz von Rom zu trennen. Tief von Zweifeln befallen schrieb er: »Zunächst war ich dem Aberglauben des Papsttums so hartnäckig erlegen, dass es nicht leicht war, mich aus dem Sumpf herauszuziehen«.

Nachdem er endlich wusste, was er wirklich wollte, begann er im Lande umherzuziehen, Predigten ganz im reformatorischen Sinn zu halten und das Abendmahl auszuteilen, obwohl er niemals eine Priesterweihe erhalten hatte. Daneben kursierten Flugblätter, die seine Anhänger verfasst und »wahrhaftige Artikel über den abscheulichen, großen und unerträglichen Mißbrauch der päpstlichen Messe« zum Inhalt hatten und die bis in die königlichen Gemächer gelangt waren. Unglaublicher Zorn des Königs war die Folge dieser frechen Aktion, sodass Calvin in Frankreich seines Lebens nicht mehr sicher war. 1535 suchte er unter dem falschen Namen Martianus Lucianus Zuflucht in Basel, wo er auch Nikolaus Kop wieder traf. Natürlich war es ihm nicht entgangen, wie seine Glaubensgenossen in Frankreich der Verfolgung ausgesetzt waren. Im sicheren Basel war es Calvin möglich, die *Institutio christianae religionis* auszuarbeiten, die er König Franz I. beinah ironisch widmete, wobei er nicht annehmen konnte, dass der König jemals dieses Werk zu Gesicht bekommen würde. Und dennoch wurde die *Institutio* zu einem wahren Bestseller der Zeit. Denn noch im gleichen Jahr wurde sie gedruckt und fand in vielen Sprachen eine unglaubliche Verbreitung.

Es lag wahrscheinlich an den untragbaren moralischen Zuständen an der Spitze der katholischen Kirche, dass die Lehren Calvins in so kurzer Zeit sich wie ein Lauffeuer verbreiteten. Von den Genfern zunächst geholt, dann vertrieben und schließlich wieder in ihrer Huld, legte Calvin seine gegen die menschliche Natur gerichtete Lehre fest, in der es weder Vergnügungen, noch Kunst und Tanz, nicht Fröhlichkeit und bunte Farben noch irgendwelche irdische Freuden geben sollte. Schwarz war die Farbe, die Calvin von seinen Anhängern forderte, sowie eine Lebenseinstellung, die einzig und allein von der Arbeit und dem Gebet geprägt war, denn nach Calvin war schon vor der Geburt eines Menschen von Gott festgelegt, ob er dereinst für die Seligkeit oder zur ewigen Verdammnis bestimmt war.

Die neue kirchliche Ordnung legte Calvin im *Genfer Katechismus* fest. Er selber lehrte an verschiedenen Universitäten, 1559 gründete er die »Genfer Akademie«, den Sitz des Calvinismus.

Als Calvin im Jahre 1564 in Genf starb, hinterließ er eine in sich gespaltene Kirche, die Hunderttausende Opfer in ganz Europa forderte.

# Er war ein wahrer Mäzen
## der Künstler seiner Zeit

*Maximilian, der Kaiser mit den »fliehenden Sohlen«,*
*wie er von seinen Zeitgenossen genannt wurde, hatte*
*zwar niemals überreichlich Geld, aber er versuchte den-*
*noch, Maler, Musiker und Dichter zu unterstützen.*

Als Maximilian, der Sohn Kaiser Friedrichs III. und seiner
schönen Gemahlin Eleonore von Portugal, vor 550 Jahren
am 22. März 1459 geboren wurde, verhießen schon die
Sterne, die der misstrauische Vater befragt hatte, dass der
Sohn dereinst ein kunstsinniger Mann sein würde.

Schon sehr früh hatte Maximilian begonnen, sich mit
Wissenschaftlern und Künstlern zu umgeben, wobei er
genau unterschied – und dies zeigte den ausgesprochenen
Kunstkenner – zwischen hochtalentierten Künstlern und
denjenigen, die sich durch ein mittelmäßiges Talent aus-
zeichneten. Während er Albrecht Dürer große Aufträge
zukommen ließ und sich kaum in die Konzeptionen des
Meisters einmischte, griff er in die Entwürfe eines Jörg Kölderer bei jeder Gelegenheit ein und skizzierte da und dort
selber, wenn das entstandene Werk nicht seinen Wünschen
entsprach. Er betrachtete Kölderer und so manchen anderen »Hofmaler« mehr als Handwerker als als Künstler, während er die wahren Meister seiner Zeit offiziell aus dem
Handwerkerstand entließ und sie auf eine Stufe mit den
Gelehrten stellte. Albrecht Dürer und Albrecht Altdorfer
konnten sich der gleichen Wertschätzung erfreuen wie die

großen Humanisten und Musiker, wobei Dürer eine besondere Position einnahm. Es war ihm gestattet, den Kaiser ohne großes formelles Zeremoniell aufzusuchen und ihm seine Entwürfe vorzulegen, die Maximilian immer mit ungezügelter Neugierde erwartete. Der Kaiser erkannte Dürers Genie und räumte ihm alle nur möglichen Privilegien ein, damit dieser unter besten Bedingungen seine Werke schaffen konnte. Im Jahre 1512 erließ er dem Meister persönlich sämtliche Steuern, »dieweil derselb in der kunst der malerei für an der maister berüembt wirdt«. Und damit Dürer beruhigt in die Zukunft schauen konnte, setzte er ihm wenig später eine lebenslange Pension von 100 Gulden pro Jahr aus, einen Betrag, mit dem man in der damaligen Zeit einigermaßen standesgemäß leben konnte.

Die beinahe freundschaftliche Beziehung zwischen dem berühmten Künstler Albrecht Dürer und dem Kaiser mit der künstlerischen Seele war allgemein bekannt. Für so manchen Zeitgenossen schien es nicht leicht, Künstler als außerordentliche Menschen zu akzeptieren. Im täglichen Leben war nun einmal eine strikte Trennung zwischen den einzelnen Gesellschaftsschichten gegeben, da konnte auch der Kaiser mit seiner Leutseligkeit keine Änderung im Denken der Adeligen herbeiführen. Der Status der Geburt blieb entscheidend für die Privilegien und Vergünstigungen, die man für sich in Anspruch nehmen konnte. Selbst für einen Meister wie Albrecht Dürer existierten keine Ausnahmen. Maximilian freilich sah dies aus einem ganz anderen Blickwinkel, für ihn zählte weniger der Adel der Geburt als der Adel des Geistes.

Eines Tages stand Albrecht Dürer in Anwesenheit Maximilians auf einer Leiter und arbeitete voller Elan an einem neuen Werk. Plötzlich geriet die Leiter ins Schwanken. Maximilian, der etwas abseits stand, erkannte die Gefahr, in der der Meister schwebte, und rief einem Adeligen zu, er möge dem Künstler die Leiter halten. Dieser aber empfand das Ansinnen des Kaisers als Zumutung, dass er einem »Handwerker« dienlich sein sollte. Daraufhin sprang Maximilian selbst herbei, fixierte die Leiter, indem er zu dem beschämten Mann meinte, er könne aus jedem Bauern einen Adeligen machen, aber aus keinem Adeligen einen Albrecht Dürer. Als Maximilian 1519 starb, drückte Dürer seine Trauer mit folgenden Worten aus: »Er hat alle Könige und Fürsten seiner Zeit an Rechtlichkeit, Tapferkeit, Einsichtigkeit und Großherzigkeit übertroffen.«

Jeder Künstler war am Hofe Maximilians herzlich willkommen, wenngleich so mancher Meister dem Kaiser oft wochenlang nachreisen musste. War er aber an Ort und Stelle, öffneten sich die Tore für diese Auserwählten wie von selbst, die besten Gemächer standen ihnen zur Verfügung und der Kaiser verschob alle wichtigen Termine, wenn er einen Künstler begrüßen konnte. Bei solchen Gelegenheiten wich Maximilian von seinem kargen Lebensstil ab, nur das Beste, was Küche und Keller zu bieten hatten, wurde auf silbernen und goldenen Tellern zu Ehren der Meister aufgetragen. Es waren unvergessliche Stunden, die der Kaiser seinen Gästen bereitete, die sich auf ihre die Zeiten überdauernde Weise bei ihrem Gastgeber bedankten.

Maximilian war ein Mensch, der sich um alles persönlich kümmerte. So ordnete er an, dass in vielen Städten Musikkapellen gegründet werden sollten, die im Westen meist mit niederländischen, aber auch deutschen Sängern und Musikern besetzt wurden, während in Wien einige Musiker seiner eigenen Kapelle auftraten. Eine besondere Freude bereitete es dem Herrscher, im Kreise seiner Musikanten dargestellt zu werden, da er wahrscheinlich ab und zu seine Musiker selber dirigierte und den Komponisten Anweisungen erteilte. Seine Zeitgenossen waren hingerissen von den Musikkenntnissen des Kaisers, aber auch von seiner Liebe zur Musik. Sein Leibarzt Johannes Cuspinian, der es mit dem eigenwilligen Patienten keineswegs leicht gehabt hatte, äußerte sich über diese Neigung Maximilians: »Der Kaiser war ein einzigartiger Musikliebhaber. Das geht schon daraus deutlich hervor, daß alle großen Meister der Tonkunst unserer Zeit in jeder Musikgattung auf allen Instrumenten durch seine Fürsorge sich wie auf einem fruchtbaren Acker entfalten.« Die Zahl der Musiker, die Maximilian stets begleiteten, variierte, denn es gab eine Gruppe von Sängern, die nur in Kirchen oder bei kirchlichen Feiern auftrat, während andere den Kaiser und sein Gefolge bei Turnieren durch weltliche Musik unterhielten, wobei französische Chansons, deutsche Lieder und Motetten gesungen wurden. Besonders wichtig aber war die musikalische Begleitung von offiziellen Staatsakten, wobei den Bläsern eine bedeutende Rolle zukam. 1492 berichtete ein französischer Chronist aus Metz: Maximilian »saß in einem mit Teppichen behängten Saal ganz allein an einem Tisch, ohne eine andere Person als seinen Hofnarren bei sich zu haben; bei jedem Mahle, mittags oder abends, waren zehn Trompeter und zehn weitere Bläser, die musizierten ...«

Dichtung und Musik gingen in dieser Zeit oft eine enge Verbindung ein. Als Maximilian im Jahre 1501 mit seiner zweiten Gemahlin Bianca Maria in Linz eintraf, führte man den hohen Herrschaften zu Ehren das allegorische Drama *Ludus Dianae* von Conrad Celtis auf, ein Gesamtkunstwerk von bahnbrechender Bedeutung, dessen Komponist kein Geringerer als Heinrich Isaac gewesen sein dürfte. 24 Personen mit klingendem Namen, unter ihnen auch der Dichter, wirkten in diesem monumentalen Singspiel mit, das mit einer Huldigung an Maximilian und Bianca endete. Der

Kaiser – selber Poet mit seinen bekannten Werken *Weißkunig* und *Theuerdank* – erwies sich als fachkundiger Zuhörer und spendete dem Dichter und den Darstellern den entsprechenden Applaus.

Die Künstler kostete es freilich keine Überwindung, die Wertschätzung, die sie dem König und Kaiser entgegenbrachten, in jeder nur denkbaren Form auszudrücken. Denn Maximilian war nicht nur ein vielseitig Interessierter, heute würde man ihn als »Multitalent« bezeichnen, er gewann vor allem durch seine Liebenswürdigkeit und seinen Humor die Herzen aller. Dank seines glücklichen Naturells war es ihm in den meisten Fällen möglich, ein »fröhlicher König« zu sein. Das hatte er sich zum Lebensziel gesetzt, obwohl ihn die ständigen Kämpfe, in die er verwickelt wurde, eigentlich hätten mutlos machen müssen. Aber er übersah alles Negative, wenn es irgendwie möglich war, für ihn war das Leben ein Spiel, in dem man verlieren, aber auch gewinnen konnte. Und er war alles andere als ein Spielverderber.

# Die jungfräuliche Königin
## war ein Leben lang verliebt

*Die attraktivsten Männer ihrer Zeit umwarben
Elisabeth I. von England und manchmal schien es,
als würde sie nur einem ihre ausschließliche Gunst
schenken. Aber zu einer Ehe konnte sie sich nicht
entschließen.*

Es war für die junge Tudorprinzessin wahrscheinlich das
größte Wunder ihres Lebens, dass sie als Königin den englischen Thron bestieg. Immerhin war ihre eigene Mutter
Anne Boleyn, die zweite Gemahlin König Heinrichs VIII.,
im Tower geköpft worden, Elisabeths Geburt am 7. September 1533 in Greenwich war der Todesstoß für ihre Mutter
gewesen, denn der König besaß schon eine Tochter und verlangte von Anne unbedingt einen Sohn. Nach der Hinrichtung Annes erklärte Heinrich aus freien Stücken heraus
seine Tochter Elisabeth für illegitim und erst die sechste
Gemahlin des Blaubarts Catherine Parr erreichte, dass Elisabeth 1544 als Thronfolgerin gereiht wurde. Bei ihr, ihrer
vierten Stiefmutter, verbrachte das heranwachsende Mädchen einige unbeschwerte Jahre, bis Catherine Elisabeth mit
Thomas Seymour, den sie nach dem Tod des Königs geheiratet hatte, in einer eindeutigen Situation überraschte. Der
politisch ehrgeizige junge Mann wollte die zukünftige jungfräuliche Königin für sich gewinnen, verstrickte sich aber in
dubiose Vorgänge, sodass ihm der Weg aufs Schafott nicht
erspart blieb. Er wurde, nachdem Elisabeth sicherlich heim-

lich Tränen um den schönen Mann vergossen hatte, am 20. März 1549 hingerichtet.

Die Lage war für das junge, nicht unattraktive Mädchen keineswegs leicht. Denn ihr Vater Heinrich VIII. hatte schließlich doch noch einen schwächlichen Sohn gezeugt, der allerdings im zarten Alter von 15 Jahren starb. Dieser Eduard VI. hatte, um seinen Halbschwestern Maria und Elisabeth alle Chancen auf den Thron zu nehmen, testamentarisch verfügt, dass keine von beiden seine Nachfolge antreten sollte. Aber er hatte nicht mit dem eisernen Willen der beiden Damen gerechnet, denn Maria, die legitime Tochter Heinrichs VIII. mit Katharina von Aragon, setzte sich gegen die protestantische Übermacht durch und zog mit ihrer Schwester Elisabeth am 3. August 1553 im Triumph in London ein. Niemand wusste allerdings so recht, wie es weitergehen sollte, denn auf der einen Seite stand die katholische, beinah bigotte Maria, die der spanische Prinz Philipp heftig umwarb, und auf der anderen Elisabeth, die ihre protestantischen Neigungen zunächst verbergen musste, um nicht in den Verdacht umstürzlerischer Ideen zu kommen.

Zwei starke Frauen standen einander gegenüber, wobei die jugendfrische Elisabeth bei weitem mehr Chancen für die Zukunft hatte als die ältliche, leidende Maria, die schon sehr bald von großen Teilen der Bevölkerung gehasst wurde, da sie mit brutaler Gewalt gegen die Protestanten vorging, ganz im Einvernehmen mit ihrem fernen Gemahl Philipp II. von Spanien. Elisabeth war sich im Klaren darüber, dass sie ein Leben lang in der zweiten Reihe stehen würde, sollte es Maria gelingen, einem Kind das Leben zu schenken. Ob Elisabeth aber tatsächlich an Umsturzplänen gegen die Königin beteiligt war, was Thomas Wyatt aussagte, als man ihn hochnotpeinlich befragte, blieb zunächst ein Geheimnis. Auf alle Fälle wurde Elisabeth unschädlich gemacht und in den Tower geworfen, wo sie zwar nicht im finsteren Gelass schmachtete, sondern im sogenannten »Bell Tower« mit ihrem Hofstaat untergebracht wurde. Angeblich traf sie hier mit ihrem Jugendschwarm Robert Dudley zusammen, einem Mann wie aus dem Bilderbuch, attraktiv, charmant, feurig. Eine jahrelang andauernde Beziehung nahm ihren Anfang, denn Elisabeth war von Robert Dudley, dem sie im Laufe seines Lebens alle hohen Staatsämter zukommen ließ, nicht nur hingerissen, sie liebte ihn aus aufrichtigem Herzen, obwohl er längst verheiratet war.

Nachdem man ihr keine direkte Beteiligung an einer Verschwörung gegen Maria nachweisen konnte, wurde sie nach Woodstock gebracht und unter Hausarrest gestellt. Damals ahnte sie schon, dass die Tage ihrer Rivalin gezählt waren. Die hochgebildete junge Frau – Elisabeth sprach sechs Sprachen, zeichnete und malte keineswegs laienhaft und zog mit ihrer schönen Singstimme die Zuhörer in Bann – wurde mit 25 Jahren zur Königin von England gekrönt. Es war für sie keineswegs eine leichte politische Aufgabe, als alleinstehende Frau sich in der Männerwelt zurechtzufinden, aber sie war durch eine harte Lebensschule gegangen und wusste von Anfang an, was sie wollte. England sollte zukünftig kulturell eine bedeutende Rolle in Europa spielen, weshalb sie zur Förderin des Theaters und vor allem William Shakespeares wurde. Die Maßnahmen, deren sie sich zur Belebung der Wirtschaft bediente, waren allerdings nicht ganz lupenrein, denn sie hatte mit klarem Verstand bald erkannt, dass Francis Drake und Walther Raleigh nicht nur Abenteurer waren, sondern auch reiche Schätze aus den entdeckten Ländern nach England bringen würden. Und da die meisten Seefahrer auch Seeräuber waren, hatten diese ihr Einverständnis die spanischen Schiffe zu überfallen und auszuplündern. Dass es daher zum Kampf mit dem spanischen

König kommen musste, lag auf der Hand. Philipp II. ver-
kannte in seiner Überheblichkeit die Fähigkeiten seiner englischen Rivalin, die den Bau kleiner, flinker Boote unterstützt
hatte, sodass diese schließlich die spanische Armada im
Ärmelkanal vernichtend zu schlagen vermochten.

Die »jungfräuliche Königin« lebte keineswegs spartanisch.
Stets prachtvoll gekleidet liebte sie jegliche Form von per-
sönlichem Luxus. Sie genoss es, dass sie eine Vielzahl von
Heiratskandidaten umwarben, auch für König Philipp II. ein
sinnloses Unterfangen! Denn nach wie vor gab es für die
Königin nur einen begehrenswerten Mann, Robert Dudley,
den sie zum Herzog von Leicester ernannte und ihn mit großen Rechten ausstattete, obwohl man ihm zur Last gelegt
hatte, dass er seine Ehefrau ermordet haben sollte. Amy
Robsart war am Fuße einer Treppe tot aufgefunden worden,
sodass die Gerüchteküche sofort zu brodeln begann. All dies
beeindruckte die verliebte Königin wenig. Auch als ihr Favo-
rit neuer Morde bezichtigt wurde, vergab sie ihm, ohne
große Prozesse. Ja, sie war so großzügig ihrem Leicester
gegenüber, dass sie ihm auch verzieh, dass er hinter ihrem
Rücken nicht nur eine Affäre, sondern auch heimlich geheiratet hatte. Sie konnte ihm nicht widerstehen und ernannte
ihn, als sie todkrank mit den Pocken darniederlag, zum
Lordprotektor, der in England regieren sollte. Da Elisabeth
wusste, dass das Volk von allem Anfang an gegen eine Heirat mit Leicester war, hatte sie ihm sogar vorgeschlagen, ihre
große Rivalin Maria Stuart, deren Todesurteil sie später nach
langen Bedenken unterschreiben sollte, zu heiraten.

Sie selber lehnte die diversen Heiratsanträge, die aus ganz
Europa eintrafen, kategorisch ab, nur der Antrag des Herzogs von Alençon, des Bruders des französischen Königs,
schien für sie verlockend, obwohl François Hercule von
Valois alles andere als ein attraktiver Mann war. Aber er war

jung und charmant und schmeichelte sich bei Elisabeth überraschenderweise ein. Sie nannte ihn zärtlich »ihren Frosch«, der aber zu ihrem Leidwesen noch vor der geplanten Hochzeit 1584 starb.

Der Tod ihres Lebensfreundes Robert Dudley 1588 war für Elisabeth der größte Schlag in ihrem Leben. Trotzdem versank sie als starke Frau nicht in die Abgründe der Traurigkeit, sondern erkor sich wieder einen Robert zum Favoriten. Der 2. Earl of Essex war ein junger Mann voller Tatendrang und Ehrgeiz. Er wusste, wie er die alternde Königin behandeln musste, um an hohe Staatsämter heranzukommen. Zunächst schien es so, als würde der fesche Earl alles auf seine Weise erreichen, bis er den Bogen überspannte. Er zettelte eine Verschwörung an, die aufgedeckt wurde. Blutenden Herzens gab die Königin Befehl, Essex wegen Verrates im Tower köpfen zu lassen.

Elisabeth wurde für damalige Begriffe uralt. Die überzeugte Protestantin starb mit 69 Jahren und wurde – eine Ironie des Schicksals – neben ihrer Halbschwester Maria der Katholischen in der Westminster Abbey beigesetzt.

# Turbulenzen in der Habsburgerfamilie

*Matthias, der dritte Sohn Kaiser Maximilians II., hatte ein Leben lang einen Wahlspruch: »Eintracht ist stärker als das Licht.« Er selber und seine Brüder säten aber nur Zwietracht.*

Es war eigentlich die Schuld des Vaters gewesen, der durch seine Erbregelung den Zwist zwischen den einzelnen Brüdern hervorgerufen hatte, denn Maximilian II. hätte erkennen müssen, dass sein ältester Sohn Rudolf, der in Spanien erzogen worden war, niemals für das Herrscheramt geeignet war. Und dennoch wurde er als Ältester für die Nachfolge des Vaters bestimmt und die fünf Brüder wurden mit einem jährlichen Bettel abgefertigt, ganz zu schweigen von der Machtlosigkeit, der sie ausgesetzt waren.

Aber keiner der Brüder gab sich mit der Stellung, die ihm per Testament bestimmt worden war, zufrieden, am allerwenigsten Matthias, der in Wien 1557 geboren und bei seinen Eltern aufgewachsen war. Nach dem Tod des Vaters zeigte er nicht die geringste Sympathie für seinen in Prag regierenden Bruder, ja er setzte alles daran, sich eine, wie er glaubte, gebührende Position zu schaffen. Als daher in den Niederlanden ein Aufstand unter der Führung Wilhelms von Oranien gegen die Spanier ausbrach, sah er seine Stunde gekommen. Angeblich seilte er sich im Dunkel der Nacht nur mit dem Nachthemd angetan aus dem zweiten Stockwerk der Hofburg ab, um sich inkognito als Knecht verkleidet mit Ruß geschwärztem Gesicht in die Niederlande durchzuschlagen. Dort empfingen ihn allerdings wenig Sympathisanten, sodass er bald zur Einsicht kam, dass das nicht ungefährliche Abenteuer umsonst gewesen war. Nachdem sein Plan nicht verborgen geblieben und bis zu seinem kaiserlichen Bruder durchgedrungen war, der sich empört über Matthias äußerte, verschlechterte sich das Verhältnis zwischen den Brüdern aufs Neue. Zur Tatenlosigkeit verurteilt, musste Matthias zusehen, wie der lethargische Kaiser die politischen Belange immer mehr schleifen ließ, um sich seinen Privatvergnügungen zu widmen, die vor allem aus dem Sammeln seltener Kunstwerke und anderer Raritäten bestanden. Dabei wollte er weder die gefährliche Situation im Osten des Reiches wahrhaben noch die zunehmende Glaubensspaltung, die längst zu einem Politikum geworden war.

Es war Matthias, der beraten von seinem Vertrauten Melchior Khlesl, versuchte, einen Frieden mit den Türken herbeizuführen und auch die Ungarn im Zaume zu halten. Da auch die übrigen Brüder – Ernst war mittlerweile Statthalter in den Niederlanden geworden und Leopold führte ein eher dubioses Leben als Bischof von Passau – darin übereinstimmten, dass der Kaiser zunehmend regierungsunfähig zu sein schien, traf man einander in der Hofburg in Wien, wo man die Absetzung Rudolfs II. diskutierte.

Matthias galt als Hoffnungsträger in dieser wirren Zeit, in der die Protestanten vehement ihre Rechte forderten, während die Katholiken nicht bereit waren, irgendwelche Konzessionen zu machen. Matthias freilich zeigte auf Veranlassung seines Beraters Khlesl nicht sein wahres Gesicht, da er Geld gegen die Türken dringend benötigte und er vielleicht auch auf die Gunst der Protestanten bei der Kaiserwahl angewiesen sein würde. Er taktierte auf beiden Seiten, obwohl seine Gemahlin Anna streng katholisch war.

Allgemein galt Matthias als fröhlicher Mensch. Daher

feierte er die Hochzeit mit seiner Cousine Anna im Jahr 1611 prächtig, vielleicht dachte der Bräutigam daran, welch eindrucksvolle Feste Anna schon als Kind in Tirol erlebt hatte – ihr Vater Erzherzog Ferdinand II. war bekannt für seinen Hang zum Feiern. Seine Tochter allerdings war ein sensibles, streng katholisches Mädchen, das sich von Zeit zu Zeit mit einer silbernen Peitsche züchtigte – für welche Sünden sie eigentlich Buße tat, wusste sie wohl selber nicht. Obwohl Matthias und Anna eine glückliche Ehe führten, einer liebte den anderen wirklich, war ihnen Kindersegen versagt. Zwar tauchten, wenn es politisch opportun erschien, dann und wann Gerüchte von einer Schwangerschaft der jungen Frau auf, aber genauso wie sie entstanden, lösten sie sich zum Leidwesen der Beteiligten in Nichts auf. Vielleicht war dies der Grund weshalb Anna trotz ihrer Jugend gerne und oft an den Tod dachte. Und da sie für ihr jenseitiges Leben vorsorgen wollte, gab sie den Auftrag an die Kapuziner, eine Gruft zu erbauen – die heutige Kapuzinergruft –, in der später alle Habsburger liegen sollten.

Sooft es seine Zeit während der politischen Intrigen erlaubte, lebte Matthias mit seiner Gemahlin in der Hofburg in Wien, lediglich wenn es heiß wurde, zog das Paar die Kühle des Schlösschens Gatterburg unweit von Wien vor, in dessen Umgebung der spätere Kaiser auch seiner Jagdleidenschaft frönen konnte. Dabei soll er sich eines heißen Sommertages an einer Quelle gelabt und dabei begeistert ausgerufen haben: »Ei, welch' ein schöner Brunn!« Damit gab er dem späteren habsburgischen Sommerschloss seinen klingenden Namen.

Obwohl Kaiser Rudolf II. Grund genug gehabt hätte, seinem Bruder Matthias für dessen Friedensbemühungen im Osten dankbar zu sein, zeigte er ihm so wie den anderen Brüdern offen die kalte Schulter. Die Folge war natürlich, dass die so Brüskierten Mittel und Wege suchten, um den von der »Hauptblödigkeit« Befallenen auf dem Kaiserthron abzusetzen. Da man im Hause Habsburg aufzurüsten begann, sah sich Rudolf endlich gezwungen, zu handeln. Er schickte Erzherzog Ferdinand aus der Steiermark zu einem Reichstag nach Regensburg, um ein Signal zu setzen, dass er diesen jungen Mann als seinen Nachfolger akzeptieren würde. Nicht aber Matthias!

Überall im Lande klirrten die Waffen, denn auch die böhmischen Stände, denen der Kaiser nolens volens Religionsfreiheit versprochen hatte, stellten ein Heer gegen die Habsburger-Brüder auf. Matthias zögerte nicht mehr lang. Mit 20 000 Mann marschierte er in Böhmen ein, um den Kaiser für abgesetzt erklären zu lassen. In dieser Situation gab Rudolf klein bei und übertrug im *Vertrag von Lieben* dem verhassten Bruder die Herrschaft über Nieder- und Oberösterreich sowie über Ungarn und Mähren. Alles, was nun folgte, waren Fehler über Fehler, die Rudolf in seiner Unkenntnis der wahren Sachlage beging. Wankelmütig wie er war, hielt er sich nicht an seine Versprechungen und stützte sich auf unfähige Leute. Durch den Druck, den Matthias auf ihn ausübte sowie durch die Vermittlung des päpstlichen Nuntius und durch den Einfluss Spaniens erklärte sich Rudolf bereit, zumindest auf die böhmische Krone zu verzichten. Noch trug er die Kaiserkrone. Aber auch dies schien nur noch eine Frage der Zeit zu sein, denn die Kurfürsten wurden vorstellig und forderten die Wahl eines römischen Königs noch zu seinen Lebzeiten. Der Tod kam für Rudolf als letzter Retter im Jänner 1612, sodass für den ehrgeizigen Matthias der Traum seines Lebens in Erfüllung gehen konnte: Zusammen mit seiner Gemahlin wurde er in Frankfurt schon im Juni zum Kaiser gekrönt.

Aber auch er hatte in der Zukunft keine politisch glückliche Hand. Er war den Anforderungen der Zeit nicht gewachsen. Mehr und mehr überließ er die Entscheidungen seinem engen Berater Khlesl, der eine Ausgleichspolitik betreiben wollte. Aber in dieser politischen Hochspannung hatten seine Ansichten wenig Chancen, die Familie war wiederum in sich gespalten, sodass es zur geheimen Absetzung Khlesls kam, den man bei Nacht und Nebel nach Ambras entführte. Auch Matthias sollte nicht mehr lange die Kaiserkrone tragen, längst hatte man den jungen Erzherzog Ferdinand aus der Steiermark als geeigneten Kaiserkandidaten angesehen. Immerhin ging es nicht nur darum, einen fähigen Mann als Regenten zu wählen, sondern auch die Macht der Habsburger in einem Europa zu erhalten, das durch die Religionsspaltung noch in eine zusätzliche Krise geraten war. Der Prager Fenstersturz im Jahre 1618, der als Auslöser des Dreißigjährigen Krieges galt, war nur ein Formalakt gewesen.

Matthias war ein gebrochener Mann, als seine geliebte Gemahlin Anna 1618 starb. Diesen Schlag überlebte er nicht mehr lange. Knapp vor seinem Tod im März 1619 soll er die Worte geäußert haben: »Wieviel lieber wäre ich ein glücklicher Privatmann als ein hintansetzter Kaiser!« Diese Einsicht kam viel zu spät.

# Die Mätressen waren die wichtigsten Frauen in Frankreich

*Lange Zeit war es gang und gäbe, dass die französischen Könige von einem Reigen schöner geistreicher Damen umgeben waren, wobei die Mätresse »en titre« die wichtigste Rolle spielte.*

Der spätere König Heinrich II. von Valois war noch ein Kind, als er in die Mühlen der internationalen Politik geriet. Sein Vater Franz I. von Frankreich, ein erbitterter Feind des Habsburger-Kaisers Karl V., hatte nicht nur 1525 die Schlacht bei Pavia verloren, sondern war obendrein noch in Gefangenschaft seines Gegners geraten. Um Franz zur Einhaltung der Friedensbedingungen von Madrid ein Jahr später gleichsam zu zwingen, verlangte Karl V. als Geiseln die beiden ältesten Söhne des Königs, Franz und Heinrich. Der Abschied von den französischen Vertrauten fiel den Kindern schwer, Heinrich schien erst getröstet, als plötzlich eine schöne Dame auf ihn zukam und ihn auf beide Wangen zärtlich küsste. Von diesem Augenblick an war der Knabe Diana von Poitiers, die 19 Jahre älter war als er, bis an sein Lebensende verfallen. Damals auf dem Weg nach Madrid konnte er freilich nicht ahnen, dass er sie, die mit dem vierzig Jahre älteren Seneschall der Normandie Louis de Brézé verheiratet war, beinah noch im jugendlichen Alter zur Mätresse nehmen würde.

Nach Heinrichs Rückkehr an den französischen Hof fand als Zeichen der ewigen Freundschaft zwischen Franz I. und

Karl V. die Hochzeit des Königs mit Eleonore, der Schwester des Habsburgers, statt. Das Fest wurde mit großem Pomp gefeiert, obwohl die junge Braut von Anfang an darüber aufgeklärt worden war, dass der französische König nicht nur seine Mätresse »en titre« Anne de Pisseleu d'Heilly über alles schätzte, sondern auch sonst den schönen Damen sehr zugetan war. Auch Diana von Poitiers war zu den Festlichkeiten geladen, bei denen es der Brauch war, dass jeder Ritter, der auf dem Turnier kämpfte, vor der Dame, die seinem Herzen nahe stand, sein Banner verneigte. Und Heinrich zügelte sein Pferd vor Diana! Sie allein war die Dame seines Herzens.

Der königliche Vater hatte allerdings einiges dazu beigetragen, dass der Jüngling sich bis über beide Ohren in Diana verliebt hatte, denn Franz hatte befunden, dass es keine bessere Erzieherin für den Prinzen geben konnte, als die kultivierte, gebildete, aber auch raffinierte Frau, die den spröden, leicht seltsamen jungen Mann behutsam zu führen versuchte. In ihrer Gegenwart legte er seine viel zu ernste Miene ab und auch das ständige Schwarz seiner Kleidung wirkte nicht mehr so trist und streng auf seine Umgebung.

Natürlich war der König von Frankreich schon lange in Heiratsverhandlungen mit den in Frage kommenden europäischen Häusern getreten und da Heinrich an zweiter Stelle in der Thronfolge stand, war nicht nur ein klingender Name von Wichtigkeit, sondern auch die reiche Mitgift. Katharina von Medici konnte vieles bieten, außer auffallende körperliche Reize, obwohl sie keineswegs hässlich zu nennen war. Durch ihre kluge, witzige und sprühende Art gewann sie auf Anhieb das Herz des königlichen Schwiegervaters, der sie mehr schätzte als ihr eigener Ehemann, dem sie ins Bett gelegt wurde. Nichtsdestotrotz behielt Heinrich seine enge Beziehung zu Diana bei, aus der platonischen Schwärmerei zu der schönen Witwe – Dianas Gemahl war 1531 gestorben – wurde leidenschaftliche Liebe.

Wahrscheinlich hätte man in Frankreich bei dieser Affäre beide Augen zugedrückt, hätte nicht der junge Thronfolger Franz überraschenderweise am 10. August 1536 das Zeitliche gesegnet. Jetzt stand plötzlich Heinrich im Mittelpunkt und mit ihm natürlich die Frage, wann endlich ein Sohn in der königlichen Wiege liegen würde. Denn immerhin lag die Hochzeit mit Katharina schon drei Jahre zurück und noch immer zeigten sich keine Anzeichen einer Schwangerschaft, obwohl Diana ihren feurigen Liebhaber stets aufs Neue aufforderte, seinen ehelichen Pflichten nachzukommen. Dabei hatte Diana nicht nur ihren eigenen Vorteil im Sinn, da es ihr gelungen war, zu Katharina eine beinah freundschaftliche Beziehung aufgebaut zu haben. Als daher am französischen Hof Stimmen laut wurden, dass die Schuld an der Kinderlosigkeit bei Katharina läge und sie daher entweder verstoßen oder in ein Kloster abgeschoben werden sollte, schickte Diana geheimnisvolle Kräuter und Essenzen an Katharina, die die Fruchtbarkeit fördern sollten. Da aber kein noch so geartetes Mittel den Ehemann ersetzen konnte, sah sie zu, dass Heinrich so manche Nacht bei Katharina verbrachte. Denn mittlerweile hatte er bewiesen, dass er durchaus imstande war, Kinder zu zeugen. Zwar war nicht Diana die Mutter der Tochter Diane de Valois, die Heinrich offiziell anerkannte, sondern eine Italienerin.

Es war für Diana von Poitiers von ausschlaggebender Bedeutung, dass Heinrich Katharina nicht verstieß, denn sie konnte sich ausrechnen, dass eine neue junge Königin ihr den Platz an der Seite des Königs streitig machen würde. Katharina war berechenbar und so schien es geradezu ein Glück zu sein, dass auch die Mätresse »en titre« des französischen Königs sich auf die Seite der Fürsprecher für den Verbleib der Königin schlug.

Nach zehn Jahren Ehe brachte Katharina zur allgemeinen Erleichterung endlich einen Sohn zur Welt, der zu Ehren des Großvaters Franz getauft wurde. Ihm sollten noch weitere neun Kinder folgen. Nichts zeichnet die Situation am französischen Hof so deutlich wie die Tatsache, dass die Geliebte des jungen Vaters bei der Geburt des Kindes anwesend war, zu dessen Entstehung sie in intimen Stunden durch ihre Überredungskünste beigetragen hatte.

Heinrich zeigte seine Dankbarkeit Diana gegenüber bei seiner Krönung am 25. Juli 1547 öffentlich. Er hatte den Stickern, die sein blaues mit goldenen Lilien versehenes Gewand verzierten, den Auftrag erteilt, die beiden Initialen D und H leicht verschlüsselt einzunähen. Außerdem hatte Diana einen Ehrenplatz auf der Tribüne inne, während Katharina, die Königin, sich mit einem der hinteren Plätze zufriedengeben musste – man begründete diese Brüskierung mit ihrer neuerlichen Schwangerschaft.

Diana wurde als Nebenfrau Heinrichs II. eine steinreiche Frau, die sogar die Kronjuwelen geschenkt bekam. Sie verstand es meisterlich aus den Schlössern und Besitzungen, die ihr Heinrich geschenkt hatte, Kapital zu schlagen. So ließ sie eine Glockensteuer einführen, über die der Dichter Francois Rabelais spöttisch meinte, dass es dem König gefallen habe, alle Glocken seines Reiches seiner Stute um den Hals zu hängen.

Der Einfluss Dianas bei Hofe wuchs immer mehr. Sie suchte nicht nur die Hofdamen der Königin aus, sie bestimmte auch deren Zahl. Gesuche wurden nicht mehr an Katharina gerichtet, sondern beinahe ausschließlich an Diana von Poitiers.

Und dennoch war es verwunderlich, dass allmählich Heinrich erkannte, welch kluge Frau er in Katharina hatte, die sich mehr, als er bisher angenommen hatte, um sein Leben sorgte. Obwohl sie ihm einen silbernen Helm zum Geburtstag geschenkt hatte, versuchte sie, ihn von dem Turnier anlässlich der Hochzeitsfeierlichkeiten ihrer Tochter mit Philipp II. von Spanien abzuhalten, denn ihr Astrologe Simonei hatte ihr prophezeit, dass ihr Gemahl die Vierzig nicht überleben würde und auch Nostradamus hatte geheimnisvolle Worte über den Tod des Königs zu Papier gebracht. Heinrich II. schlug Katharinas Warnungen in den Wind und trat in den Farben Dianas gekleidet gegen den Grafen von Montgomery an, dessen Lanze sich unglücklicherweise durch den Helm ins Auge des Königs bohrte. Heinrich II. war rettungslos verloren, wenngleich der berühmte Anatom Vesalius zur Stelle war, der alles daran setzte, den König zu retten. Während seines qualvollen Sterbens verlangte Heinrich nicht ein einziges Mal nach Diana, die nach seinem Tode Katharina um Verzeihung bat und ihr die Kronjuwelen zurückschickte.

Die einstige Mätresse Heinrichs II. von Frankreich zog sich auf ihre Besitzungen zurück, wo sie am 22. April 1566 starb. Die Inschrift auf ihrem Grab lautet: »Betet für Diane de Portiers«.

# Auch in ihrer Heimat wurde
# die Kaisertochter nicht glücklich

*Wie viele Kinder im Habsburger-Reich einen adeligen Vater hatten, wird wahrscheinlich niemals geklärt sein. Margarethe von Parma und Don Juan de Austria kannten ihren kaiserlichen Vater, der sich ein Leben lang um sie kümmerte.*

Margarethe war das Kind der ersten großen Liebe Karls V. gewesen. Ihre Mutter Johanna van der Gheynst aus Oudenaarde durfte das Mädchen, das sie 1522 vom zukünftigen Kaiser erwartete, nicht bei sich behalten, das Kind sollte schließlich in der Brüsseler Familie de Douvrin standesgemäß erzogen werden, sodass Karl sicher sein konnte, dass die Tochter einmal in eine der höchsten Adelsfamilien einheiraten konnte. Auch wenn der Makel der unehelichen Geburt an ihr haftete! Dabei kamen allerdings königliche Prinzen wegen Margarethes Herkunft nicht in Frage, wohl aber war so mancher oberitalienische Fürstensohn keineswegs abgeneigt, Margarethe die Hand fürs Leben zu reichen. Immerhin winkte für ihn eine enge Verbindung zum Kaiserhaus!

Bei der Auswahl des Ehemanns für seine Tochter hatte Karl keine glückliche Hand, zu sehr standen die politischen und finanziellen Interessen für ihn im Vordergrund. Die erst 14-jährige Margarethe wurde regelrecht verschachert! Liebe spielte in den damaligen Zeiten für die Frauen ohnedies keine Rolle! Mit keinem ihrer beiden Ehemänner konnte

Margarethe glücklich werden, der eine war zu alt, der nächste zu jung. Nachdem ihr erster Gemahl Alexander von Medici 1537 aus Privatrache ermordet worden war, übernahm sie stellvertretend mit nur 15 Jahren die Regierungsgeschäfte in Florenz – in einer Stadt, wo nicht einmal Männer aus alten heimischen Adelsgeschlechtern in der damaligen Situation den politischen Überblick behielten. Wie hätte sich die junge Margarethe tatsächlich zurechtfinden sollen?

Aber der Vater spielte schon ein Jahr später erneut Schicksal, indem er seine Tochter diesmal an einen Farnese verheiratete. Ottavio war ein halbes Kind bei der Hochzeit und seine junge Frau wehrte sich mit Händen und Füßen dagegen, die Ehe mit dem Jüngling vollziehen zu müssen.

Nicht nur der Kaiser war an dieser beinah absurden Eheschließung interessiert, er war besonders von Papst Paul III., dem Vater Ottavios, dazu gedrängt worden. Der Papst aus dem Hause Farnese war ein weit und breit bekannter Lebemann, der auf eine stattliche Anzahl von Kindern und Enkeln blickte. Er spielte mit dem Kaiser ein undurchschaubares Spiel. Und da Karl V. mit den Päpsten seiner Zeit wenig Glück hatte, glaubte er jetzt, sich die Sympathien durch eine enge Verwandtschaft erwerben zu können, die er dringend benötigte, und opferte dafür seine Tochter. Eine Einheirat in die kaiserliche Familie schien für das Haus Farnese auf alle Fälle verlockend, wenn auch die beiden Väter wussten, dass den jungen Leuten keine persönliche glückliche Zukunft bevorstand.

Margarethe fand den schmächtigen Jüngling, der sich zu allem Übermaß präpotent aufspielte, in höchstem Grad abstoßend und widerlich. Aber auch Ottavio war von seiner »älteren« Frau keineswegs begeistert, was er ihr bei allen nur möglichen Gelegenheiten überdeutlich zu erkennen gab.

Bald zeigte es sich, dass Margarethe durch diese Heirat in das politische Intrigenspiel in Oberitalien hineingezogen wurde, wobei ihr eigener Ehemann mit verdeckten Karten spielte. Dankbarkeit seinem kaiserlichen Schwiegervater gegenüber kannte der Farnese nicht, denn Karl V. hatte ihm alles, was nur machbar war, ermöglicht – so hatte er überraschenderweise die Herzogswürde von Parma erhalten. Gemeinsam hatte man vor Tunis gekämpft und das Verhältnis zwischen dem Kaiser und seinem Schwiegersohn schien zunächst bestens zu sein. Deshalb traf es Karl V. wie ein Blitz aus heiterem Himmel, als er erfuhr, dass Ottavio beinah von einem Tag auf den anderen mit dem König von Frankreich ein Bündnis geschlossen hatte. Ärger und Zorn waren für Karl riesengroß, als er von dieser bösen Überraschung erfuhr.

Natürlich war auch die Situation für Margarethe alles andere als erfreulich. Vater und Ehemann standen einander plötzlich als Feinde gegenüber. Daher setzte sie alles daran, einen Ausgleich zwischen den beiden Männern herbeizuführen. Aber Karl V. war ein misstrauischer Mann und es dauerte daher lange, bis sich die Beziehungen innerhalb der Familie normalisierten. Karl sicherte sich trotz feierlicher Versprechungen von Seiten Ottavios dadurch ab, indem er verlangte, dass Margarethes Sohn Alexander als Geisel am Hof seines Sohnes Philipp in Spanien erzogen werden sollte.

Für Margarethe bedeutete der Verlust des Kindes einen neuerlichen schweren Schlag, aber es blieb ihr nichts anderes übrig, als die Forderungen des Vaters zu erfüllen. Aber sie tröstete sich damit, dass ihr Sohn bei ihrem Halbbruder Philipp in guten Händen sein würde, denn zu dieser Zeit galt der spanische Hof als erste Bildungsstätte in Europa.

Margarethe entwickelte sich trotz der ihr aufgezwungenen Umstände dank ihres intuitiven richtigen Denkens in politischen Dingen zu einer realistischen Politikerin, die selbst in kritischen Situationen dazu imstande war, die richtigen Entscheidungen zu treffen, was sie schon in Italien bewiesen hatte. Deshalb zögerte König Philipp II. von Spanien nicht, seine Halbschwester in die Niederlande zu berufen, die damals unter spanischer Herrschaft standen. Immerhin war Margarethe in dem Land geboren und hier sollte sie die Position einer Statthalterin einnehmen.

Philipp II. hatte gehofft, dass Margarethe von den Niederländern akzeptiert werden würde, aber im Lande gärte es an allen Ecken und Enden, sodass sie von Anfang an auf verlorenem Posten stehen musste. Sie versuchte die niederländischen Adeligen, die sich vehement gegen die Spanier auflehnten, zu beruhigen, wobei sie natürlich immer die Interessen Philipps II. im Auge behielt. Da ihr aber letztlich eine konsequente Rückendeckung fehlte, lavierte sie sich nur, so gut es ging, durch die Intrigen und religiösen Streitigkeiten, um schließlich Schiffbruch zu erleiden. Zu sehr hatte sie von allem Anfang an auf die Ratschläge Anton Perrenots, des Herrn von Granvelle und Bischofs von Arras, gehört, gegen den die niederländischen Adeligen schon längere Zeit über opponierten. Als Margarethe dies erkannte, war es längst zu spät. Denn auch die religiösen Differenzen machten sich im ganzen Land breit, sodass eine fruchtbringende Regierung für alle undenkbar geworden war. Nach dem Abgang Granvelles wurde Margarethe immer mehr zum Spielball der mächtigen Niederländer Wilhelm von Oranien sowie der Grafen Egmont und Horn. Das Land schien vor allem auch durch die brutalen Ketzerverfolgungen aus den Fugen geraten zu sein, sodass sich Margarethe entschloss, ihren Halbbruder zu bitten, Milde walten zu lassen. Als Philipp zögerte, erließ sie selbst eine »Moderation«, die zur allgemeinen Befriedung dienen sollte und in der sie den Protestanten weitgehende Konzessionen machte. Als sich die Aufständischen damit nicht zufriedengaben, schlug man von Spanien aus eine härtere Gangart ein. Der Herzog von Alba sollte mit einem Heer für Ruhe und Ordnung sorgen, etwas, was beileibe nicht im Sinne Margarethes war.

Zutiefst enttäuscht zog sich Margarethe nach Piacenza zurück und plante, ihren Lebensabend in Aquila zu verbringen. Aber die verworrene Situation in den Niederlanden veranlasste Philipp sich nochmals an die Halbschwester zu wenden, um sie zu bitten, zusammen mit ihrem Sohn Alexander die Statthalterschaft zu übernehmen. Margarethe wäre den Bitten des spanischen Königs nachgekommen, hätte sich bei dieser Regelung nicht das Problem der Kompetenz- und Machtaufteilung zwischen Mutter und Sohn ergeben. Philipp musste einsehen, dass man keine Entzweiung innerhalb der Familie riskieren konnte, um eine Lösung in den Niederlanden zu finden. Er kam daher den Bitten Margarethes nach und gestattete der Schwester am 25. Juli 1583 die lang ersehnte Abreise nach Italien, wo sie sich müde und enttäuscht vom Leben in Ortona ins Privatleben zurückzog und dort 1586 starb. Ihr Sohn Alexander blieb Sieger im Streit um die Macht.

# Der mächtige Fürsterzbischof von Salzburg war nur ein schwacher Mann

*Gnadenlos hatte Wolf Dietrich von Raitenau Haus und Hof so mancher braver Bürger wegreißen lassen, um seine hochfliegenden Pläne zu verwirklichen. Für die Kaufmannstochter Salome Alt allerdings war der Kirchenmann ein treuer Geliebter und fürsorglicher Vater der 15 gemeinsamen Kinder.*

Niemals hatte es sich die umschwärmte Salome träumen lassen, dass sie, die als biederes Bürgermädchen am 21. September 1568 in Salzburg das Licht der Welt erblickt hatte, als Geliebte und vielleicht sogar heimliche Ehefrau des mächtigen Fürsterzbischofs in die Geschichte eingehen würde. Sie hatte den jungen Kanonikus Wolf Dietrich von Raitenau eines Tages bei einer Hochzeitsfeier kennengelernt. Der gut aussehende Mann stammte aus den Vorlanden und war zu seinem Leidwesen von den Eltern für den geistlichen Stand bestimmt worden, obwohl Wolf Dietrich auch in späteren Jahren immer wieder erwähnte, wie gern er in den unruhigen Zeiten Heerführer geworden wäre. Aber als Geistlichem stand ihm der Weg zu einer großen Karriere offen, denn schon im zarten Alter von 12 Jahren erhielt er eine Domherrenstelle in Konstanz, eines von vielen geistlichen Ämtern, die er im Laufe der Zeit bekleiden sollte. Dass er nach ausgedehnten Studien in Italien schließlich mit nur 28 Jahren am 2. März 1587 zum Erzbischof von Salzburg gewählt wurde, war eigentlich ein Schachzug des Domkapitels, das der Ansicht gewesen war, in Wolf Dietrich einen leicht lenkbaren jungen Mann zum Erzbischof gemacht zu haben. Wie sehr sollten sich alle täuschen! Denn der ungewöhnlich intelligente, äußerst temperamentvolle Mann war gewohnt, immer und überall seinen Willen durchzusetzen. Bis zu seiner Wahl hatte er höchst weltlich gelebt und nichts dabei gefunden, als modisch gekleideter Kavalier der schönen Salome Alt, die aus einer hoch angesehenen Salzburger Familie stammte, den Kopf zu verdrehen. Das Problem, das für ihn auftauchte, war seine Karriere als Kirchenmann und sein Privatleben miteinander zu verbinden. Denn er wollte beides: eine Ehefrau, die ihm jedes Jahr ein Kind schenkte, und das höchste Kirchenamt im Lande Salzburg. Ob Wolf Dietrich – um die Klatschmäuler mundtot zu machen oder nur um Salome zu beruhigen – eine Scheintrauung veranstalten ließ, ist bis heute nicht ganz geklärt. Sicher ist, dass er bald nach seiner Wahl zum Fürsterzbischof versuchte, von Rom einen Dispens zu erlangen, wodurch es ihm auch als Kirchenmann möglich sein würde, verheiratet zu sein. So sehr er sich auch durch seinen Onkel, der als Kardinal beste Verbindungen zum Vatikan hatte, bemühte, den Papst von der Lauterkeit seines Ansinnens zu überzeugen, so wartete er doch vergeblich auf eine positive Entscheidung aus Rom.

Mit oder ohne Trauschein wollte Wolf Dietrich ein gemütliches Familienleben nicht missen. Daher ließ er einen Verbindungsgang zwischen seiner Residenz und dem Trakt, in dem Salome mit ihrer Kinderschar lebte, anlegen. Und damit nach außen hin seine intime Beziehung nicht allzu sichtbar wurde, betrat er die Räume seiner Geliebten durch einen speziell angefertigten Schrank. Es war allerdings für ihn nur eine Frage der Zeit, wann Salome offiziell zur Tafel gebeten wurde, auch wenn ausländische Gesandte in Salzburg weilten. Die schöne Frau galt schon bald als erste Dame des Landes, wenngleich sie sich wahrscheinlich nicht allzu wohl in ihrer Haut fühlte. Denn sie war nicht wie die meisten Mätressen an Politik und Macht interessiert, ihre ganze Liebe galt ihrem »Herrn«, wie sie Wolf Dietrich auch noch während seiner Gefangenschaft bezeichnete. In ihrer ausgeglichenen Art wirkte sie beruhigend auf den überstrapazierten, unbeherrschten Mann, Salome und die Kinder bildeten den Ruhepol im hektischen Leben des Fürsterzbischofs.

Von allem Anfang an war Wolf Dietrich in seiner Handlungsweise zwiespältig, sein Verhältnis zu Rom spiegelte seine unklaren Einstellungen wider. Einerseits war er bestrebt, mit dem Papst gut Freund zu sein – Wolf Dietrich war seit langer Zeit der erste Erzbischof von Salzburg, der persönlich dem Papst seine Aufwartung machte – andererseits kühlten sich seine Beziehungen zum Heiligen Stuhl rasch ab, als er erkennen musste, dass der Heilige Vater seinen Wunsch, zum Kardinal ernannt zu werden, nicht erfüllte. Natürlich war sich Wolf Dietrich dessen bewusst, dass sein persönlicher Feind, der Bayernherzog Wilhelm V., nicht geruht hatte, ihn durch Verleumdungen bei Sixtus V. anzuschwärzen. Dabei hatte der junge Erzbischof zunächst ganz im Sinne der Kirche eine rigorose Politik gegenüber den Protestanten ausgeübt, wer sich nicht zum rechten katholischen Glauben bekannte, musste das Salzburger Land verlassen. Aber schon nach kurzer Zeit erkannte Wolf Dietrich klar, dass er auf diese Weise fleißige Menschen verlor, auf die er nicht verzichten konnte. Deshalb verhielt er sich zunehmend zurückhaltender den Protestanten gegenüber, sodass man sein Verhalten geradezu als milde bezeichnete und er in den Ruf geriet, ein Anhänger der protestantischen Union zu sein.

Wolf Dietrich war ein Mann voller Ideen und weitreichender Pläne, ein echter Mensch der Renaissance, der den

Staub des Mittelalters, den er in Salzburg überall zu spüren glaubte, entfernen wollte. Handlungsbedarf sah er an allen Ecken und Enden, waren es da die Schulen, die er einer gründlichen Reform unterzog, dort eine Neuordnung für die Krankenversorgung oder gar Quarantänebestimmungen beim Ausbruch der Pest, der Erzbischof kümmerte sich persönlich um alles, ohne in seiner Arbeitswut zu erkennen, dass er vielfach in seinen Reformen zu weit ging. Besondere Aufregung verursachten seine Geldbeschaffungsmethoden, indem er unter anderem eine Art von Getränkesteuer einführte. Aber an Eklats war Wolf Dietrich schon längst gewöhnt, die Vorstellungen, die er verwirklichen wollte, und die zahlreichen Sammlungen wertvoller Kunstschätze kosteten viel Geld, das er irgendjemandem aus den Taschen ziehen musste. Während seiner Regierungszeit wurde – freilich mit Gewalt – aus Salzburg eine moderne Stadt im italienischen Stil mit weiten Plätzen und prächtigen Palais, wozu man mindestens 60 Häuser zunächst dem Erdboden gleichgemacht hatte. Auch für seine geliebte Salome, die Kaiser Rudolph II. 1609 in den Reichsadelsstand erhoben hatte, ließ er auf der anderen Salzachseite ein Schloss erbauen, Altenau, das heutige Schloss Mirabelle.

Natürlich stand für Wolf Dietrich schon lange fest, dass das alte Münster längst erneuert werden sollte, aber er wagte dennoch nicht, Hand an den alten Bau zu legen. Daher kam es ihm mehr als gelegen, als wahrscheinlich durch eine nicht ausgelöschte Kerze in Salomes Oratorium im Dezember 1598 das Gotteshaus in Flammen aufging. Der Erzbischof beauftragte sofort italienische Baumeister, die einen neuen Dom planten, nachdem unzulängliche Versuche gescheitert waren, das alte Münster wieder aufzubauen. Wolf Dietrich sollte allerdings die Fertigstellung des neuen Domes nicht mehr erleben.

Denn seine ständigen Reibereien mit dem Bayernherzog führten dazu, dass seine Gegner immer mehr Oberhand gewannen. Kriegerische Auseinandersetzungen um den Salzhandel waren die Folge. In seiner Besorgnis um seine Familie ließ er Salome und die Kinder ins sichere Radstadt bringen, er selber aber versuchte nach Kärnten zu entkommen, wo bayerische Häscher ihn gefangen nahmen. Auf Veranlassung seines Cousins und Nachfolgers Markus Sittikus wurde er auf die Festung Hohenwerfen gebracht und von dort nach Salzburg. Trotz aller Rettungsversuche von Seiten der Familie gelang es niemandem Wolf Dietrich, der als Erzbischof längst zurückgetreten war, zu befreien. Eingesperrt in mit Brettern verschlagenen Räumen beendete er als kranker Mann sein Leben auf der Festung Hohensalzburg am 16. Januar 1617. Markus Sittikus ließ ihn in dem Mausoleum, das Wolf Dietrich schon zu Lebzeiten errichtet hatte, in einem pompösen Begräbnis im Sebastiansfriedhof beisetzen.

Salome, die mit den Kindern nach Wels gezogen war, hatte vergeblich auf »ihren Herrn« gewartet. Verhärmt und ohne Enkel starb sie im Jahre 1633.

# Auch Anna Caterina von Gonzaga, die zweite Gemahlin, schenkte Erzherzog Ferdinand von Tirol nicht den erhofften Nachfolger

*Seine erste Heirat, die um Mitternacht in einer eiskalten Kapelle auf Schloss Bürglitz mit der schon in die Jahre gekommenen Kaufmannstochter Philippine Welser stattfand, hatte Erzherzog Ferdinand für alle Zeiten den Ruf eines unsterblichen Romantikers eingetragen.*

Die Wirklichkeit sah nach etlichen Ehejahren aber anders aus, obwohl Ferdinand immer noch für die Außenwelt demonstrierte, dass er ohne seine geliebte Philippine und ihre Heilkünste nicht leben konnte. Immerhin hatte er Philippines wegen auch die polnische Krone abgelehnt, aber je älter die beiden wurden und je mehr Philippine von Krankheiten geplagt wurde, gegen die auch sie kein Kraut kannte, je weniger sie an den rauschenden Festen teilnahm, die Ferdinand in großem Stil veranstaltete, umso mehr kam dem Ehemann zu Bewusstsein, dass er einmal ohne männlichen Nachfolger dastehen würde. Denn die beiden Söhne aus der morganatischen Ehe mit Philippine Welser hatten keinen Erbanspruch, Andreas war als Kardinal im Bistum Brixen eingesetzt und der jüngere Karl stand in spanischen Diensten. Wer sollte dereinst die Nachfolge des Vaters in Tirol antreten? Ferdinand brauchte einen legitimen Sohn – bei aller Liebe zu Philippine! Was wahrscheinlich in sehr geheimen Aktionen geplant wurde, war nur wenigen engen Vertrauten des Erzherzogs bekannt: Ferdinand hatte im Jahre 1573 – seine Gemahlin sollte noch etliche Jahre am Leben sein – um die Hand seiner siebenjährigen Nichte Anna Caterina Gonzaga anhalten lassen. Sicher war sicher! Ob Philippine von dieser Eheanbahnung etwas gewusst hatte, ist eher unwahrscheinlich, denn niemand hätte dem Erzherzog so eine Herzlosigkeit, wenn sie auch dynastisch bedingt war, zugetraut. Aber die Dokumente, die im Archiv in Mantua liegen, lassen keinen Zweifel offen.

Obwohl Philippine schon längere Zeit kränkelte und immer wieder durch Kuren in Karlsbad, an denen auch ihr Gemahl teilnahm, ihren Gesundheitszustand zu bessern suchte, lebte sie überraschenderweise noch acht Jahre. Fast hatte es den Anschein, als wäre die etwas dubiose Angelegenheit in Vergessenheit geraten, denn Erzherzog Ferdinand schien über den Tod Philippines untröstlich, was ihn aber nicht hinderte, schon nach überraschend kurzer Zeit auf Freiersfüßen zu gehen. Dabei wandte er sich nicht etwa wieder an das Haus Gonzaga, sondern warf seine Augen auf die Witwe des badischen Markgrafen Christoph, auf die schwedische Prinzessin Cäcilia. Als er merkte, dass die Dame eigentlich nichts von ihm wissen wollte, fühlte er bei der bayerischen Verwandtschaft vor, ob nicht die junge Maximiliana bereit wäre, seine zweite Gemahlin zu werden. Aber bei dieser Angelegenheit hatte er nicht mit der resoluten Mutter Maximilianas, seiner eigenen Schwester Anna, gerechnet, die einem Mann, dessen »sittliche Ausschweifungen« weit über die Grenzen Tirols bekannt waren, niemals ihre Tochter ins Ehebett legen würde.

Und da die Zeit drängte, Ferdinand hatte die 50 längst überschritten, blieb ihm nichts anderes übrig, als wieder in Italien vorstellig zu werden. Er hatte wahrscheinlich so lange gezögert, noch einmal um die mittlerweile sechzehnjährige

Anna Caterina zu werben, da deren Vater ein Bündel an Forderungen an den Erzherzog gestellt hatte. Sein Hauptanliegen war nicht das Wohl seiner jungen Tochter, sondern die Zuerkennung des Titels »Altezza«, den fürderhin das Haus Gonzaga tragen sollte. Der päpstliche Dispens wegen zu naher Verwandtschaft schien dagegen eine Kleinigkeit zu sein, auch über die hohe Mitgift war man sich bald einig und vor allem darüber, dass die Söhne aus dieser standesgemäßen Ehe die Nachfolge des Vaters einmal antreten würden. Schließlich waren alle Ehehindernisse beseitigt und die junge »principessa« machte sich bereit, über die Alpen zu ziehen und ihrem ältlichen Ehemann in die Arme zu fallen. Vorher wurde freilich die Ehe »per procurationem« am 1. Mai 1582 mit allem Glanz in Mantua gefeiert, wobei ein junger Bräutigamstellvertreter das entscheidende »Ja« sprach, der bayerische Neffe Ferdinands, der den gleichen Namen wie sein Onkel führte. Die Braut war als gehorsame Tochter nicht nur willig, diese Heirat einzugehen, ihre Mutter berichtete, »das ir liebe dochter ein so merkliche lieb und herzensfreyd« zeigte, obwohl gewisse Ängste auch eine Rolle spielten. So hatte Anna Caterina vernommen, dass am Hofe ihres zukünftigen Gemahls vor allem Deutsch gesprochen wurde und dass Ferdinand die Forderung gestellt hatte, dass ihre Hofdamen aus Mantua nicht nach Innsbruck mitgenommen werden sollten. Die junge Frau würde daher nur einheimische Damen, die sie womöglich nicht verstand, in ihren Diensten haben, was ihr natürlich unheimlich vorkam.

Der Zug über die Alpen war ungewöhnlich eindrucksvoll, wahrscheinlich wetteiferten der Bräutigam und der Schwiegervater darin, wer den größeren Luxus zu bieten hatte. Die Braut selber reiste in einer Sänfte, während um sie herum auf Hunderten von Pferden ihre Mitgift transportiert wurde. Allein der Bruder der Braut Prinz Vincenzo reiste mit 80

Pferden und einem Gefolge von 120 Mann, die Mutter Eleonore mit 65 Pferden und 85 Personen Gesinde. Die Aussteuer der Braut konnte sich wirklich sehen lassen, denn der Brautschmuck und die kostbaren Kleider und Stoffe allein verkörperten einen Wert von 20 000 Goldscudi.

Am 14. Mai 1582 war es dann endlich so weit, Erzherzog Ferdinand konnte seine Braut am Berg Isel persönlich in Augenschein nehmen. Er war mit 100 geladenen fürstlichen Gästen gekommen, um Anna Caterina durch ein Spalier von 5 000 Landsknechten und unter Glockengeläute und Geschützdonner nach Innsbruck zu geleiten. Die offizielle Trauung sollte in der Hofkirche stattfinden, wo der Bischof von Brixen die feierliche Zeremonie vornahm. Es war ein pompöses Fest, das Ferdinand für seine zweite Gemahlin veranstalten ließ, Ehrenpforten und künstliche Springbrunnen verschönten überall die blumengeschmückte Stadt, Verkleidungszüge und Mummenschanz, eine Gämsenjagd auf der Martinswand waren viel bestaunte Attraktionen genauso wie das prächtige Feuerwerk, das den Abschluss der Festlichkeiten bildete. Dann begab sich das Brautpaar zu seinem Wohnsitz Ruhelust, das sich ganz in der Nähe der Innsbrucker Hofburg befand. Dieses Schloss hatte Ferdinand schon in den Jahren 1565–1582 nach modernsten Gesichtspunkten umbauen lassen, ob er allerdings damals schon die Absicht hegte, mit einer zweiten Gemahlin hier zu residieren ist nicht bekannt. Die Räume der jungen Erzherzogin waren im italienischen Stil gestaltet, alles in purpurrot, von den Vorhängen angefangen bis zu den Wandverkleidungen, während seinerzeit die Gemächer Philippines auf Schloss Ambras mit silbernen und goldenen Wandtapeten ausgeschlagen waren.

Nicht nur die Freunde des ungleichen Paares warteten gespannt auf die Geburt des ersten Kindes, wusste man doch überall im Reich, dass Erzherzog Ferdinand sich nichts so sehr wünschte wie einen legitimen Sohn. Aber das Schicksal war unbarmherzig, zwar schenkte Anna Caterina schon im Jahre 1583 einem Kind das Leben, einer Tochter Anna Eleonore. Und so sollte es auch weitergehen, 1584 erblickte Maria das Licht der Welt und ein Jahr darauf Anna, die den zukünftigen Kaiser Matthias heiratete.

Gottergeben nahm zumindest die Mutter ihr Los in Kauf, denn sie war schon in ihrem Elternhaus ungewöhnlich fromm erzogen worden, sodass sie Gottes Ratschlüsse akzeptierte, ohne zu hadern. Obwohl sie ihren Gemahl auf Reisen nach Landshut und Prag, ab und zu auch einmal nach Mantua und Ferrara begleitete, waren ihr die großen Wallfahrten lieber, die Erzherzog Ferdinand wahrscheinlich auf ihr Geheiß hin veranstaltete, wie die im Oktober 1583 von Innsbruck nach Seefeld, an der über 2000 Menschen teilnahmen. An ihrer Seite waren die heiteren Stunden für Ferdinand endgültig vorüber, es hieß für ihn, innere Einkehr zu halten und sich auf das Jenseits vorzubereiten. Als er am 24. Jänner 1595 die Augen für immer schloss, gründete seine Witwe einer Vision folgend ein Kloster, in dem sie zusammen mit ihrer Tochter Maria ihren Mann um 26 Jahre überlebte.

# Der König fühlte sich am wohlsten unter Leichen

*Als er im Alter von nur 39 Jahren starb, hatte der spanische König Karl II. das Aussehen eines Achtzigjährigen. Die enge Blutsverwandtschaft seiner Eltern hatte zu schweren Degenerationen geführt, die sich nicht nur in seinem Äußeren zeigten.*

Schon sein Vater, der bleiche spanische König Philipp IV., hatte einen äußerst unausgeglichenen Charakter, er fiel von einer Stimmungslage in die andere, wobei seine beinah gierhafte Neigung zu den schönen Damen seiner Umwelt ihn in tiefe Phasen der Depression stürzte. Auf sexuellem Gebiet fehlte ihm jede Beherrschung, was seine über dreißig natürlichen Kinder von verschiedenen Frauen bewiesen. Nur im Ehebett, wo es immerhin um die Zeugung möglichst vieler männlicher Nachkommen ging, schwächelte der König. Denn der Sohn, der schließlich mit vier Jahren schon auf den spanischen Thron gelangte, war alles andere als ein Prachtexemplar, was bei dem ungewöhnlichen Ahnenschwund auch kein Wunder war. Die zweite Gemahlin des 42-jährigen Philipp war nicht nur die Braut seines Sohnes gewesen, sondern auch seine leibliche Nichte. Und da Heiraten innerhalb der Habsburgerfamilie üblich waren und anscheinend niemandem die schrecklichen Folgen der nahen Verwandtschaft auffielen, verfügte der unglückliche Karl, der am 6. November 1661 das Licht der Welt erblickte, nur über zehn Vorfahren statt üblicherweise 32!

Es war eine wahre Tragödie, die sich im spanischen Königshaus abzuzeichnen begann, denn die »natürlichen« Söhne und Töchter des Königs waren allesamt normale, gut aussehende, manchmal sogar begabte junge Leute, sodass der schon äußerlich ungewöhnlich entstellte Karl, dessen Kinn weit über das Oberkiefer hinausragte, wie ein Gnom wirkte. Auch sein Geisteszustand musste ständig in Frage gestellt werden, denn im Alter von neun Jahren konnte er weder lesen noch schreiben und war nicht in der Lage, irgendwelche Dinge zu erlernen, die er als späterer Herrscher dringend brauchen würde.

Nach dem frühen Tod seines Vaters übernahm seine Mutter Maria Anna von Österreich die Regierungsgeschäfte, die sie zusammen mit einigen beratenden Ministern ausübte. Dies war ein schwieriges Unterfangen, denn Spanien war in der damaligen Zeit finanziell beinah vollständig ruiniert, außenpolitisch galt es sich gegen die Expansionslüste Frankreichs zu behaupten und innerpolitisch versuchten diverse Glücksritter an die Macht zu kommen. Es war für die Königin geradezu ein Glücksfall, dass sie auf einen »natürlichen« Sohn ihres verstorbenen Gemahls, auf Don Juan de Austria, zurückgreifen konnte, einen jungen Mann, der alle Gaben dazu hatte, das in Seenot geratene spanische Schiff wieder flott zu machen. Er war es auch, dem es gelang, dem kindischen jungen König klar zu machen, dass es dringend notwendig war, an der Reputation zu arbeiten und nicht den Tag mit sinnlosem Nichtstun zu vergeuden. Denn Karl spielte am liebsten stundenlang entweder Mikado, mischte ununterbrochen Karten oder er vertrieb sich die Zeit mit dem Zählen der Beeren in den königlichen Gärten sowie mit dem Registrieren der abgeschossenen Rehe, Hirsche und Wildschweine. Nach vielen Mühen von Seiten seines Halbbruders Don Juan erklärte sich Karl bereit, die Huldigung der Stände von Aragon anzunehmen, ein prunkvolles Fest, bei dem nur der junge König einen beinah bemitleidenswerten Eindruck hinterließ!

Der Halbbruder Karls war nicht nur ein überaus begabter junger Mann, er suchte sein Glück auf seine Weise. Längst hatte er klar erkannt, dass der König nichts weiter als eine Marionette darstellte, die an den Fäden der königlichen Mutter zappelte. Sie galt es zu entmachten, damit Don Juan selber die Herrschschaft in Spanien übernehmen konnte. Der Staatsstreich glückte ihm 1677, er trat »an die Stelle des Königs«. Es war eine Ironie des Schicksals, dass ausgerechnet dieser hochgebildete Mann, der mehrere Sprachen in Wort und Schrift beherrschte und der eine ausgesprochene Friedenspolitik einzuschlagen bereit war, schon 1679 ganz plötzlich starb, sodass wieder die Mutter des Königs, die einige Zeit in einem Kloster verbracht hatte, an die Macht kam. Denn ein tatsächlicher Regierungsantritt Karls II. war genauso wenig abzusehen wie die Geburt eines Thronfolgers. Man hatte den jungen, ungewöhnlich hässlichen König zwar mit der reizenden Marie Louise von Orleans verheiratet, die erstaunlicherweise auf die seltsamen Marotten ihres Gemahls einging, aber Karl war wahrscheinlich nicht in der Lage, die Ehe wirklich zu vollziehen. Nach dem frühen Tod seiner jungen Frau versuchten die Ratgeber der Königinmutter es noch einmal, den König zur Zeugung von Nachkommen zu animieren, aber auch mit Maria Anna von Pfalz-Neuburg, die man ihm ins Ehebett gelegt hatte, war jedes Bemühen von Seiten Karls erfolglos. In Spanien machte sich ob der politischen und wirtschaftlichen Situation eine Endzeitstimmung bemerkbar. Man konnte klar erkennen, dass mit diesem letzten unfähigen Spross im habsburgischen Königshaus das Licht ausgehen würde, es wäre denn, dass Karl testamentarisch die Erbfolge an den österreichischen Zweig des Hauses weitergab. Kaum bei Sinnen unterzeichnete der König sein Testament, das ihm vorgelegt und um das intern heftigst gerungen worden war. Der Enkel Kaiser Leopolds I., der bayerische Kurfürst Joseph Ferdinand, sollte das Erbe nach Karl II. antreten. Dabei bedachte man im Staatsrat nicht, dass dieser spätere Regent erst ein siebenjähriges Kind war, das keinem langen Leben entgegensah. Lachender Dritter in diesem Streit, der sich zum spanischen Erbfolgekrieg entwickelte und weltweite Auswirkungen zeigte, war schließlich König Ludwig XIV. von Frankreich, der genauso mit Karl verwandt war wie der Habsburger Kaiser Leopold I.

Das Lebensdrama Karls II. neigte sich in den späten Neunzigerjahren des Jahrhunderts seinem Ende entgegen. Das Verhalten des Königs gab immer mehr Anlass zu den seltsamsten Spekulationen und wenn er in die Capella Real, wie er glaubte, ungesehen schlich, um die Särge seiner habsburgischen Vorfahren öffnen zu lassen, und inmitten der Gerippe weinend zusammenbrach, flüsterte man betreten vom Irrsinn des Königs. Daneben berichtete die Dienerschar davon, dass sich in den königlichen Gemächern Truhen und Schubladen befanden, die mit Gold und Silber beschlagen waren, in denen er Gebeine von Heiligen und Märtyrern sammelte. Tagtäglich nahm er voller Andacht einzelne Knochen heraus, um sie zu streicheln und zu küssen. Das Gefolge des Königs bestand aus grotesken Zwergen und einer Schar von Mönchen. Da Karl anscheinend die Einsamkeit über alles fürchtete, gab er Order, dass immer zwei Mönche die Nacht in seinen Gemächern verbringen mussten. Die außerordentlich seltsamen Vorlieben des Königs führten dazu, dass man schon bald in seiner Umgebung zu flüstern begann, dass er nur verhext sein konnte. Und da man sich von Teufelsaustreibungen wie sie Exorzisten praktizierten Besserung für den unglücklichen Menschen versprach, veranstaltete man, wie dies die Königinmutter bezeichnete, eine »comedy mit lauter Hexereye, Bessenen, Teufeln, inquisitiones«. Bei den unheimlichen Riten verabreichte man Karl stark wirkende Abführmittel, die seine von Geburt aus angeschlagene Gesundheit noch verschlechterten. Er litt nämlich von Jugend an an einem Herzfehler, wodurch er in entscheidenden Lebenssituationen immer wieder in Ohnmacht, die mit starkem Fieber verbunden war, fiel.

Als der König erschöpft von seinem tatenlosen Leben, dessen Sinnlosigkeit seine Vorfahren verschuldet hatten, starb, begann das jahrelange Ringen um die spanische Erbschaft, das wie jeder Krieg viel Leid und Elend über Tausende Unschuldige brachte. Karl II. hätte nicht verstanden, worum es eigentlich ging!

# Der Kaiser hatte einen »Hofjuden«

*Kaiser Leopold I., »der Türkenpoldl«, befand sich auf-*
*grund seiner vielen Kriege beinah ununterbrochen in*
*Geldnot und war froh, dass ihm manchmal in höchs-*
*ter Not der tüchtige Samuel Oppenheimer seine leeren*
*Kassen auffüllte.*

Der geborene Heidelberger stammte aus einer jüdischen
Familie, die schon so manchen Kredit an in Bedrängnis
geratene Adelige gegeben hatte, sodass ihr Name, wenn es
ums Geld ging, in aller Munde war. Auch Kaiser Leopold
I., der eigentlich nichts anderes wollte, als Muße und Ruhe
zum Komponieren, und dennoch gezwungen war, im Westen gegen Ludwig XIV. von Frankreich zu kämpfen und im
Osten die Türken zurückzuhalten, hatte von den Fähigkeiten Samuel Oppenheimers gehört und ihn nach Wien berufen, wo guter Rat teuer und Geldquellen nötig waren. Denn
auch der eher lethargische Kaiser war sich dessen bewusst,
dass ohne Sold keine Truppen gegen die Türken aufzustellen waren. Oppenheimer kam, übersah die Situation und
zahlte. Und wie es sich herausstellte, im Vertrauen auf Gott.
Denn der Kaiser hatte wohl eine offene Hand und ein zwie-
spältiges Herz den Juden gegenüber, er war aber alles andere
als ein sicherer Zahler. Denn im Jahr 1681, also noch vor der
großen Türkenbelagerung schickte Oppenheimer ein beinahe flehentliches Schreiben an Leopold, er möge doch die
Güte haben und ihm die Gelder, die er seinerzeit im Jahre
1672 für Waffen vorgestreckt hatte, zurückzahlen, da er
ansonsten in die traurige Lage käme, bankrott zu sein. In sei-

nem Bittgesuch an den Kaiser heißt es: »Viel reichere Bankiers und Handelsherren haben mich und meine Kompagnons verlacht, wenn wir in Zeiten, da sonst niemand auch nur einen Kreuzer dem Kaiser hätte leihen mögen, alles aufwandten, um die Armee vor dem sicheren Untergang zu bewahren.«

Entweder erreichten diese Schreiben den Kaiser nicht oder Leopold hatte nicht einmal die Absicht, die 100 000 Gulden, die er Oppenheimer inzwischen schuldete, zu zahlen, obwohl er fürchten musste, dass die Geldquellen, über die sein »Hofjud« – wie er Oppenheimer nannte – verfügte, tatsächlich versiegen würden. Und dies in einer Zeit, da täglich neue erschreckende Nachrichten vom Aufmarsch der Türken im Ostern der kaiserlichen Kanzlei überbracht wurden.

Oppenheimer ahnte wohl, wem er die Nichtbeachtung seiner Person am Kaiserhof zu verdanken hatte. Es war Bischof Kollonitsch, der den Hass gegen die Juden schürte und am allermeisten gegen Oppenheimer, von dem er wusste, dass er eigentlich gegen diesen integren Mann keine wirkliche Handhabe hatte. Aber dies genügte dem Bischof, auf den der Kaiser hörte, nicht. Er spann Intrigen und schürte die wildesten Gerüchte gegen den Geldgeber, sodass es ihm schließlich gelang, ihn sogar ins Gefängnis zu bringen. Erst als Oppenheimer hinter Schloss und Riegel saß, wurde dem Kaiser bewusst, was man für einen Fehler begangen hatte. Obwohl Leopold sein Unrecht einsah, wurde der Gefangene nicht einfach frei gelassen, sondern musste eine Kaution von 300 000 Gulden hinterlegen, sodass wieder einmal die Armee finanziert werden konnte.

Man hätte annehmen können, dass für Oppenheimer jede Zusammenarbeit mit dem Kaiser durch diese ungerechte Verhaftung beendet sein würde. Aber seltsamerweise setzte der Kaiser einen Versöhnungsschritt, indem er den Juden

Oppenheimer zum »Oberhoffaktor« ernannte, was für den Nicht-Christen eine außerordentliche Ehre bedeutete und ihn sicherlich versöhnlich stimmte, denn er bedankte sich immer wieder überschwänglich beim Kaiser und hob Leopolds »Güte« und »Großzügigkeit« hervor.

Der Kaiser spielte dennoch Oppenheim gegenüber mit gezinkten Karten, denn nicht nur, dass er nicht zahlte, er ließ auch mit einem Federstrich berechtigte finanzielle Ansprüche Oppenheimers in einem Prozess streichen. Der »Hofjud« war gegenüber derlei Manipulationen machtlos, so wie seine Glaubensgenossen in kleineren Fällen, wenn sie Christen Geld liehen. Denn es war noch lange nicht gesagt, dass sie die geborgten Summen jemals wieder zu Gesicht bekommen würden, die Rechtslage war auf alle Fälle gegen sie, obwohl sie nach dem Gesetz die Einzigen waren, die Geld verleihen durften, was den Christen untersagt war. Da änderten auch die jeweiligen Herrscher nichts, wie immer sie zu den Juden standen.

Das wahre Gesicht Kaiser Leopolds zeigte sich aber erst am 22. Juli 1700, als es durch einen reinen Zufall zu einer gewaltigen Ausschreitung gegen die Familie Oppenheimer kam. Während ein Mann an einem Wirtshausgarten vorbeiging, in dem zwei rußverschmierte Kaminkehrer saßen, machte er eine launische Bemerkung über die beiden »Schwarzen«. Die antworteten mit einem zotigen Witz, den andere Passanten nur unvollständig verstanden und sich betroffen fühlten. Plötzlich kam es zu einem Handgemenge, dem ein Diener des Hauses Oppenheimer, das sich vis-a-vis befand, zu entfliehen suchte. Obwohl die Rumorwache anwesend war, schritt sie nicht ein, sondern sah zu, wie sich der zusammengerottete Pöbel plötzlich daran machte, im Hause des »Hofjuden« die Fenster einzuschlagen und versuchte ins Haus einzudringen. Nachdem die Türen nachgegeben hatten, warf man die kostbaren Möbel zum Fenster hinaus, ihnen folgten wertvolle Bilder, Silberkandelaber und Schmuckkästen, der Wein rann auf die Straße und tränkte die Akten und Schuldscheine sowie die Geschäftsbücher. Es war ein Wunder, dass der Familie Oppenheimer kein Haar gekrümmt wurde, sie hatte sich im letzten Moment, als sie sich der plötzlichen Gefahr bewusste wurde, in die hintersten Kellerräume geflüchtet. Als die Burgwache schließlich einschritt, war das Haus vom Keller bis zum Dachboden vollständig verwüstet, zwölf Personen hatten ihr Leben gelassen und unzählige waren verletzt. Die Rädelsführer wurden zwar am nächsten Tag am Gittertor des Hauses aufgehängt als Mahnung für alle, die den Frieden in der Stadt stören wollten.

Allerdings glaubte in Wien niemand so recht daran, dass Oppenheimer, der sich vom Verlust seiner Bücher und Schuldscheine nie mehr erholen sollte, Unrecht geschehen war. Denn schließlich waren die Juden an allem und jedem Unglück, das sich in der Stadt ereignet hatte, schuld, wobei der redegewaltige Abraham a Santa Clara von der Kanzel herunter noch Stimmung gegen die »neidhaffte, boßhaffte, schalckhaffte, sündhaffte Juden« machte. Schließlich kam der Habsburgerkaiser zu dem Schluss, dass die 4 000 Juden, die auf einer Donauinsel lebten, ausgewiesen und vertrieben werden sollten. Das Eigentum der Unglücklichen ging in den Besitz der Stadt Wien über. Dass der kaiserliche Beschluss große Zustimmung fand, ging daraus hervor, dass die Wiener Kaufleute froh waren, geschäftstüchtige und fleißige Konkurrenten zu verlieren, und keiner weinte den Juden eine Träne nach, denen in ihrer Rechtlosigkeit nichts anderes übrig blieb, als Kind und Kegel zu packen und das Weite zu suchen. Dabei mussten sie noch froh sein, mit dem Leben davongekommen zu sein, denn der Neid war wahrscheinlich jahrhundertelang das Urübel für alle Verfolgungen und Progrome.

Samuel Oppenheimer war nach der Plünderung seines Hauses ein gebrochener Mann, der die Vernichtung eines großen Teiles seines Vermögens nur drei Jahre überlebte. Als er am 3. Mai 1703 die Augen für immer schloss, bestand sein Erbe aus leeren Versprechungen der Hofkammer, die ihm wohl sechs Millionen Gulden schuldete, aber zahlungsunfähig war. Der Kaiser rührte zudem keinen Finger, um die Forderungen von Oppenheimers Nachkommen zu akzeptieren, denn mündliche Absprachen existierten für Leopold nicht. Und die schriftlichen Beweise der Riesenkredite waren durch die Katastrophe im Juli 1700 vernichtet worden. Die Firma Oppenheimer war nun endgültig pleite, sodass weder der Sohn Emanuel Oppenheimer noch der Schwiegersohn Simson Wertheimer dem ebenso bankrotten Kaiser unter die Arme greifen konnten. Obwohl sich im Laufe der Jahre zwischen dem Kaiser und Oppenheimer eine gewisse Sympathie aufgebaut hatte, zeigte Leopold I. keine wie immer geartete Reaktion, als ihm vom Tod seines »Hofjuden« berichtet wurde. Für ihn war Oppenheimer nichts anderes als ein Geldlieferant gewesen!

# Die »weiße Liesl« war
# eine bezaubernde Frau

*Als sie in Barcelona ihrem schon angetrauten, aber
dennoch unbekannten Gemahl gegenüberstand, war
der habsburgische spanische König Karl, der schon bald
die Kaiserkrone tragen sollte, so hingerissen von Elisabeth Christine, dass er ihr diesen Kosenamen gab.*

Dabei stand diese erste Begegnung unter keinem guten
Stern, denn Mücken hatten die junge Frau überfallen und
so gestochen, dass ihr schönes Gesicht vollkommen ver-
schwollen war.

Elisabeth Christine aus dem Hause Braunschweig-Wol-
fenbüttel war schon einige Jahre vorher für den jüngeren
Bruder des Habsburgerkaisers Joseph I. auserwählt worden,
wobei der Großvater des jungen Mädchens die Fäden gezogen hatte. Für das Haus Braunschweig bedeutete die Verbindung mit den Habsburgern eine Aufwertung, wobei
allerdings die Glaubensfrage zunächst eine entscheidende
Rolle spielte. Denn die Prinzessin, die aus diesem Welfen-
haus stammte, war selbstverständlich protestantisch, was für
die erzkatholischen Habsburger ein unüberwindliches Ehe-
hindernis darzustellen schien. Aber man wusste sich zu helfen. Elisabeth Christine wurde nahegelegt, den Glauben zu
wechseln, was ihr arge Gewissenskonflikte verursachte.
Schließlich aber überredeten sie selbst die protestantischen
Theologen zu diesem Schritt, wobei der Übertritt zum
Katholizismus am 1. Mai 1707 im Dom von Bamberg voll-

zogen wurde. Auch die medizinische Untersuchung, die man von Seiten des Kaiserhauses verlangt hatte, war zur allgemeinen Zufriedenheit ausgefallen, sodass für Elisabeth Christine der Weg frei war, um Karl, den Bruder des Kaisers, heiraten zu können.

Da der Bräutigam im fernen Spanien weilte, reiste Elisabeth Christine zunächst nach Wien, wo sie durch ihre Schönheit allgemeines Aufsehen erregte. Sogar ihre Schwägerin Anna Amalie, die Gemahlin Kaiser Josephs I. war hingerissen vom Aussehen des jungen Mädchens und schrieb an ihre Verwandtschaft in Hannover: »Es ist nit zu beschreiben, was sich diese unvergleichliche Prinzessin hier durch Vernunft, Schönheit und liebe Manier for einen Universalapplauso attiriert hat.«

So wie es den Usancen der damaligen Zeit entsprach, wurde die knapp 17-jährige Elisabeth Christine am 23. Januar 1708 in der Kirche von Hietzing »per procurationem« in Abwesenheit des Bräutigams mit Karl getraut. Die Reise ins ferne Spanien war daher für die junge Frau mehr als ein Abenteuer, das aber nicht in einer Enttäuschung enden sollte. Denn vom ersten Moment an war Karl von Elisabeth Christine hingerissen, auch sie verliebte sich in den nicht unansehnlichen Mann, mit dem sie die ersten Ehejahre in Spanien verbrachte, so lange, bis ihr kaiserlicher Schwager ganz plötzlich im Jahre 1711 an den Pocken starb. Und da Joseph I. nur zwei Töchter hinterließ, wurde sein Bruder sofort aus Spanien zurückgerufen, um die Nachfolge als Kaiser anzutreten. Instinktiv fühlte Karl, dass dies ein Abschied aus Spanien für immer war, denn längst schon hatten die Bourbonen die Hände nach Süden ausgestreckt, um sich des spanischen Thrones zu bemächtigen. Karl musste abreisen, ließ aber zur Sicherheit noch seine Gemahlin, die er zur Statthalterin und zum Generalkapitän ernannte, in

Katalonien zurück. So viel persönlichen Charme und politisches Geschick Elisabeth Christine auch in die Waagschale
werfen konnte, ihre letzten verzweifelten Versuche, Spanien
für die Habsburger zu erhalten, scheiterten am Widerstand
Frankreichs.

Inzwischen waren Jahre ins Land gezogen, in denen das
junge Paar – 1711 war Karl in Frankfurt zum Kaiser gekrönt
worden – vergeblich auf Nachkommenschaft gewartet hatte.
In der Familie gab es außer dem Kaiser selber nur noch
Frauen, davon drei Titularkaiserinnen: An erster Stelle stand
natürlich die Gemahlin des Kaisers, Elisabeth Christine,
neben ihr beanspruchten aber auch Wilhelmine Amalie, die
Witwe Kaiser Josephs I., und ihre beiden Töchter entsprechenden Respekt. Auch die Witwe Kaiser Leopolds Eleonore von der Pfalz hatte sich mit ihren 51 Jahren keineswegs
aufs Altenteil zurückgezogen, sondern setzte alles daran, ihre
beiden etwas überstandenen Töchter an die entsprechenden
Männer zu bringen. Vielleicht war es der Damenreigen, von
dem Karl VI. umgeben war, dass er schon vor der Geburt
seiner Tochter Maria Theresia Überlegungen anstellte, wie
das Habsburgerreich in Zukunft zu vererben sein würde. Als
nämlich nach achtjähriger Ehe 1716 endlich ein Sohn in der
Wiege lag, der aber zum allergrößten Leidwesen der Eltern
nach einem halben Jahr starb, schien der Kaiser sämtliche
Hoffungen auf einen männlichen Nachkommen aufgegeben
zu haben. Und er hatte Recht! Seine immer noch attraktive
Frau schenkte in der Folgezeit »nur« drei Töchtern das
Leben, von denen die Älteste, Maria Theresia, die Nachfolge
des Vaters antreten sollte, die Karl durch die *Pragmatische
Sanktion*, für die er viel geopfert hatte, gesichert haben
wollte. Die europäischen Mächte sagten zunächst dem Kaiser die Akzeptanz der Erbfolge seiner Tochter zu, wobei der
König von Preußen mit seinem Ausspruch den Nagel auf

den Kopf traf: »Garantie hin, Garantie her, wird wohl sein Tage eine einzige gehalten? Eine Garantie ist ein Traktat, und heute wird kein Traktat mehr erfüllt.«

Nachdem es sich schon lange abgezeichnet hatte, dass die schöne Elisabeth Christine keineswegs so fruchtbar war, wie man dies im Hause Habsburg gewöhnt war, versuchten nicht nur die Ärzte, der jungen Frau gute Ratschläge zu geben, indem sie ihr Unmengen von Wein und Liköre einflößten, sondern auch der eigene Ehemann suchte nach Mitteln und Wegen, seiner geliebten Frau Anregungen zu bieten. Karl kam auf die Idee, die Schlafgemächer mit erotischen bis obszönen Gemälden ausstatten zu lassen, da er in Erfahrung gebracht hatte, dass sich in so einem Ambiente eher eine Schwangerschaft einstellen würde. Die vom Alkohol und von den amourösen Darstellungen berauschte Frau brachte allerdings ihr letztes Kind – wieder ein Mädchen – im Jahre 1724 zur Welt. Danach halfen selbst die Tricks der Quacksalber nichts mehr.

Die Folgen des übermäßigen Alkoholgenusses sollten sich bald einstellen. Die »weiße Liesl« verlor ihren porzellanartigen zarten Teint, ihr Gesicht wurde zuerst rosig und dann rot. Auch ihre Figur veränderte sich, von der Lady Montague, eine Engländerin, einst geschwärmt hatte: »… ihre Gestalt! – man muß zum Poeten werden, um ihr strenge Gerechtigkeit widerfahren zu lassen, was sie von Juno und Venus gesagt haben, das erreicht die Wahrheit dennoch nicht.« Aus der einstigen Traumfrau wurde im Laufe der Jahre, aber auch an der Seite ihres Ehemannes eine dickliche Matrone, die die Seitensprünge ihres Gemahls gelassen hinnahm. Denn auch am Wiener Hof war es üblich, dass sowohl die Männer ihre Favoritinnen hatten, aber auch die Damen ihren Vergnügungen nicht nur im Ehebett nachgingen. So berichtete Lady Montague: »Es ist die feststehende

Gewohnheit in Wien, daß jede Frau von Stand zwei Männer habe, einen, von dem sie den Namen führt, und den
anderen, der die Pflichten des Ehemanns ausübt.«

An der Seite Kaiser Karls VI. führte Elisabeth Christine
das Leben einer echten Barockfürstin, die die zunehmende
Fülle ihrer Figur in ausladende Toiletten zwängte und ihr
einstmals schönes Haar unter dick gepuderten überdimen-
sional hohen Perücken versteckte. Die »weiße Liesl« hatte
nicht viele Funktionen in ihrem Leben, denn ihr Gemahl
bemerkte viel zu wenig, dass sie eigentlich politisches Fin-
gerspitzengefühl besaß, das sie überall dort, wo sie eingesetzt
wurde, wie bei den Friedensverhandlungen in Utrecht,
bewies. Auch ihre Tochter Maria Theresia, die nach dem
plötzlichen Tod ihres Vaters 1740 die Nachfolge antrat, hielt
nicht viel von den diplomatischen Fähigkeiten ihrer Mutter. Obwohl sie Elisabeth Christine respektierte, war das
Verhältnis der beiden Frauen eher kühl zueinander.

Schon vor dem Tod ihres Gemahls hatte für die einstmals
so schöne Frau eine Leidenszeit begonnen. Sie war zuse-
hends unbeweglicher geworden und konnte nur in einer Art
Rollstuhl von einem Raum in den anderen gebracht werden.
Rheumaanfälle und Gürtelrose machten ihr das Leben zur
Qual, sodass der Tod im Jahre 1750 zu ihr als Erlöser kam.

# Der »König« beherrschte den Kaiser

*Sie war eine starke Frau und er auf seine Weise kein schwacher Mann. Und trotzdem zählte die Ehe zwischen Maria Theresia und Franz Stephan von Lothringen zu den glücklichsten in der Geschichte der Habsburger.*

Für den jungen lothringischen Prinzen Franz Stephan hatte der Tod Schicksal gespielt, denn eigentlich hätte sein älterer hochbegabter Bruder Clemens den Weg nach Wien antreten sollen, um hier am Kaiserhof den letzten Schliff zu bekommen. Aber knapp vor der Abreise war der Bruder an den heimtückischen Pocken gestorben und da der Vater nun einmal die Abmachung mit Kaiser Karl VI. getroffen hatte, schickte er seinen jüngeren Sohn, den am 8. Dezember 1708 geborenen Franz Stephan in die Kaiserstadt. Es dauerte nicht lange, bis Franz Stephan Karls liebster Jagdgefährte wurde, den er ständig um sich haben wollte, denn in ihm sah er gleichsam einen Ersatz für einen eigenen Sohn, der im Kleinkindesalter gestorben war. Der lustige junge Mann erheiterte den Kaiser jeden Tag aufs Neue, sodass es sich Karl VI. kaum mehr vorstellen konnte, ohne den spaßigen Jagdgenossen zu sein. Wahrscheinlich war dies auch der Hintergrund, warum schließlich bald die Idee auftauchte, Franz Stephan könnte einmal der Kronprinzessin Maria Theresia die Hand fürs Leben reichen.

Mit der Verwirklichung dieses Planes musste der Habsburgerkaiser zwar äußerst behutsam umgehen, denn er war bei der Akzeptierung seines neuen Erbgesetzes auf das

Wohlwollen der ausländischen Herrscher angewiesen, sollte die *Pragmatische Sanktion* mehr wert sein als das Papier, auf dem sie geschrieben war. Vor allem Frankreich schien ein ernstzunehmender Widersacher, denn es hatte längst seine Finger nach Lothringen ausgestreckt und dem Herzog zum Tausch für diese Gebiete nach dem Aussterben der Medici Florenz angeboten. Auch die Zustimmung des Königs von Preußen schien für Karl VI. bei einer eventuellen Heirat erforderlich, wollte er sich nicht im Norden einen Feind schaffen, der schwer zu berechnen war. Aber der Kaiser zählte auf die Zeit, denn Maria Theresia war ganze sechs Jahre alt, als sie den lustigen Spielgefährten Franz Stephan kennenlernte.

Das Leben am Kaiserhof war so ganz nach dem Geschmack des jungen Mannes, als Jagdgeselle des Kaisers war er von den meisten Pflichten entbunden, vor allem wurde auf sein Studium nicht allzu großer Wert gelegt, wenngleich Franz Stephan bei den vorgeschriebenen Prüfungen stets mit »rühmlich« oder sogar »sehr rühmlich« abschnitt. Die Ergebnisse wurden nach Lothringen an den Vater geschickt, der aber diesen Beurteilungen skeptisch gegenüberstand, denn er bemerkte sehr verärgert, dass der Sohn keinen korrekten Satz schreiben konnte. Sein Deutsch war ein Kauderwelsch und die französische Sprache beherrschte er auch nur stümperhaft. Die Ermahnungen des Vaters, es wäre für einen zukünftigen Herrscher absolut notwendig, dass er einwandfreie Sätze zu Papier bringen könnte, schlug der junge Mann in seiner unbeschwerten Art in den Wind.

Die Jahre vergingen und aus den Kindern waren junge Leute geworden, aus dem Freundespaar wurde ein Liebespaar und der kaiserliche Vater konnte schließlich nicht anders, als seinen Segen zu einer Verbindung zu geben, aus der 16 Kinder hervorgehen sollten. Eine der wenigen Liebesheiraten in der Geschichte wurde in Wien gefeiert, wobei die Bevölkerung, die die junge, schöne Thronfolgerin Maria Theresia wegen ihrer Leutseligkeit liebte, ihrem lothringischen Ehemann wenig Sympathie entgegenbrachte. Für sie war er ein »Franzos«, der zunächst nicht einmal in der Lage war, einen Sohn zu zeugen, denn die ersten beiden Kinder des Paares waren Mädchen. Erst als Joseph II. in der Wiege lag, änderte die Bevölkerung ihre Meinung und ließ nicht nur die junge Mutter hochleben.

Franz Stephan war der richtige Mann an der Seite seiner dynamischen Frau, ein anderer hätte die Situation, die sich aufgrund der Standesunterschiede ergab, sicherlich nicht leicht ertragen. Denn nach dem plötzlichen Tod ihres Vaters nahm Maria Theresia nach anfänglichen Schwierigkeiten das Heft fest in die Hand. Dabei ließ sie sich zwar von ihren politisch versierten österreichischen Diplomaten beraten, Ratschläge von Seiten ihres Mannes lehnte sie aber mit aller Schärfe ab, was sie Franz Stephan überdeutlich zeigte. Sie war von den Ungarn in Pressburg zum »König von Ungarn« und in Prag zum »König von Böhmen« gekrönt worden und so lebte und regierte sie. Schon bei den Festlichkeiten in Pressburg hatte sich gezeigt, wo der Mann ihres Lebens seinen Platz hatte. Von einem Gerüst aus beobachtete Franz Stephan von außerhalb der Kirche die Krönungszeremonien und beim Festmahl hatte er am untersten Ende der Tafel zu sitzen. Es gehörte schon viel aufopfernde Liebe dazu, diese Hintansetzungen zu ertragen. Aber durch sein eher phlegmatisches Gemüt vermochte er nicht, seiner Gemahlin gram zu sein, sondern baute sich ein eigenes Leben auf, das weder in ihre Politik, die sie machte, eingriff, noch gegen sie gerichtet war. Dabei wäre er aufgrund seines wirtschaftlichen Talentes eine echte Stütze seiner sich ständig in Geldnöten befindlichen Frau gewesen, denn Franz Stephan gelang es durch seine modernen wirtschaftlichen Ideen, die er in der Toskana, die ihm im Tausch gegen Lothringen zugesprochen worden war, verwirklichen konnte. Er schickte die fortschrittlichsten Männer Lothringens nach Florenz, wo sie das gesamte Wirtschaftssystem in seinem Auftrag umkrempelten, sodass jährlich stattliche Geldsummen in die Kassen des Prinzgemahls flossen. Daneben hatte Franz Stephan in Böhmen und Ungarn marode Güter aufgekauft und sie durch moderne Methoden, die ihrer Zeit weit voraus waren, zu ertragreichen Pfründen gemacht, wo auch die ansässige Bevölkerung mitprofitieren konnte. Schon sehr bald war Franz Stephan in der Lage, selber Gelder zu verleihen, und als nach dem Frieden von Hubertusburg die finanzielle Situation im Staat derart desolat war, übernahm Franz Stephan die Schuldentilgung, wobei er mit seinem gesamten Vermögen haftete und die sogenannten »Bancozettel« ausgab, die jeder akzeptierte, da er wusste, dass dieses erste Papiergeld gedeckt war. Einem Franz Stephan galt das ganze Vertrauen der Finanzwelt.

Eigentlich hätte die Krönung zum deutschen Kaiser 1745 für den lothringischen Prinzen das Fest des Lebens sein müssen, wäre er sich nicht bewusst gewesen, dass sich in der Zukunft kaum etwas durch die Kaiserkrone ändern würde, lediglich sein Platz an der Tafel und seine Position bei festlichen Umzügen. Denn jetzt schritt er voran und Maria Theresia, die es abgelehnt hatte, sich in Frankfurt zur Kaiserin krönen zu lassen, ging hinter ihm, unverzeihlich für die ihn immer noch ablehnenden Wiener! Aber wahrscheinlich kam diesem sichtbaren Rollentausch innerhalb der Familie nicht viel Bedeutung zu, denn Maria Theresia liebte ihren »Alten« auch nach Jahren, als beide schon sehr an Leibesfülle zugenommen hatten, wie zu Beginn ihrer Ehe, wenngleich sich mit der Zahl der Jahre ihre Eifersucht vervielfachte. Und dies schien kein Wunder, da der charmante Kaiser bei den Damen seiner Umgebung schon immer einen Stein im Brett hatte. Wer zwar in seinem Bett außer der Ehefrau eine Rolle spielte, ist nicht ganz geklärt, denn der preußische Diplomat Carl Freiherr von Fürst schrieb über die Damen, die sich im Dunstkreis von Franz Stephan befanden: »Die Damen, die er auszeichnet… sind die Fürstin Dietrichstein, die Gräfinnen Tarouca, Daun, Losi… Überhaupt ist er gegen das schöne Geschlecht zuvorkommend, und er liebt es sogar.« Nicht erwähnt wurde in diesem Zusammenhang die Fürstin Wilhelmine Auersperg, vielleicht die bevorzugte Favoritin, die, solange der Kaiser lebte, mehr als zurückhaltend war, um nicht den eifersüchtigen Zorn seiner Gemahlin heraufzubeschwören.

Als Franz Stephan, bei dem sich schon einige Zeit vorher Anzeichen von Herzbeschwerden bemerkbar gemacht hatten, nach der Hochzeit seines Sohnes Leopold in Innsbruck am 18. August 1765 plötzlich starb, verlor Maria Theresia den Menschen, der ihr im Leben alles bedeutet hatte.

# Das Aschenbrödel in der Kaiserfamilie

*Es war für Maria Theresia und ihren Gemahl Franz Stephan von Lothringen keineswegs ein Freudentag, als das zweite Kind, das in der prunkvollen Wiege lag, nicht der ersehnte Sohn, sondern wieder eine Tochter war.*

Nichts war für die Zukunft der Familie so entscheidend, wie die Geburt eines Thronfolgers, auf den schon der Vater Maria Theresias Karl VI. so sehnlich gehofft hatte. Auch für das Image des jungen Vaters wäre ein Sohn von Vorteil gewesen, denn der Lothringer stand als »Halbfranzose« bei der Wiener Bevölkerung von Anfang an nicht hoch im Kurs und jetzt war er nicht einmal imstande, einen Sohn zu zeugen!

Beinah von Anfang an lag ein Schatten über dem Leben der kleinen Marianna, wie die zweite Tochter Maria Theresias in der Familie genannt wurde, in ihrer zurückhaltenden Art stand sie bei den Spielen ihrer Geschwister eher abseits und auch die Mutter ließ das wenig hübsche Kind eher links liegen. Ihre ganze Fürsorge galt Joseph, dem sie endlich im Jahre 1741 das Leben geschenkt hatte, und ihrer Lieblingstochter Christine.

Jedes der 16 Kinder hatte eine eigene Kindskammer, wo sich ein Ajo oder eine Aja um die Söhne und Töchter kümmerte und natürlich die präzisen Anweisungen, die sie von der Mutter bekamen, genauestens befolgten. Die Kinder hätten eigentlich eine sorglose Jugend verleben können, wären nicht die vielen Messen und religiösen Übungen gewesen, an denen sie teilnehmen mussten. Vor allem Joseph war es, der von klein auf gegen diese Anordnungen seiner bigotten Mutter revoltierte, obwohl er strenge Strafen befürchten musste, wenngleich Maria Theresia ab und zu ein Auge bei dem Sohn zudrückte, was bei den übrigen Geschwistern zu Eifersüchteleien führte. Und da Joseph sich seiner zukünftigen Stellung schon in relativ jungen Jahren bewusst war, verhielt er sich den Brüdern und Schwestern gegenüber hochnäsig und herablassend, wobei vor allem Marianna, die immerhin älter war als er, unter dem unguten Verhalten des Bruders litt.

Maria Theresia hatte als Aja für die zweitälteste Tochter die Gräfin Belrupt ausgewählt, die schon sehr bald ungewöhnliche Talente bei ihrem Schützling entdeckte, die vor allem durch den geliebten Vater gefördert wurden. Franz Stephan war nicht nur vom tänzerischen Talent seiner Tochter überzeugt, geradezu entzückt war er von ihren Zeichen- und Malkünsten, genauso wie er ihr exzellentes Gedächtnis bewunderte und ihre Aufgeschlossenheit den Naturwissenschaften gegenüber. In seiner warmherzigen Art zeigte der Vater dem schüchternen Mädchen bei jeder Gelegenheit, wie sehr er es liebte. Das war es, was Marianna ein Leben lang suchte, Liebe und Geborgenheit – etwas, was ihr sonst von niemandem in der großen Familie zuteilwurde. Denn auf Schritt und Tritt musste sie erkennen, dass die anderen Schwestern bei weitem mehr Anklang bei Hofe fanden als sie, da sie mit ihrem spröden Wesen keinen richtigen Kontakt fand, sondern meist still im Hintergrund stand, während ihre Geschwister lärmend und fröhlich miteinander spielten. Und schon bald stand sie in dem Ruf, alles beobachten und ausspionieren zu wollen.

Auch als sie älter wurde, warnte man vor ihr, vor allem ihre schöne Schwägerin Isabella von Parma, die nicht nur die

Gemahlin Josephs wurde, sondern auch eine besonders enge Freundin von Marie Christine, sodass schon bald am Wiener Hof das Gerücht umging, Marianna wollte die enge Beziehung zwischen den beiden jungen Frauen zerstören. Auch Isabella schien ihr nicht gewogen, sodass sie ihren Ehemann beeinflusste, sich noch ablehnender der Schwester gegenüber zu verhalten.

Marianna war schon in jungen Jahren vom Schicksal benachteiligt worden, als sie mit neunzehn Jahren an einer beinah tödlichen Lungenentzündung erkrankte, die sie nur durch ein Wunder überstand. Die Folge war eine Wirbelsäulentuberkulose, die bewirkte, dass sich ihr Rückgrat immer mehr verkrümmte, sodass sich schließlich ein Buckel bildete, den die junge Frau durch weite Kleider zu kaschieren versuchte. Diese Verunstaltung nahm ihr die letzten Chancen, doch noch einen Bräutigam zu finden.

So lang der Vater lebte, hatte Marianna einen Ansprechpartner, dem sie ihr Herz ausschütten konnte, denn sie wusste, der Vater war zu jeder Stunde für sie da. Mit ihm ging sie auf die Jagd und erwies sich als treffsichere Schützin, so wie er liebte sie das Kartenspiel, ihm folgte sie zu seinen Experimentierstätten, wo er sich damit beschäftigte, Neues zu erfinden. Hier fand sie Bücher, wo die physikalischen und chemischen Erkenntnisse der Zeit niedergeschrieben waren, die sie eifrig studierte, genauso wie sie sich für die Münzen- und Mineraliensammlungen, die Franz Stephan besaß, interessierte, sodass sie nach dem Tod des Vaters sogar ein eigenes Buch über Gedenkmünzen verfasste. Nebenbei machte sie sich als Kupferstecherin einen hervorragenden Namen, sodass sie 1767 Mitglied der Kupferstecher-Akademie wurde. Als besondere Auszeichnung empfand Marianna natürlich zwei Jahre später, dass sie in die Großherzogliche Akademie der Künste in Florenz aufgenommen wurde.

Die stille Marianna war von der frömmlerischen Mutter zwar nicht fürs Kloster bestimmt worden, aber sollte dennoch die Leitung des adeligen Damenstiftes in Prag übernehmen. Maria Theresia hatte längst eingesehen, dass die bucklige Tochter unglücklicherweise keinen Mann mehr finden würde, obwohl Marianna selber aussagte, dass sie über Jahrzehnte hinweg verliebt gewesen war: »Gott gab mir ein zärtliches, aber nicht veränderliches hertz … Sobald ich einmal liebte, so dachte ich auf niemand anderen und liebte beständig fort durch 21 Jahr …«

Die Aussicht, im fernen Prag leben zu müssen, hatte für Marianna wenig Reiz. Da sie aber den eisernen Willen ihrer Mutter kannte, gab sie vor, dass sie das raue Klima in Böhmen fürchtete, das ihr Lungenleiden wieder zum Durchbruch bringen könnte. Marianna wollte ihren Lebensabend in Klagenfurt verbringen. Und obwohl sich Maria Theresia bisher herzlich wenig um das Wohl und Weh dieser Tochter gekümmert hatte, stand sie dieser Idee zunächst völlig ablehnend gegenüber. Sie hatte aber nicht mit dem Dickkopf ihrer Tochter gerechnet, die der Mutter zum ersten Mal in ihrem Leben die Stirn bot, sodass sich Maria Theresia zum Einlenken bereit fand und die Übersiedlung Mariannas nach Klagenfurt gestattete, wo ihr in der Nähe des Klosters der Elisabethinerinnen ein prächtiges Palais erbaut wurde, das heute als erzbischöfliches Palais dient. Die Bauarbeiten nahmen geraume Zeit in Anspruch, während der Marianna gezwungen war, am Kaiserhof in Wien zu bleiben, wo mittlerweile ihr Bruder als Kaiser herrschte. Nach wie vor war das Verhältnis zwischen den Geschwistern denkbar schlecht, obwohl beide, Marianna und Joseph, moderne Menschen waren und den aufklärerischen Geist der Zeit längst erkannt hatten, ja Marianna sich sogar zu den männerbündischen Freimaurern hingezogen fühlte. Eigentlich hätten beide eine gemeinsame Basis für ein lebenslanges Einverständnis haben müssen, aber Joseph versuchte nicht in seiner zynischen Art die Schwester zu verstehen.

In ihrer neuen Umgebung brachte man Marianna schon sehr bald Liebe und Verehrung entgegen, da sie nicht nur das Kloster mit reichlichen Geldgaben unterstützte, sondern auch eine eigene Krankenstation ins Leben rief, wo notleidende Kranke gepflegt wurden. Daneben wurde durch die Kaisertochter auch das gesellschaftliche Leben in Klagenfurt angeregt, zur Freude der Bevölkerung ließ die Erzherzogin im Karneval lustige Schlittenfahrten und heitere Bälle veranstalten. Marianna wurde in Klagenfurt glücklich. Sie machte den Kärntnern ein schönes Kompliment, indem sie bekannte: »Ich habe vierzig Jahre in Wien gelebt, aber man hat mir nicht gezeigt, dass man mich liebte.«

Einen Nachteil hatten die Geruhsamkeit und der Friede, der um sie in der Kärntner Hauptstadt herrschten: Marianna wurde unmäßig dick, sodass sie schließlich nur in einer Sänfte von Zimmer zu Zimmer getragen werden konnte, da die Füße längst ihren Dienst versagten. Nach ihrem Tod am 19. November 1789 wurde sie auf ihren Wunsch hin nicht in der Kapuzinergruft, sondern im Elisabethinerinnen-Kloster beigesetzt, dem sie auch ihr ganzes Vermögen vermachte.

# Der Vielgeliebte starb
# in völliger Einsamkeit

*Nach einem Leben in Saus und Braus schlug das Schicksal hart zu: Ludwig XV. von Frankreich, ein König wie aus dem Märchenbuch, infizierte sich bei einem Liebesabenteuer mit den Pocken, die ihm einen schrecklichen Tod brachten.*

Der Urenkel des legendären Ludwig XIV. war auf der Sonnenseite des Lebens geboren worden, obwohl es zunächst niemand für möglich gehalten hatte, dass der schöne Knabe Ludwig einmal König von Frankreich werden sollte. Aber der Tod hatte sowohl seinen Großvater als auch seinen Vater hinweggerafft, während der Sonnenkönig den Staat immer mehr an den Abgrund manövrierte. Sein Erbe trat ein erst fünfjähriger Knabe an, der natürlich in keiner Weise dazu fähig war. Zwei Regenten übten in den nächsten zehn Jahren für den unmündigen König die Herrschaft aus, einer übler als der andere, wobei sicherlich der liederliche Sohn Lieselottes von der Pfalz Philipp von Orleans der verkommenere war. Er führte Frankreich beinah in den Staatsbankrott. Als Ludwig XV., den man bewusst von allen geistigen Beschäftigungen ferngehalten hatte, den Thron bestieg, war Frankreich längst verloren, auch ein starker König hätte wahrscheinlich eine Revolution gegen die allgegenwärtigen Missstände nicht mehr verhindern können. Es war nur noch eine Frage der Zeit, wann die Wut des Volkes überkochen würde, ein Zorn, der sich durch den Luxus, den sich die wohlhabenden Schichten leisten konnten, die Arroganz des Adels und der hohen kirchlichen Würdenträger auf der einen Seite und die bittere Armut breitester Volksschichten andererseits aufgestaut hatte. Dazu kam, dass sich der König nicht im Mindesten um die Anliegen seiner Untertanen kümmerte, sondern sich von einem Vergnügen ins andere stürzte und die Herrschaft im Lande korrupten Personen und seiner Mätresse »en titre« Madame de Pompadour überließ, die als ungewöhnlich kunstsinnige Frau Unsummen Geldes für Maler und Bildhauer, Dichter und Wissenschaftler, aber auch für Schlösser und Lusthäuser ausgab. Durch sie wurde zwar Frankreich erneut zu einem Mekka der Kunst in Europa, gleichzeitig aber geriet es an den Bettelstab.

Während am politischen Horizont schon düstere Wolken auftauchten, taumelte Ludwig XV. nach wie vor von einem Liebesabenteuer ins andere. Er hatte nicht das geringste Interesse, sich den Kopf über Bündnissysteme oder ein kriegerisches Engagement im Ringen um die Vorherrschaft in Europa zu zerbrechen, ihn beunruhigte es nur, wenn er bei seinen Jagdabenteuern weidmännischer oder amouröser Art gestört wurde. Das änderte sich auch nicht, als der »Vielgeliebte« die Sechzig überschritten hatte. Er war immer noch ein schöner Mann, der vor Gesundheit und Vitalität strotzte, sodass er nach wie vor – nimmersatt wie er war – auch schon zu Lebzeiten Madame de Pompadours, sich die schönsten Mädchen Frankreichs zuführen ließ, da die schon einige Zeit lang kränkelnde Mätresse ihm längst nicht mehr seine sexuellen Wünsche erfüllen konnte. Der frühe Tod der politisch versierten und aktiven Pompadour kam Ludwig daher eher gelegen, er empfand ihren Verlust beinah wie eine Erlösung, denn allzu sehr war er in seinen Entscheidungen von ihr abhängig gewesen.

Es dauerte daher nicht lange, bis er sich nach einer neuen Mätresse »en titre« umsah, wobei er sich am allerwenigsten um die Meinung seiner Ehefrau Maria Leszczynska, mit der er immerhin zehn Kinder gezeugt hatte, kümmerte. Denn die Königin war vielleicht die Einzige, die aufrichtig um Madame de Pompadour trauerte, da sie diejenige Mätresse des Königs gewesen war, die als Palastdame der unglücklichen Gemahlin des Königs alle Ehre und untertänigen Respekt entgegengebracht hatte. Das lüsterne Auge Ludwigs XV. war auf die aufreizende blühende Madame Dubarry gefallen, die es geschickt verstanden hatte, alle anderen Nebenbuhlerinnen auszustechen. Und um auf Nummer sicher zu gehen, hatte die Dubarry, nachdem sie erste Erfolge im Bett des Königs erzielt hatte, das berüchtigte Haus im Hirschpark schließen lassen, wo Ludwig XV. seinen speziellen Vergnügungen mit Jungfrauen nachgegangen war. Hatte die Dubarry allerdings geglaubt, den König nun ganz allein für sich zu besitzen, so irrte sie gewaltig. Denn verkleidet schlich sich Ludwig heimlich in zwielichtige Etablissements, um seinen Drang nach Abwechslung zu befriedigen. An die gesundheitlichen Gefahren, die sich für ihn aus diesen amourösen Abenteuern ergeben könnten, dachte er nicht im Mindesten.

In einem der Pariser Etablissements lernte der König eines Tages eine Schauspielerin kennen, die sich den Künstlernamen Raucourt zugelegt hatte. Im Kreise ihrer Liebhaber führte sie den Beinamen »die Wölfin«, da sie für die besonderen Raffinessen, die sie ihren Kunden bot, allgemein begehrt war. Auch der König hatte von der wilden Dame gehört und ließ die Wölfin in seine »petits Appartements« kommen. Kaum war es ruchbar geworden, wer sich im Bett des Königs wälzte, als Madame Dubarry von rasender Eifersucht geplagt, der Raucourt mit einer Schere in der Hand auflauerte. Es kam zu einer vulgären Rauferei zwischen beiden Frauen, bei der die »Wölfin« verletzt wurde und in Ohnmacht fiel. Zufällig war ein Arzt im Schloss, ein gewisser Dr. Guillotin, der dem König gerade seine neueste Erfindung, eine Tötungsmaschine, durch die etliche Jahre später auch die Dubarry ins Jenseits befördert werden sollte, vorstellen wollte. Der Arzt betrachtete den leblos scheinenden Körper der Wölfin lange und schwieg. Wahrscheinlich hatte er sofort erkannt, dass sie mit den todbringenden schwarzen Pocken infiziert war.

Für den übersättigten französischen König hatte die Schicksalsstunde geschlagen. Obwohl er sich körperlich angeschlagen fühlte, hatte Ludwig für den 27. April 1774 eine Jagd ansetzen lassen. Mitten im Jagdgetümmel wurde er von einer heftigen Übelkeit überfallen. Die zu Hilfe eilenden Gefährten entdeckten entsetzt dunkle Flecken auf seiner Haut – erste Anzeichen von schwarzen Pocken! Zu Tode erschrocken wandten sich alle von ihm ab, denn jeder wusste, welchem entsetzlichen Ende der König entgegenging. Der »Vielgeliebte« war rettungslos verloren! Und da man zur damaligen Zeit nicht die geringste Ahnung hatte, wie man sich vor der todbringenden Krankheit schützen sollte, versuchte man den Sterbenden zu meiden, wo es nur ging. Bestialischer Gestank, der von den eiternden Schwären herrührte, die den Körper des Königs bedeckten, erfüllte die Räume. Von unsäglichem Durst gequält wälzte sich Ludwig auf seinem Lager, aber kaum einer wagte es, mit vorgehaltenen Tüchern vor dem Mund, das Gemach Ludwigs zu betreten. Nur die Dubarry zeigte keinerlei Furcht, obwohl sie selber noch nicht an den Pocken erkrankt war.

Der bevorstehende Tod des Königs löste heftige politische Debatten in Frankreich aus, denn das lasterhafte Leben Ludwigs war im ganzen Lande bekannt. Und da anzunehmen war, dass der König ohne Absolution in Sünde sterben würde, schien es für viele Franzosen in Zukunft unmöglich zu sein, dass das Haus Bourbon weiterhin an der Spitze des Staates stand. Die Orleans standen schon bereit, um beim ersten Ton der Totenglocken die Regierungsgeschäfte zu übernehmen.

Aber Ludwig XV. machte der verhassten Clique doch noch einen Strich durch die Rechnung. Abbe Maudoux, der Beichtvater des Königs, kam beinahe in letzter Minute. Eitrige Pusteln zersetzten schon die Zunge, kaum hörbar flüsterte der König von Frankreich seine letzte Beichte und bereute im Anblick des Todes sein skandalöses, unmoralisches Leben. Die Absolution und die Sterbesakramente schienen dem Todkranken noch einmal letzte Kräfte zu verleihen, denn er diktierte eine Erklärung, die bei seinem Begräbnis von allen Kanzeln verlesen werden sollte. Darin bat er sein Volk um Verzeihung für das, was er jedem Einzelnen durch sein kostspieliges, ausschweifendes Leben angetan und dass er versäumt hatte, zum Wohl seiner Untertanen zu regieren. Öffentlich bereute er sein Nichthandeln und seine Lethargie.

Nur wenige trauerten um den König, der zu schwach gewesen war, seine eigenen Schwächen zu bekämpfen, die meisten wünschten seine Seele zur Hölle.

# »Es war der beste Ehestand,
# der immer gefunden werden konnte«

*So sah jedenfalls der spätere Kaiser Joseph II. seine Ehe*
*mit der schönen Isabella von Parma und ahnte nicht,*
*dass seine Gemahlin in seinen Armen nichts empfand.*

Es war ein wahres Traumpaar, das sich mitten im Siebenjährigen Krieg im Oktober des Jahres 1760 in der festlich
geschmückten Augustinerkirche das Ja-Wort gab, die gra-
zile dunkelhaarige Isabella von Parma und der hochgewach-
sene blonde Erzherzog Joseph, der älteste Sohn des österreichischen Kaiserpaares. Ein Märchen war für den Prinzen
wahr geworden, er hatte sich gegen seine starke Mutter
durchgesetzt, die ihn mit einer neapolitanischen Prinzessin
aus politischen Gründen verheiraten wollte. Nicht die häss-
liche Neapolitanerin stand jetzt an seiner Seite, sondern das
Mädchen, in dessen Antlitz er sich angeblich schon verliebt
hatte, als er Isabella auf einem Medaillon abgebildet sah.
Maria Theresia hatte alle Hebeln der Diplomatie in Bewegung setzen müssen, um keine politische Unstimmigkeit mit
Neapel durch die Wahl Josephs heraufzubeschwören, aber
schließlich erkannte auch sie, dass die Liebe ihren kühlen
Sohn, dem man bis dahin nicht die kleinste Liebelei nach-
sagen konnte, wie ein Blitzstrahl getroffen hatte. Und da Isabella von Parma nicht nur der Ruf ihrer einzigartigen Schönheit vorauseilte, sondern sie zusätzlich noch die Enkelin des
französischen Königs Ludwig XV. war, war sie als Schwiegertochter für Maria Theresia interessant.

Was Joseph in seiner Verliebtheit nicht erkennen konnte, war allerdings die Tatsache, dass Isabella alles andere als eine glückliche Natur besaß. Vielleicht war der Grundstein für ihre spätere Melancholie, die schließlich in Todessehnsucht ausartete, schon in ihre Wiege gelegt worden, denn ihre Mutter, die französische Prinzessin Elisabeth Louise war mit einem Mann verheiratet worden, der der jungen Frau körperlich abgrundtief zuwider war und den sie aufgrund seiner antiquierten Verhaltensweisen zutiefst verabscheute, denn er verlangte am Hofe von Parma, dass sich alle nur auf Knien ihm nähern durften. Und diese Ablehnung ihres eigenen Mannes übertrug sie auf ihre Tochter, sodass Isabella, die am Silvestertag des Jahres 1741 das Licht der Welt erblickt hatte, von Kindheit an zu glauben schien, dass es an der Seite eines Mannes kein Glück für eine Frau geben konnte.

Dabei war Isabella nicht nur schön, sondern auch hervorragend begabt, sie spielte meisterlich Violine, daneben beschäftigte sie sich mit philosophischen Betrachtungen oder mit dem Verfassen von kleinen Gedichten, ab und zu auch mit dem Lösen schwieriger mathematischer Aufgaben. Sie lebte in einer von ihr selbst geschaffenen Welt, aus der sie die Werbung aus Wien von einem Moment auf den anderen riss.

Von Kindheit an hatte sie sich vor dem Augenblick gefürchtet, wo sie keinen Einfluss mehr auf ihr Leben nehmen konnte, denn für ihre Eltern war es beschlossene Sache, dass sie dem Erzherzog ihr Ja-Wort geben würde, Joseph war nicht nur der Thronfolger, sondern zudem auch ein ungewöhnlicher junger Mann, der die Zukunft des Habsburgerreiches verändern wollte.

So wie es üblich war, fand die Hochzeit »per procurationem« – durch den Stellvertreter des Bräutigams Fürst Liech-

tenstein – im Dom zu Padua statt, die Isabella mit steiner-
ner Miene über sich ergehen ließ. Dann aber wurde es für
das schöne Mädchen tatsächlich ernst. Versehen mit einer
prächtigen Aussteuer, die ihr der königliche Großvater aus
Paris hatte überbringen lassen – auch die Großmutter Maria
Leszczynska hatte der Enkelin drei prachtvolle Mäntel aus
weichstem Samt geschickt –, zog die junge Braut über die
Alpen, wo sie in Stuppach von ihrem zukünftigen Schwiegervater liebevoll empfangen wurde. Erst in Laxenburg sollten die Brautleute einander kennenlernen. Als die Prinzessin der Kutsche entstieg und auf Joseph zuging, kam ein
Zauber über ihn, von dem er sich niemals mehr lösen
konnte. Auch Maria Theresia war von der entzückenden
Braut ihres Sohnes so begeistert, dass sie spontan auf sie
zuging und sie herzlich in die Arme schloss. Diese überaus
freundliche Aufnahme in der kaiserlichen Familie taute auch
etwas das Eis auf, das Isabella umgab, vor allem als sie
merkte, wie sehr Joseph sie liebte.

Um seine zukünftige Frau abseits des Protokolls näher
kennenzulernen, fuhr Joseph jeden Tag inkognito ins Schloss
Belvedere, das man Isabella zur Verfügung gestellt hatte.
Hier machte man sie auch mit den Geschwistern ihres Bräutigams bekannt, zu denen sie bald ein herzliches Verhältnis
gewann. Besonders Mimi, die Lieblingstochter Maria Theresias, hatte es Isabella angetan, mit ihr verstand sie sich von
Anfang an bestens und später wurde diese zu ihrer Vertrau-
ensperson, wenn sie in ihrer Melancholie und in ihren
Depressionen in den Abgrund zu stürzen drohte.

Als die Hochzeitsglocken für den Kronprinzen und seine
entzückende Braut läuteten, war ganz Wien auf den Beinen
und als das schöne Paar die Kirche verließ, kannte der Jubel
keine Grenzen.

Erst spät am Abend fand das Hochzeitsmahl statt, bei

dem man auf goldenen Tellern speiste, das Tafelservice war ein Geschenk der kaiserlichen Eltern an das Brautpaar. Aber obwohl die delikatesten Köstlichkeiten aufgetragen wurden, nahm Isabella nur jeweils einen Höflichkeitsbissen, vor Aufregung und Furcht vor der kommenden Nacht war sie nicht in der Lage, auch nur ein Wort zu sprechen. Dabei hatte sie sich völlig umsonst Sorgen um das gemacht, was in den nächsten Stunden passieren sollte, denn der unerfahrene Bräutigam wagte zunächst nicht, das Brautgemach zu betreten. Erst sein alter Ajo, Graf Batthyany, der die Situation durchschaute, wünschte seinem ehemaligen Schützling alles Glück dieser Erde, dann öffnete er die Tür und schob den Bräutigam sanft, aber bestimmt in das Hochzeitszimmer. Joseph war allerdings genauso wie Isabella von den Anstrengungen des Tages so erschöpft, dass beide zwar gemeinsam ins Bett fielen, aber friedlich Seite an Seite einschliefen.

Im Trubel der Aufregungen der letzten Wochen hatte Isabella beinah ihre Schwermut vergessen, auch als sie merkte, dass sie in Joseph einen rücksichtsvollen Ehemann gefunden hatte, der sie aus ganzem Herzen liebte und von dem sie sich körperlich in keiner Weise hätte abgestoßen fühlen müssen. Aber sie konnte die innere Scheu vor intimem körperlichem Kontakt nicht überwinden. Und je mehr Joseph fühlte, wie wenig seine Frau empfand, umso mehr versuchte er, ihr Herz zu entflammen. Dabei ahnte er nicht, dass all seine Bemühungen scheitern mussten. Nur Mimi, ihre einzige Vertraute, kannte die Probleme Isabellas und merkte daher auch schmerzlich, dass ihr Bruder, der sich überglücklich fühlte, in einer Scheinwelt lebte. Jede gemeinsam verbrachte Nacht nährte die Furcht Isabellas vor einem nächsten intimen Beisammensein, dazu kam ihre Angst vor einer Schwangerschaft, von der sie felsenfest glaubte, sie würde ihr das Leben kosten. Und so war es schließlich auch. Nachdem

Isabella ein Mädchen zur Welt gebracht hatte, erlitt sie zwei Fehlgeburten, die Maria Theresia darauf zurückführte, dass sich Joseph zu intensiv auch im Zustand der Schwangerschaft mit seiner Frau beschäftigte. Daher musste er der Mutter in die Hand versprechen, seine Frau nicht mehr zu berühren, wenn sie wieder ein Kind, hoffentlich den ersehnten Sohn, erwarten sollte, ein Ereignis, das nicht lange auf sich warten ließ. Isabella aber fühlte, dass sie diesmal die Geburt nicht überleben würde.

Daher kamen die schwarzen Pocken, die in Wien ausbrachen und die auch vor der Hofburg nicht haltmachten, für Isabella wie ein Geschenk des Himmels. Der verzweifelte junge Ehemann versuchte mit Hilfe der Ärzte alles, um das Leben seiner geliebten Frau zu retten, aber mitten im Todeskampf brachte Isabella noch ein Mädchen zur Welt, das schon nach wenigen Stunden starb. Die Anstrengung der Entbindung gab der erst 22-jährigen Isabella, deren Körper sich allmählich aufzulösen begann, den Todesstoß. Man versuchte den weinenden Ehemann aus dem von Gestank erfüllten Zimmer zu entfernen, aber alle Mühen waren vergebens. Mit Isabella verlor Joseph II. nicht nur seine angebetete Ehefrau, mit ihr wurde für ihn die Liebe zu Grabe getragen. Keine Frau konnte jemals mehr sein Herz berühren.

# Auch Kaiser waren Schüler

*Also lautete zu allen Zeiten der Beschluss, dass der Mensch was lernen muss. Natürlich galt diese Devise auch für die Prinzen und Prinzessinnen, die sicherlich manchmal ihre nichtadeligen Altersgenossen beneideten, die nicht stundenlang über den Büchern sitzen mussten.*

Denn das Lernpensum war für die Söhne und Töchter der Hochwohlgeborenen oftmals bedrückend und keineswegs kindgerecht, sodass die wenigsten eine unbeschwerte Kindheit durchleben konnten. Nicht nur, dass sie beinah noch als Säuglinge wie kleine Erwachsene behandelt und auch so gekleidet wurden, sie mussten sich einem strengen täglichen Reglement unterwerfen, in dem die Lernstunden einen großen Teil des Tages einnahmen. Und da manche Herrscher wie Kaiser Friedrich III. noch dazu die Vorstellung entwickelten, dass Kinder keinerlei fröhlichen Unterricht haben sollten, suchte er für seinen einzigen Sohn Maximilian einen reinen Sadisten, Jakob von Fladnitz, als Lehrer aus, dem jedes Verständnis für das phantasiebegabte Kind fehlte, der Maximilian ohrfeigte und nicht erkannte, dass der Knabe an einer leichten Sprachstörung litt, die durch seine drakonischen Maßnahmen noch verstärkt wurde. Auf diese völlig unkindgemäße Weise lernte der spätere Kaiser zwar lesen und schreiben, aber schon beim Rechnen ließ er einige gravierende Mängel erkennen, was sich später auch in seinem Umgang mit Geld zeigen sollte. Nur wenn es um die körperliche Ertüchtigung ging, dann blühte der Prinz geradezu auf. So wie in früheren Zeiten wurde er in den sieben Behändigkeiten ausgebildet, als er sein siebentes Lebensjahr erreicht hatte, denn er sollte neben einem guten Kaiser auch ein tüchtiger Ritter ganz im Stil des ausgehenden Mittelalters werden. Reiten war natürlich für alle Knaben, aber auch für die Mädchen aus den Adelshäusern eine absolute Pflicht, daneben stand Fechten und Bogenschießen auf dem wöchentlichen Stundenplan, genauso wie das Klettern, wenn die Möglichkeit gegeben war. Auch Schwimmen wurde geübt und selbst von Mädchen wurde berichtet, dass sie gute Schwimmerinnen waren. Wichtig war aber selbst für Kaiser Friedrich III. , dass sein Sohn einmal die Kunst des Tanzens und Hofierens beherrschte, obwohl er selber in seiner mürrischen Art sicherlich nicht diesen Freuden des Lebens zugetan war.

Hatten die Lehrer Maximilians auch wenig Glück, wenn sie versuchten, dem jungen Mann andere Sprachen beizubringen, so beherrschte sein Enkel Karl doch wenigstens einigermaßen die spanische und französische Sprache, während er nach seiner Aussage Deutsch nur mit seinem Pferd sprach. Seine Tante Margarete hatte größten Wert darauf gelegt, dass der zukünftige Kaiser, der in den Niederlanden aufwuchs, durch private Lehrer eine gute Allgemeinbildung erhielt. Auch die Schwestern Karls, die an Prinzen in ganz Europa verheiratet wurden, waren nicht nur exzellente Reiterinnen, auch das Jagen mit Falken wurde ihnen beigebracht. Und da die Gobelinstickerei in den Niederlanden eine lange Tradition hatte, erlernten die Mädchen auch diese Kunst genauso wie das Spitzenklöppeln. Der kaiserliche Großvater Maximilian überprüfte, wenn er an den Hof von Mechelen kam, die Kenntnisse und Leistungen seiner Enkel und lobte und tadelte je nach Bedarf. Dadurch bewirkte er, dass auch in den kommenden Generationen größter Wert auf den Wissenserwerb gelegt wurde, wobei die verschiedenen Fremdsprachen und die Musik nicht zu kurz kommen sollten.

War zunächst der burgundische Hof ein europäisches Kulturzentrum, so übernahm der spanische allmählich seinen Platz. Wer in Europa Lebensstil und Bildung erwerben sollte, der wurde an den Hof König Philipps II. geschickt, wo der spätere Kaiser Rudolf II. und sein Bruder Ernst nicht nur in den alten Sprachen Latein und Griechisch von Koryphäen ihres Faches unterrichtet wurden, sodass sie die Schriftsteller der Antike im Original lesen konnten, sie lernten auch die Kunst des Simulierens, des Sich-Verstellens, des Unnahbarwerdens, etwas, was später, als Rudolf nach Österreich zurückkehrte, hier keineswegs gefragt war.

Auf die strenge Einhaltung der Regeln des Katholizismus wurde natürlich am katholischsten Hof Europas größter Wert gelegt. Die jungen Leute wurden angehalten, mehrere Messen täglich zu besuchen, daneben Andachten und Prozessionen. Diese Sitte behielten die Habsburger durch die Jahrhunderte bei und es war kein Wunder, dass gerade bei der streng religiösen Maria Theresia ihr ältester Sohn Joseph aus dem starren Korsett der Kirche ausbrach. Denn die Mutter forderte von ihren zahlreichen Söhnen und Töchtern absolute Unterordnung unter die Regeln der Religion, genauso wie sie Anordnungen an die Lehrer ihrer Kinder gab, streng darauf zu achten, dass die Söhne und Töchter nicht nur das Wissen, das ihnen von den Experten ihres Faches vermittelt wurde, genauestes überprüft werden sollte, sondern dass auch die Hygienevorschriften, die von ihrem Leibarzt Dr. van Swieten aufgestellt wurden, gewissenhaft einzuhalten waren. Die viel beschäftigte Mutter stellte zudem den Lehrern einen Freibrief aus: Es wurde ihnen erlaubt, die Kinder bei Ungehorsam empfindlich zu strafen, wobei die Rute nicht nur in der Ecke stehen sollte. Kaiser Joseph II. konnte ein Lied von den Züchtigungen, die er in seiner Jugendzeit erfahren hatte, singen.

War die große Herrscherin auch glücklos in ihrer Außenpolitik, so bewirkte sie viel mit ihren Reformen, zu denen als bedeutendste sicherlich die Einführung der allgemeinen Schulpflicht im Jahre 1774 gilt. Wenn auch ihre eigenen Kinder von Privatlehrern unterrichtet wurden, so sollten doch alle jungen Menschen in ihrem Reich wenigstens lesen, schreiben und rechnen lernen. Ein Grundstein für die geistige Entwicklung der Bürger der Monarchie war durch sie gelegt worden.

Im Laufe der Jahrhunderte war das Reich der Habsburger zu einem Vielvölkerstaat geworden, in dem das Sprachengewirr manchmal babylonisch anmutete. Daher wurde es für die Kaiserkinder zur Pflicht – ob sie nun begabt waren oder nicht –, die Sprachen der Monarchie zu erlernen. Um dies zu erleichtern, engagierte man Erzieher und Erzieherinnen, die eine andere Sprache als Muttersprache hatten, schon als die Kinder kaum dem Babyalter entwachsen waren. Immerhin galt es im 19. Jahrhundert außer Ungarisch, Tschechisch, Italienisch, Polnisch auch noch das zur Allgemeinbildung gehörende Französisch, aber auch Englisch zu erlernen, sodass das Kinderalter beinahe nicht ausreichte, um dieses riesige Pensum zu bewältigen. Die ehrgeizige Mutter des späteren Kaisers Franz Joseph Erzherzogin Sophie bewirkte, dass der kleine Sohn schon mit drei Jahren die ersten Sprachlektionen bekam. Daneben sollte er aber auch schon das Schreiben erlernen und wurde darauf gedrillt, im zarten Alter von fünf Jahren kurze Aufsätze in der schwierigen Kurrentschrift zu verfassen. Heute noch findet man kleine Briefe an die liebe Mama in unbeholfener Kinderschrift. Das Lernpensum des Knaben wurde im Laufe der Zeit immer größer und im zwölften Lebensjahr betrug die Anzahl der Wochenstunden schon über fünfzig. Die besten Experten ihres Faches, aber auch erzkonservative Geistliche unterrichteten den wissbegierigen Franz Joseph, während sein Bruder Maximilian immer wieder versuchte, dem ungeheuren Zwang, der auf die Kinder ausgeübt wurde, zu entgehen. Denn jedes Jahr war in den einzelnen Fächern, zu denen natürlich auch noch Latein und Griechisch gekommen waren, eine strenge Prüfung abzulegen, von der allerdings alle wussten, dass die Jünglinge sie bestehen würden. Die Prüflinge fürchteten sich aber dennoch vor den Examen.

Keine Probleme dagegen bereiteten Franz Joseph die praktischen Unterrichtsstunden im Freien wie Reiten, Schießen und Exerzieren, wobei er von dieser Disziplin besonders begeistert war, aber auch das Tanzen machte dem jungen Mann sichtlich Vergnügen, denn schon mit zehn Jahren schwang er auf den Kinderbällen, zu denen auserwählte Buben und Mädchen eingeladen wurden, begeistert das Tanzbein.

Obwohl das Lernpensum für Franz Joseph riesig war, schrieb er am 31. Oktober 1843 in sein Tagebuch: »Wir hatten wieder frey … Wie doch die Zeit lange vorkömmt wenn man keine Lectionen hat …« Schon damals war Franz Joseph ein überaus pflichtbewusster Mensch, der er ein Leben lang bleiben sollte. Denn welcher Schüler vermisst wirklich die anstrengenden Schulstunden?

# Die nahe Verwandtschaft
# führte zu nichts Gutem

*Heiraten innerhalb der Habsburgerfamilie waren seit langem nichts Neues. Der spätere Kaiser Franz II. und dessen zweite Gemahlin Maria Theresia von Neapel-Sizilien waren allerdings zu nahe verwandt. Sie hatten beide Großeltern gemeinsam.*

Daher waren sie Cousine und Cousin in doppelter Hinsicht, wobei die enge Blutsverwandtschaft sich bei den Kindern rächen sollte. Hatte Maria Theresia die diversen Heiraten ihrer Söhne und Töchter in ihr politisches Konzept eingebaut, um den Frieden in Europa endgültig zu sichern, so waren die späteren Ehen zwischen nahen Verwandten beinah an der Tagesordnung, ohne dass sich jemand Gedanken zu machen schien, wo dies hinführen sollte. So war es nicht verwunderlich, dass Erzherzog Franz, der 1792 nach dem überraschenden Tod seines Vaters Leopold die Kaiserkrone tragen sollte, um die Hand seiner neapolitanischen Cousine anhalten ließ, da seine erste Gemahlin Elisabeth von Württemberg bei der Geburt ihres ersten Kindes gestorben war. Der zunächst zutiefst unglückliche Witwer tröstete sich überraschend schnell und führte bereits nach sieben Monaten die junge lebensfrohe Prinzessin von Neapel zum Traualtar.

Das junge Mädchen hatte sich allerdings in ihrer südländischen Heimat eine Ehe mit dem Witwer zunächst nicht vorstellen können. Sie liebte Neapel mit seinem südlichen

Charme, dem pulsierenden Leben und der Musik, die sie auf Schritt und Tritt begleitete. Sie war ein echt neapolitanisches Kind ihrer Zeit, trotz ihres goldblonden Haares, ihrer leuchtend blauen Augen, Erbstücke nicht nur ihrer Mutter Maria Karolina, sondern vor allem ihrer berühmten Großmutter Maria Theresia. Schon sehr bald war das Kind der Liebling des neapolitanischen Volkes gewesen, man hatte das schöne Mädchen als Perle von Neapel bezeichnet oder als neapolitanische Nachtigall, deren schöne Stimme stets aufs Neue verzauberte.

Am Hofe ihrer Eltern König Ferdinand IV. von Neapel-Bourbon und beider Sizilien und seiner Gemahlin, der dynamischen Maria Karolina, verbrachte Maria Theresia, die am 6. Juni 1772 das Licht der Welt erblickt hatte, eine unbeschwerte Kindheit, obwohl die Eltern keineswegs eine harmonische Ehe führten. Nicht nur einmal erklärte man dem Mädchen, dass es mit seiner glockenhellen Stimme die besten Aussichten auf eine Opernkarriere haben könnte, wäre es nicht als Königstochter geboren worden. Aufgrund der hohen Geburt wartete eine andere Position im Leben auf Maria Theresia, es würde sich schon bald ein Freier einstellen, mit dem sie ziehen musste. Dass dieser Bräutigam ausgerechnet ein Witwer aus Wien war, damit hatte freilich niemand gerechnet.

Wahrscheinlich war für Maria Theresia die Enttäuschung groß, als sie von der Werbung ihres Cousins Franz erfuhr, von dem sie bisher nicht viel vernommen hatte, außer dass seine junge Frau gestorben war. Aber bei der Familienpolitik, die auch in den einzelnen italienischen Staaten betrieben wurde, hatte sie nur die Pflicht zu gehorchen, ein Sträuben gegen die Anordnungen der Eltern wäre sinnlos gewesen. Außerdem kam die Werbung vom zukünftigen Kaiser, denn als ältester Sohn Kaiser Leopolds war Franz diese Karriere auf alle Fälle sicher. Und welches junge Mädchen wäre nicht beglückt gewesen, als seine Gemahlin auf dem Thron neben dem Kaiser zu sitzen.

Trotzdem zog Maria Theresia mit äußerst gemischten Gefühlen nach Norden, fürchtete sie sich doch im geheimen vor dem rauen Klima, in dem sie in Zukunft leben sollte. Sie hatte vernommen, dass das Leben in Wien keineswegs mit dem in Neapel vergleichbar war, ernst und streng stellte sie sich die Stadt an der Donau vor, denn man hatte ihr verschwiegen, dass die Wiener durchaus zu leben verstanden. Auch als sie der ernst dreinblickende, bleiche Bräutigam, ohne große Worte zu machen, empfing, überkam sie ein Gefühl der Ängstlichkeit. Erst als sie Franz näher kennenlernte, merkte die temperamentvolle junge Frau, dass sich hinter der scheuen Fassade durchaus ein liebenswürdiger Mensch verbarg, der allerdings zur Sparsamkeit neigte. Maria Theresia war in Neapel gewohnt gewesen, aus dem Vollen zu schöpfen, jetzt aber merkte sie zu ihrem Erstaunen, dass der mächtigste Herrscher in Europa ein Leben in Sparsamkeit vorzog. Aber die junge Frau sah das Verhalten ihres Gemahls keineswegs als negativ an, in ihrer lebensbejahenden Art verstand sie es, bei Franz die manchmal düsteren Gedanken zu vertreiben und ihn auf ihre Art zu unterhalten. Und da beide jungen Menschen überaus sinnlich veranlagt waren, fanden sie rasch zueinander. Da Franz seine junge, entzückende Frau bald innigst liebte, versuchte er ihr jeden Wunsch von den Augen abzulesen. Er lud die bedeutendsten Musiker und Komponisten seiner Zeit ein, Konzerte für die Kaiserin zu geben, wobei Maria Theresia höchstpersönlich in dem einen oder anderen Hofkonzert als gefeierte Sängerin auftrat. Keine Geringeren als Joseph Haydn und Ludwig van Beethoven widmeten der Kaiserin Musikstücke, Beethoven ein Septett in Es-Dur und Haydn die Theresienmesse.

Schon sehr bald hatte die Wiener Bevölkerung die junge Frau ins Herz geschlossen, obwohl man noch lange um die früh verstorbene Elisabeth von Württemberg trauerte. Aber Maria Theresia hatte es durch ihre leutselige Art und ihr liebenswürdiges Wesen verstanden, den Wienern zu zeigen, wie sehr ihr das Wohl der Bevölkerung am Herzen lag. Wo sie konnte, versuchte sie das Los der Armen zu lindern und kümmerte sich persönlich um die Notleidenden. Dabei verzichtete sie selber auf persönlichen Luxus, auch bei den Krönungsfeierlichkeiten im Jahre 1792, bei denen sie zur Königin von Ungarn und Böhmen gekrönt wurde, flossen aus den Brunnen nicht wie üblich Wein, sondern nach wie vor gewöhnliches Wasser. Das Geld für den Wein und die Bewirtung der Krönungsgäste sollte lieber an die Armen verteilt werden. Auch bei der Kaiserkrönung in Frankfurt vermissten die Anwesenden die herkömmlichen Speisen und Getränke.

Nach einjähriger Ehe schenkte die Kaiserin ihrem ersten Kind, Maria Louisa, das Leben, dem noch weitere elf folgen sollten. Allerdings ging bald das Gerücht um, dass das Kind ungewöhnlich schwächlich sein sollte und nur mit Mühe am Leben erhalten wurde. Der spätere bedauernswerte Kaiser Ferdinand hatte 1793 das Licht der Welt erblickt, ein Knabe, der von allem Anfang an von Krämpfen geschüttelt wurde, sodass man kaum an eine normale Entwicklung glauben konnte. Die zwölf Kinder des Kaiserpaares waren in ihrem Wesen, ihrer Intelligenz und ihrem Charakter völlig verschieden. Nur noch ein zweiter Sohn überlebte, Franz Karl, der spätere Vater von Kaiser Franz Joseph. Waren die beiden Söhne keineswegs dazu geeignet, als zukünftige Herrscher europäische Politik zu machen, so wären zumindest zwei der Töchter durchaus in der Lage gewesen, die Erbschaft ihrer Urgroßmutter, der starken

Maria Theresia anzutreten. Denn sowohl Maria Louise, die mit dem Erzfeind des Hauses Napoleon zwangsweise verheiratet worden war, als auch Leopoldine, die unglücklich an der Seite des späteren brasilianischen Kaisers dahindarbte, waren durch diplomatisches Geschick und hohes politisches Gespür ausgezeichnet. Aber beide hätten niemals Chancen auf den österreichischen Kaiserthron gehabt, wieder einmal sollte die unselige Einführung der Primogenitur dem Unfähigsten das Szepter in die Hand geben.

Die Mutter der Kinder, Maria Theresia, verstand es, politisch im Hintergrund zu bleiben. Als Ratgeberin ihres Gemahls allerdings zog sie im Geheimen die Fäden und schürte als glühende Feindin Napoleons den Hass ihres Mannes gegen den französischen Emporkömmling. Freilich konnte sie nicht verhindern, dass der kleine große Korse halb Europa eroberte.

Mit nur 35 Jahren hatte Maria Theresia ihre Pflichten als Kaiserin erfüllt. Als sie wieder ein Kind erwartete, zog sie sich eine Rippenfellentzündung zu, die die Ärzte wie damals üblich mit Aderlässen behandelten. Dabei bedachte man nicht, dass diese Methoden zu einer Frühgeburt führen mussten, die weder Mutter noch Kind überlebten. Wieder einmal stand Franz vor einer Bahre, von der man ihn mit Gewalt entfernen musste. Zu den Beisetzungsfeierlichkeiten erschien der Kaiser allerdings nicht, er zog es vor, mit seinen Kindern nach Ofen zu reisen.

# Sie war die große Liebe seines Lebens

*Vom ersten Augenblick an war Napoleon von der schönen Joséphine Beauharnais gefesselt, sie war seine Traumfrau. Auch nachdem er sich von ihr getrennt hatte, war es ihm unmöglich, sie zu vergessen.*

Die spätere Kaiserin von Frankreich hatte auf der üppigen Tropeninsel Martinique eine unbeschwerte Kindheit verbracht, die allerdings jäh durch die Werbung des Vicomte de Beauharnais beendet wurde. Denn der Pariser Adelige war gezwungen gewesen, für seinen übelbeleumdeten Sohn, sich in den Kolonien nach einer Braut umzusehen, denn kein halbwegs anständiges Mädchen hätte Alexandre die Hand fürs Leben gereicht. Hier auf Martinique wusste man nichts über das Lotterleben des jungen Beauharnais und fühlte sich geschmeichelt, dass die schöne Marie Josephe Rose, wie Joséphine eigentlich hieß, in die Pariser Adelskreise einheiraten sollte. Der Abschiedsschmerz der erst 15-jährigen Braut hielt sich in Grenzen, immerhin war für sie die Aussicht verlockend, in Paris, der Stadt ihrer Jungmädchenträume, leben zu können.

In Paris allerdings sollte die Braut schon bald aus allen Wolken fallen. Ihre neue Familie kam ihr zwar liebenswürdig entgegen, nur ihr zukünftiger Ehemann behandelte sie herablassend und fast feindselig, überdeutlich gab er ihr zu erkennen, dass er auch nach der Eheschließung keineswegs gewillt war, sein Lotterleben aufzugeben. Dennoch fand am 13. Dezember 1779 die Hochzeit statt, die das Leben der jungen Frau in den nächsten Jahren völlig verändern sollte.

Denn schon nach kurzen Flitterwochen hatte Alexandre nicht mehr das geringste Interesse an seiner reizenden jungen Frau, zuerst verließ er das gemeinsame Bett und im April das Haus. Zurück blieb die tief enttäuschte einsame Joséphine, die ihr erstes Kind erwartete. Denn Alexandre hatte ihr jeglichen Kontakt mit Freunden verboten, er war nicht nur herzlos, sondern obendrein noch maßlos eifersüchtig. Er selber trieb sich tage- und nächtelang in den übelsten Spelunken herum, sodass er sich in der Pariser Gesellschaft nicht mehr blicken lassen konnte. Dies hinderte ihn aber nicht daran, unflätigst über seine Frau herzuziehen und sie als ein Geschöpf tiefer als die niedrigste Hure auf Erden zu bezeichnen. Diese Aussage war auch für den empörten Schwiegervater Beauharnais zu viel, er beschloss der verzweifelten jungen Frau zu helfen und brachte sie und die beiden Kinder Eugéne und Hortense im Kloster Pentemont unter, wo sich Joséphine erst einmal erholen sollte. Zunächst fürchtete sich die junge Frau vor der Zucht des Klosterlebens, aber schon nach kurzer Zeit erkannte sie, dass man hier keineswegs heilig leben musste. Die elegante Pariser Welt, die Damen der Gesellschaft gaben sich hier ein Stelldichein, wenn sie von ihren Ehemännern genug hatten und auf der Suche nach einem Liebhaber waren. Auch Joséphine fühlte sich endlich von den Fesseln der Ehe befreit, sie legte ihre Hemmungen ab, sodass es nicht lange dauerte, bis aus der einst zurückhaltenden Frau eine Grande Dame der Gesellschaft wurde, die alle Regeln der Koketterie beherrschte.

Endlich war sie seelisch auch in der Lage, die Scheidung von ihrem Ehemann einzureichen, die am 4. Mai 1785 ausgesprochen wurde. Sie hatte dabei einen geschickten Anwalt, der erreichte, dass ihr Alexandre 5 000 Livres und für jedes Kind 1000 Livres zahlen musste. Ihr großzügiger

Schwiegervater bot ihr obendrein als Wohnsitz Gut Fontainebleau an.

Die Sehnsucht nach Martinique hatte Joséphine schon lange erfasst. Jetzt war sie frei und konnte für kurze Zeit in die Heimat zurückkehren, wo man sie als den Inbegriff der großen Welt empfing. Während in ihrem Elternhaus ein Fest das andere jagte, kamen ihr Gerüchte zu Ohren, dass sich in Paris die politischen Zustände drastisch geändert hätten. Voller Sorge beschloss sie, Hals über Kopf nach Frankreich zurückzukehren. Während sie auf der 52 Tage dauernden Schiffsreise sich die einsamen Stunden mit dem attraktiven Hauptmann Scipion du Roure-Brison vertrieb, suchten die Revolutionsgarden schon nach den verhassten Adeligen, mit denen man kurzen Prozess machte. Auch ihren einstigen Ehemann hatte man bereits verhaftet und nach Joséphine fahndete man. Nachdem ein Überprüfungstrupp ihr Haus vom Keller bis zum Dachboden durchsucht hatte, wurde Joséphine unmittelbar nach ihrer Rückkehr in das berüchtigte Kloster Carmes gebracht, wo sie unter schrecklichen Bedingungen dahinvegetierte. Ihren Ehemann, mit dem sie sich unter diesen Umständen ausgesöhnt hatte, schleppte man aufs Schafott, sie selber entging wie durch ein Wunder der Hinrichtung, genauso wie General Lazare Hoche, der ihr nächster Liebhaber und Gönner wurde. Als beide die Todeszelle verließen, war es, als würden Tote auferstehen.

Es war kein Wunder, dass sich die schöne Frau heißhungrig ins Leben zurückstürzte, dass sie verschwenderisch Geld ausgab und hoffte, dass ihre reichen Anbeter den Luxus, den sie sich gönnte, bezahlen würden. Schon bald war die reizende Joséphine Mittelpunkt im Salon der Madame Talliens, wo sich die elegante Welt traf und man begeistert den Geschichten so mancher Kriegshelden lauschte. Und inmitten dieser leichtlebigen Gesellschaft befand sich ein kleiner unscheinbarer junger Mann, der sich bisher auf dem Schlachtfeld einen Namen gemacht hatte: Napoleon Bonaparte, der keinen Blick von der schönen Joséphine wenden konnte. Die Liebe hatte ihn wie ein Blitz getroffen, hier hatte er die Frau seines Lebens gefunden und er würde alles tun, um sie zu erringen.

Aber selbst für einen Napoleon war es schwierig, die umschwärmte Dame zu überzeugen, dass nur er allein sie als Ehemann glücklich machen konnte. Denn in den Augen Joséphines war der kleine Korse weder reich noch berühmt und am allerwenigsten attraktiv. Und so sah Joséphine Napoleon, auch als sie ihm längst am 9. März 1796 ihr Ja-Wort gegeben hatte und er in Italien von Sieg zu Sieg eilte. Sie las belustigt seine glühenden Liebesbriefe und beantwortete sie erst nach einigen Wochen mit nichtssagenden Worten, sie amüsierte sich über seine Liebesschwüre und erschien schließlich in Oberitalien, wo ihr Ehemann zahlreiche Schlachten gewonnen hatte, mit ihrem Liebhaber Hippolyte Charles. Napoleon schien vor Liebe blind zu sein, denn Joséphine machte aus ihrem Verhältnis kein Hehl. Dabei versuchte seine Familie, die »die Alte« hasste, da Joséphine einige Jahre älter als Napoleon war, ihm die Augen zu öffnen.

Nach seiner Rückkehr nach Paris, wurde Napoleon als der große Sieger umjubelt und auch Joséphine, die sich von dem schönen Hippolyte kaum zu trennen vermochte, zog wie eine Königin ein. Aber schon kursierten die ersten Gerüchte über ihr Doppelleben und kamen auch Napoleon zu Ohren. Die ersten Zweifel an Joséphines Gefühlen ihm gegenüber stiegen in ihm auf. Dazu kam, dass er jeden Monat aufs Neue hoffte, dass sich bei ihr erste Anzeichen einer Schwangerschaft zeigen würden. Je höher er auf der politischen

Erfolgsleiter emporstieg, umso mehr brauchte er einen Sohn. Auch Joséphine erkannte plötzlich, dass nur ein männlicher Erbe ihren Platz an der Seite Napoleons sichern würde, nachdem er sich am 2. Dezember 1804 zum Kaiser von Frankreich in einer glanzvollen Zeremonie gekrönt hatte, bei der er ihr auch ein Krönchen aufs Haupt gedrückt hatte. Ihre Rolle als Kaiserin war nur ein kurzes Zwischenspiel. Joséphine erkannte klar, es war nur eine Frage der Zeit, wann sich Napoleon von ihr trennen würde.

Am 15. Dezember 1809 lud der Kaiser in Paris zu einem großartigen Empfang. Als er seine Scheidung bekannt gab, fiel Joséphine in Ohnmacht. Napoleon konnte nicht ahnen, dass er mit diesem Schritt, nicht nur Joséphines Leben zerstörte, sondern dass mit ihr auch sein Glücksstern unterging. Geschlagen und einsam las er in seiner Verbannung auf Elba eines Tages eine kurze Notiz in der Zeitung, dass Joséphine Beauharnais, einstige Kaiserin von Frankreich, im Mai 1814 die Augen für immer geschlossen hatte.

# Die dritte Gemahlin von Kaiser Franz war eine Freundin von Goethe

*Eigentlich hatte sie bis zu dem Zeitpunkt, als sie Johann Wolfgang von Goethe kennenlernte, keinen richtigen Zugang zur deutschen Literatur gehabt. Aber der Dichterfürst beeindruckte die junge Maria Ludovika nicht nur als Mann.*

Es war für Maria Ludovika beinah schicksalhaft gewesen, als sie im Sommer 1810 beschloss, ihrer angeschlagenen Gesundheit wegen das berühmte Karlsbad aufzusuchen. Die dritte Gemahlin von Kaiser Franz war schon von Jugend auf kränklich gewesen, sie hatte so wie ihr Vater die Flucht aus Mailand nur schwer überstanden, als sich die napoleonischen Truppen in großer Eile genähert hatten. Zunächst hatte sich der österreichische Generalgouverneur Ferdinand, ein Sohn Maria Theresias, mit seines Gemahlin Maria Beatrix und den Kindern in das noch sichere Triest geflüchtet. Aber auch hier spitzte sich nach einiger Zeit die Lage zu, sodass Ferdinand 1796 beschloss, nach Österreich zu gehen, wo er in Wiener Neustadt zunächst Zuflucht suchte, bis ihm Kaiser Franz 1803 anbot, im Palais Dietrichstein am Minoritenplatz seinen Wohnsitz aufzuschlagen.

Genauso wie ihr Vater Ferdinand litt Maria Luigia Beatrice, die am 14. Dezember 1787 in Monza das Licht der Welt erblickt hatte, unter den völlig anderen Lebensbedingungen, vor allem aber unter dem kühlen Klima in Österreich. Sie war als Kind schon überaus zart gewesen, sodass ihre gebildete Mutter beschlossen hatte, die Tochter oft wochenlang selber zu unterrichten, um nur jede mögliche Ansteckung zu vermeiden. Dabei kam allerdings die deutsche Sprache etwas zu kurz, denn neben Italienisch und Französisch beherrschte Maria Ludovika, wie sie in Wien genannt wurde, Deutsch alles andere als perfekt. Aber dieser Mangel störte Kaiser Franz nicht, der nach dem Tode seiner zweiten Gemahlin des öfteren im Palais am Minoritenplatz einkehrte, wo er schon nach kurzer Zeit nur noch Augen für die junge, schöne Tochter des Hauses hatte. Seltsamerweise fand auch Maria Ludovika den Witwer trotz des großen Altersunterschiedes attraktiv und stimmte freudig zu, als Franz um ihre Hand anhielt. Der Kaiser hatte es eilig, wieder zu heiraten, er wartete nicht einmal das Trauerjahr ab und ließ am 6. Januar 1808 eine großartige Hochzeit veranstalten, bei der der Bruder der Braut, der erst 23 Jahre alte Fürstprimas von Ungarn Karl Ambros, die Trauung vornahm. Maria Ludovika war mit ihrer grazilen Gestalt und dem durchgeistigten Gesicht eine zauberhafte Braut, über die der Dichter August Wilhelm Schlegel und die französische Schriftstellerin Madame de Staël wahre Lobeshymnen schrieben.

Zunächst schien Maria Ludovika die ideale Gefährtin für Kaiser Franz zu sein, in ihrer lebhaften, temperamentvollen Art versuchte sie den eher biederen Gemahl aufzurütteln und in jeder Hinsicht zu beeinflussen, wobei Franz schon bald erkennen musste, welch glühende Hasserin Napoleons er geheiratet hatte. Die junge Frau kümmerte sich nicht nur um die ihr anvertrauten Stiefkinder, sondern betätigte sich auch politisch, wobei sie alles daran setzte, die Österreicher zum Kampf gegen Napoleon aufzustacheln. Mit ihren Hasstiraden stieß sie allerdings bei Franz auf fast taube Ohren, denn er war alles andere als ein Kämpfer und war froh gewesen, als 1806 endlich ein Friede mit dem Franzosenkaiser zustande gekommen war. Da Maria Ludovika in ihrer Kampfeslust in ihrer unmittelbaren Umgebung so wenig Echo fand, nahm sie eine Einladung nach Ungarn an, wo sie in Pressburg unter dem Jubel der Bevölkerung zur Königin von Ungarn gekrönt wurde. Ihr Charme und ihre durchsichtige Schönheit bezauberten die leicht entflammbaren Magyaren derart, dass sie ihrer neuen Königin versprachen, Truppen und Geldmittel im Kampf gegen Napoleon zur Verfügung zu stellen. Begeistert stickte daraufhin Maria Ludovika eigenhändig Fahnenbänder für die Armee, die sie im Stephansdom auf Stangen anbringen ließ.

Trotz ihrer politischen Ambitionen kümmerte sie sich rührend um die vielen Kinder ihres Mannes aus zweiter Ehe, eine ganz besondere Beziehung hatte sie zu der nur um vier Jahre jüngeren Marie Louise aufgebaut, die allerdings jäh durch den von Fürst Klemens Metternich entwickelten Heiratsplan zunichtegemacht wurde. Wahrscheinlich hatte Ludovika alle Hebel in Bewegung gesetzt, um die Heirat Marie Louises mit dem französischen Kaiser zu verhindern. Aber der Einfluss Metternichs auf Kaiser Franz war nicht zu brechen, Marie Louise wurde nicht nur in Wien »per procurationem« verheiratet, die Stiefmutter wurde darüber hinaus dazu ausersehen, als Brautmutter Marie Louise zum Altar zu führen! Eine Ironie des Schicksals!

Als die beiden Frauen einander erst im Jahr 1812 in Dresden wiedersahen, war eine eisige Barriere zwischen ihnen entstanden, vor allem, da Marie Louise in beinah protziger Weise ihren Status als Kaiserin herausstrich. Zu allem Überfluss war es nicht zu vermeiden, dass Maria Ludovika bei den festlichen Banketten als Tischnachbarin des französischen Kaisers zu fungieren hatte, wobei sie gute Miene zum bösen Spiel machen sollte.

Die politischen Aufregungen und die immer mehr zunehmende Kälte ihres Gatten hatten die labile Gesundheit der
jungen Frau stark beeinträchtigt. Da es Maria Ludovika seinerzeit vorgezogen hatte, beim Einzug ihres Erzfeindes in
Wien nicht anwesend zu sein, war sie lange mit den Kindern in Budapest geblieben, was natürlich nicht zur Verbesserung ihrer ehelichen Situation beitrug. Franz und sie
hatten sich schon seit langer Zeit auseinandergelebt, zu
unterschiedlich waren ihre Charaktere und zu verschieden
ihre Ansichten. Dazu kam, dass Fürst Metternich schon bald
an allen Schalthebeln saß und seine Kontrolle auch auf die
Briefe der Kaiserin ausdehnte. Er ließ selbst ihre private Post
kontrollieren und erfuhr daher, dass Maria Ludovika ihrer
Freundin der Gräfin Esterházy mitteilte, dass für sie die
Erfüllung der ehelichen Pflichten eine Überwindung kostete, da sie keine Liebe mehr für ihren Gemahl empfände.

Nachdem Maria Ludovika immer mehr dahinsiechte,
wusste sich ihr Leibarzt Dr. Thonhauser keinen anderen Rat
mehr, als sie im Frühling 1810 nach Karlsbad zu schicken.
Als in dem böhmischen Kurort bekannt geworden war, dass
die Gemahlin der Kaisers eintreffen würde, wandte man sich
mit der Bitte um ein Begrüßungsgedicht an den Dichter-
fürsten Johann Wolfgang von Goethe, der dieser Aufgabe
gerne nachkam und seine Verse *Der Kaiserin Ankunft* bei der
ersten Audienz, die ihm Maria Ludovika gewährte, selber
vortrug. Es war Sympathie auf beiden Seiten, denn schon
sehr bald erkannte Goethe, dass sich ihm gegenüber nicht
nur eine zauberhafte Frau befand, sondern auch ein Mensch,
der mit ungewöhnlichen Geistesgaben ausgestattet war,
obwohl Maria Ludovika schon bei den ersten Gesprächen
erkennen ließ, dass sie wenig Ahnung von der deutschen
Literatur hatte. Bald stellte sich heraus, dass es die immer
noch vorhandenen Sprachschwierigkeiten waren, die die

junge Frau abgehalten hatten, die Werke der deutschen Literatur zu lesen. Jetzt aber erfasste sie der Wunsch, mehr über die deutschen Dichter und ihre Werke zu wissen. Und wer hätte ein besserer Lehrmeister für die Gemahlin des Kaisers sein können als der große Goethe? Es waren viele Stunden, die beide gemeinsam im Gespräch verbrachten, und es hatte allgemein den Anschein, als wäre es mehr gewesen, als literarische Lektionen. Denn in ihren Briefen an ihren Mann erwähnte Maria Ludovika die anregenden Spaziergänge mit Goethe kaum, der sich mit Gedichten und der Komödie *Die Wette* bei der Kaiserin für die Geschenke bedankte, die ihm in ihrem Namen überbracht worden waren.

Nicht nur der charmante Geheimrat war ein großer Bewunderer der schönen Kaiserin, auch Karl August, der Herzog von Weimar, konnte sich ihrem zauberhaften Flair nicht entziehen, der allerdings damals schon mit einem gewissen Todeshauch gepaart war.

Der anstrengende Wiener Kongress, bei dem die Kaiserin als Gastgeberin brillierte, raubte der jungen Frau die letzten Kräfte. Ihr körperlicher Verfall war nicht mehr aufzuhalten. Auf einer Reise nach Italien, zu der die verzweifelten Ärzte geraten hatten, starb Maria Ludovika mit nur 29 Jahren in Verona.

# Der Kaiser und das Mädchen

*Als sein erstes Enkelkind das Licht der Welt erblickte, war Kaiser Franz Joseph 44 Jahre alt, ein Mann in den besten Jahren. Aber er selber fühlte sich nicht als junger Großvater, sondern als alter Mann.*

Vielleicht war es auch die monatelange Einsamkeit, die den Kaiser früh altern ließ, denn seine schöne Gemahlin Elisabeth hatte es längst vorgezogen, in aller Welt ihre Freiheit zu genießen, und es kümmerte sie wenig, dass ihrem allein gelassenen Gemahl eigentlich nichts anderes als die Arbeit übrig blieb. Bis er eine junge Frau kennenlernte, bei der er in den nächsten 14 Jahren die körperlichen Genüsse fand, die ihm Sisi schon lange verweigerte.

Anna war, als sie dem Kaiser begegnete, keineswegs mehr ein unbeschriebenes Blatt. Das Mädchen war im zarten Alter von 14 Jahren nach dem plötzlichen Tod seines Vaters Franz Nowak, einem Korbwarenfabrikanten, von der Mutter Hals über Kopf mit dem wesentlich älteren Seidenfabrikanten Johann Heuduck verlobt worden, der in Wien als gute Partie galt, sodass Anna versorgt zu sein schien. Es stellte sich aber bald heraus, dass dieser Heuduck ein Säufer und Spieler war, der alles andere als seine junge, schöne Frau im Kopf hatte. Es blieb Anna nichts anderes übrig, als sich ihr Leben, soweit es ging, selbst zu gestalten. Und dies war so lange möglich, bis sie eines Tages dem Kaiser in Schönbrunn begegnete, der den Reizen der jungen Frau nicht widerstehen konnte. Ohne dass ihr Ehemann eine Ahnung hatte, marschierte Anna jeden Tag im Morgengrauen aus

dem siebenten Wiener Gemeindebezirk bis nach Schönbrunn, da der Kaiser auch bei seinen höchst privaten Gefühlen den Morgen bevorzugte. Was in aller Heimlichkeit
begonnen hatte, blieb nicht lange verborgen, denn die
Geheimpolizei war wachsam und registrierte akribisch
genau die amourösen Stelldicheins des Kaisers, was Anna
auch in ihrem Tagebuch erwähnte, das erst nach dem Tod
ihrer Tochter Helene im Jahr 1976 zur Veröffentlichung frei
gegeben wurde. Natürlich durfte Annas Gatte nichts von
den geheimen Treffen wissen, auch wenn die Ehe längst in
die Brüche gegangen war und es Anna gelang, die Scheidung
durchzusetzen. Woher allerdings das Geld gekommen war,
das Heuduck vor dem Schuldturm errettete, darüber hatte
sich der Trunkenbold anscheinend keine Gedanken
gemacht.

Auch die zweite Ehe mit dem stadtbekannten Casanova
Franz Nahowski war nicht vom Glück begünstigt, obwohl
Anna immer wieder ihrem Tagebuch anvertraute, wie sehr
sie dieser ungewöhnlich gut aussehende Mann körperlich
reizte, was sie von Franz Joseph nicht gerade berichtete. Jahrelang befand sich die junge Frau in einem inneren Zwiespalt, einerseits war ihre Affäre mit dem Kaiser völlig aussichtslos, sie wusste auch, dass der körperlich vernachlässigte
Mann lediglich das suchte, was ihm in seiner Ehe verwei-
gert wurde, andererseits verheimlichte sie das Verhältnis
ihrem eifersüchtigen Ehemann gegenüber, einem einfachen
Eisenbahner, der niemals seiner Frau so ein luxuriöses Leben
hätte bieten können, wie es Anna und ihre Familie dank der
Großzügigkeit des Kaisers hatten führen können. Als sich
allerdings immer wieder Schwangerschaften einstellten,
wurde Nahowski aus Oberitalien nach Wien versetzt, der
Kaiser wollte nicht unbedingt als Kindsvater aufscheinen.

So wie ihr erster Ehemann auch, machte Nahowski schon

nach kurzer Zeit Schulden, über deren Tilgung er sich nicht allzu viel den Kopf zerbrach. Anna regelte diese Angelegenheit auf ihre Weise. Der Kaiser war in jeder Hinsicht ein splendider Mann, der Anna auf ihr Bitten hin ab und zu ein prall gefülltes Kuvert überreichte. Später stellte es sich heraus, dass es über 100 000 Gulden gewesen waren, die Franz Joseph im Laufe der Zeit seinem Liebchen spendiert hatte. Bedenkt man, dass ein Hofjäger ein monatliches Gehalt von 100 Gulden bekam und ein bis zur körperlichen Erschöpfung schuftender Ziegelarbeiter in der Woche 6 bis 7 Gulden verdiente, so erkennt man, wie lukrativ die Samaritertätigkeit Annas gewesen war. Die junge Frau konnte sich nicht nur während ihrer Liaison mit dem Kaiser ein Haus in der Nähe von Schönbrunn mit einem geheimen Eingang für den Liebhaber leisten, sie führte schließlich das sorglose Leben einer Frau aus wohlhabenden Kreisen, obwohl ihr Ehemann schon längst seine Anstellung verloren hatte.

Natürlich konnte es nicht ausbleiben, dass aus den intensiven Beziehungen zu Franz Joseph auch Kinder unterwegs waren, von denen die Tochter Helene eine nicht zu übersehende Ähnlichkeit mit der älteren Kaisertochter Gisela aufwies. Doch Nahowski sah auch dieses Kind als sein eigenes an. In ihrem Tagebuch allerdings vermied es Anna tunlichst, die intimsten Details zu veröffentlichen. Ganz im prüden Stil der Zeit beschränkte sie sich darauf, dass sie Franz Joseph stets in den frühen Morgenstunden in ihrem Haus im Bett empfing, er sie stürmisch küsste, worauf sie beide – etwas später – rauchend beim Kaffee saßen. Warum der Kaiser seine Uniform ablegte, sodass sie sein zerrissenes Unterhemd zu Gesicht bekam, erläuterte sie nicht näher. Aber Franz Joseph hätte ein Mann aus Stein gewesen sein müssen, hätte er sich bei seinen kostspieligen Rendezvous mit der blühenden jungen Frau nur auf eine Küsserei beschränkt. Wahrscheinlich fand man selbst im 19. Jahrhundert nichts dabei, wenn der einsame Kaiser ab und zu sein Vergnügen in den Armen einer willigen Frauensperson suchte, die von einer einzigen Sorge geplagt wurde, dass irgendwann diese finanziell interessante Affäre und damit der Geldsegen zu Ende sein würden.

Und dieser Tag kam früher, als Anna gedacht hatte. Denn eines Abends hatte Franz Joseph die fesche Katharina Schratt bei einer Aufführung im Burgtheater entdeckt und war vom dem Charme der jungen Frau entzückt. Seine Besuche bei Anna wurden daher immer seltener und als die Geliebte begann, ihm bei seinen Spaziergängen mit der Schratt nachzuspionieren und ihm Vorwürfe zu machen, da beschloss der Kaiser, seine Beziehung zu Anna möglichst rasch zu beenden. Wahrscheinlich wusste er zunächst nicht, wie er diese Situation meistern sollte, ohne dass Anna einen Skandal provozieren würde, es hatte sich durch ihr Weinen und Lamentieren abgezeichnet, dass sie nicht so einfach die Flinte ins Korn werfen wollte, um Katharina Schratt, die noch dazu von der Kaiserin favorisiert wurde, an der Seite Franz Josephs Platz zu machen.

Der Kaiser wählte den richtigen Weg, um Anna zu besänftigen. Die junge Frau wurde in die Hofburg bestellt, wo ihr ein Baron, den sie natürlich nicht kannte, ein Geschenk Kaiser Franz Josephs überreichen sollte. In einem Gespräch wurde ihr mitgeteilt, dass sie die Höhe der Abfindung für die 14 Jahre, die sie im Dienste des Kaisers gestanden hatte, selbst bestimmten könnte. Anna war nicht zimperlich: Sie forderte dieselbe Summe, die sie schon einmal erhalten hatte, und für ihre Kinder noch einmal 50 000 Gulden. Sie beschrieb die Situation in ihrem Tagebuch: »Bitte sagte ich, u. Ich glaube er muß mir das Unbehagen u. den

Ekel von Gesicht herabgelesen haben, was mir diese Fech-
terei [Bettelei] verursachte. Machen Sie die zweiten Hun-
derttausend voll. Schnell entschlossen sagte er ja, gut, stand
auf, ging zu einer 3-thürigen großen Casse und nahm zwei
Packen Tausender heraus, u. war sichtlich erfreut so billig
davon gekommen zu sein.«

Als Gegenleistung für diese äußerst großzügige Abfindung, die Anna und ihren Kindern ein sorgenfreies Leben
in der Zukunft bescherte, unterschrieb die Frau folgende
Erklärung:

»Ich bestätige hiermit daß ich am heitigen Tag 200 000 fl
als Geschenk von Seiner Majestät den Kaiser erhalten habe.
Ferner schwöre ich, daß ich über die Begegnung mit Seiner
Majestät jederzeit schweigen werde. Anna Nahowski Wien,
14. März 1889«.

Obwohl Anna Nahowski den Kaiser zumindest aus der
Ferne noch manchmal sah, ergab sich keine neuerliche
Begegnung. Der alternde Kaiser hatte endlich die Frau
gefunden, die ihn in ihrer unkomplizierten, amüsanten Art
erheiterte und als echte »Freundin«, wie auch die Kaiserin
sie bezeichnete, seine Wegbegleiterin bis an sein Lebensende
wurde.

# Die dichtende Überraschungskönigin

*Niemals hätte es sich Elisabeth zu Wied träumen lassen, dass ihr phantastischer Wunsch einmal in Erfüllung gehen und sie tatsächlich Königin von Rumänien werden sollte.*

Als das dritte Kind von Hermann Fürst zu Wied am 29. Dezember 1843 in Neuwied am Rhein das Licht der Welt erblickte, lag vor der kleinen Elisabeth ein Leben, das sie aller Wahrscheinlichkeit nach ganz konventionell an der Seite eines Adeligen im heimischen Deutschland oder vielleicht in Österreich verbringen würde, obwohl das Mädchen, das schon sehr bald einige ungewöhnliche Talente erkennen ließ, ab und zu die Vorstellung äußerte, Lehrerin werden zu wollen. Aber dieser Beruf war im 19. Jahrhundert weder attraktiv und schon gar nicht standesgemäß. Dass sich Elisabeth für Musik begeisterte, tolerierten und förderten die Eltern und als Clara Schumann im väterlichen Schloss konzertierte und sich mit Freuden bereit erklärte, dem talentierten Mädchen Klavierstunden zu geben, waren auch die Eltern von der Musikalität ihrer Tochter überzeugt.

Elisabeth entwickelte sich zu einem schwärmerischen jungen Mädchen, das die Dichtungen der Romantik begeistert las und sich selber auch in kleinen Gedichten versuchte. Es entsprach so ganz dem Stil der Zeit, dass auch Mädchen zur Feder griffen, Vorbilder waren allmählich bekannt geworden wie Karoline Pichler oder Bettina von Arnim. Die Verbindung von Poesie und Musik sollte für Elisabeth zu Wied Teil ihres Lebenswerkes werden.

Über einen Mangel an Verehrern konnte sich die reizende Prinzessin nicht beklagen, aber keiner entsprach ihren Vorstellungen, da sie immer wieder spaßeshalber betonte, dass eigentlich nur der zukünftige König von Rumänien bei ihr echte Chancen haben würde. Und dass sie ausgerechnet diesem in die Arme fiel, als sie in ihrer temperamentvollen Art über eine Treppe stolperte, war mehr als eine Fügung des Schicksals. Aus der ungewöhnlichen Begegnung wurde bald Liebe und es dauerte nicht lange, bis der schneidige spätere General Karl Eitel Friedrich von Hohenzollern-Sigmaringen um die Hand der schönen Prinzessin anhielt. Er hatte Glück, denn schon im Jahr 1866 war er in Rumänien zum Nachfolger des Fürsten Guza vorgeschlagen worden, der zwar den Staat nach bestem Wissen und Gewissen reformiert, aber den Bogen überspannt hatte, sodass sich die altkonservative Partei im Lande entschlossen hatte, einen westlich orientierten Herrscher zu wählen. Der Weg war frei für Elisabeth, ins Land ihrer Träume zu ziehen, als sie 1869 Karl Eitel Friedrich ihr Ja-Wort gab.

Viele Gerüchte breiteten sich über ihre Ehe, die anfangs zumindest wie eine Liebesheirat gewirkt hatte. Wie sich die Stimmung zwischen beiden in den späteren Jahren entwickelte, darüber gibt es zahlreiche und voneinander abweichende Aussagen. Vielleicht waren die beiden zu verschieden, als dass sie innerlich zueinander finden konnten, die sensible Dichterin und Musikerin, die schon bald den Künstlernamen Carmen Sylva, »Lied des Waldes«, angenommen hatte, lebte in einer anderen Welt als ihr realpolitisch denkender Ehemann Carol I., wie er in Rumänien genannt wurde. Vieles, was beide in den zukünftigen Jahren entzweien sollte, war auf ihre Stellung im Lande zurückzuführen. Denn es war nicht leicht für einen Deutschen auf dem rumänischen Thron, der durch die Gunst der Westmächte geschaffen worden war, sich zu behaupten. Erst nach dem Unabhängigkeitskrieg gegen die Türken 1878/79 und durch die eindeutigen Bestimmungen im *Vertrag von Berlin* wurde Carol als König anerkannt und erhielt größere Machtkompetenzen. Seine glanzvolle Krönung erfolgte allerdings erst im Jahre 1881.

Die junge Gemahlin des Königs war nicht nur ins Land ihrer Sehnsucht gekommen, sondern in eine völlig ungewohnte Umgebung, die sie sich in ihren romantischen Träumen wahrscheinlich ganz anders vorgestellt hatte. Hier in dem von Armut und Unterentwicklung gekennzeichneten Rumänien erkannte sie rasch, dass die Realität wenig mit ihren einstigen Vorstellungen von dem geheimnisvollen Land gemein hatten. Aber sie stellte sich unermüdlich der Wirklichkeit, ohne ihre künstlerischen Fähigkeiten zu vernachlässigen. Anders als ihre berühmte »Kollegin« Sisi, mit der sie sich seelenverwandt fühlte und in freundschaftlicher Verbindung stand, trachtete sie danach, dem Volk zu helfen und die Not zu lindern. Schon im Russisch-Türkischen Krieg, der in den Jahren 1877/78 wütete und ein Heer von Verwundeten und Toten forderte, erwies sich die junge Frau als guter Engel, sie kümmerte sich um die Blessierten und stand so manchem in seiner Todesstunde bei. Obwohl man ihr von Seiten des rumänischen Volkes, das aus vielen Völkerschaften bestand, die jahrhundertelang unter türkischer Herrschaft gestanden hatten, anfänglich misstrauisch gegenüber getreten war, erkannte man sehr bald die guten Absichten der jungen Frau, die selber ein schweres Schicksal zu ertragen hatte. Denn ihr einziges Kind, eine Tochter, starb mit nur vier Jahren, ein Schlag, den Carmen Sylva ein Leben lang nicht verkraftete, was in vielen ihrer Lieder und Gedichte, die sie nach dem Tod des Kindes schrieb, zum Ausdruck kam: »Wie oft, leider, schaue ich auf deine geschlossene Tür, wie oft sage ich mir: ›gleich geht sie auf und so wie früher werde ich mein rosig Kindchen sehen, das mit kleinen Sprüngen, tanzend zu mir kommt!‹« Immer mehr zog sich Carmen Sylva in ihre eigene Welt zurück, ohne aber ihre Pflichten als Königin zu vernachlässigen. Sie arbeitete beinah rund um die Uhr, gründete Schulen und Krankenhäuser, kümmerte sich um völlig verarmte alte Leute und rief eine Handarbeitsschule ins Leben, wo die Kunst der rumänischen Stickerei, die in aller Welt berühmt war, gepflegt werden sollte. Denn durch die aufkommende internationale Mode war die Gefahr groß, dass man auch in Rumänien dazu überging, Pariser oder italienische Stoffe zu kaufen. Die Königin selbst zeigte sich daher, wo es nur ging, in prächtig gestickten einheimischen Trachten, um den Damen der Gesellschaft zu zeigen, welch große Kunst man keinesfalls vernachlässigen sollte. Es war kein Wunder, dass bei der ununterbrochenen Tätigkeit Carmen Sylvas Gesundheitszustand litt, bei Tage kam sie ihren vielfältigen Aufgaben nach und wenn es Nacht wurde, galt es zu repräsentieren, denn man erwartete vom Königspaar, dass es bei allen Festen präsent war. Nur ab und zu gönnte sich Carmen Sylva ein paar Tage der Erholung in ihrer Sommerresidenz in Peles bei Sinaia, die ihr Gemahl im Jahre 1870 hatte erbauen lassen. Hier empfing sie auch ihre Gäste, die sie schwärmerisch feierten, denn trotz ihres großen Aufgabenbereiches war Carmen Sylva zu einer geradezu mythischen Figur unter den Herrscherinnen in Europa geworden. Ihre Werke, die sie lange Jahre nur in deutscher Sprache schrieb, füllten die Bibliotheken der Sammler, denn Carmen Sylva verfasste nicht nur Gedichte und Versepen, sie schrieb allein oder zusammen mit ihrer Vertrauten und Hofdame Mite Kremnitz Trauerspiele, daneben Romane und Kinderbücher, am bekanntesten wurden aber ihre *Pelesch-Märchen*, die sich mit geheimnisvollen Mythen des rumänischen Volkes beschäftigten. Dabei versuchte Carmen Sylva durch ihre literarischen Werke und durch den Umgang mit den bedeutendsten Schriftstellern und Musikern ihrer Zeit Einfluss auf die geistige Bildung der einfachen Menschen zu nehmen, um ihnen als »dichtende Königin« aufzuzeigen, dass ein Aufstieg in andere soziale Schichten nur über die Entwicklung der geistigen Fähigkeiten möglich sein kann. Carmen Sylva verausgabte sich in ihrer Arbeit, die anscheinend von ihrem Ehemann wenig geschätzt wurde, obwohl sie sich über Carol I. seltsamerweise bewundernd geäußert hatte: »Karl ist prächtig… Nach seinem Tod wird man ihn ›Karel der Weise‹ nennen.«

Sie selber dachte wenig an ihre Gesundheit, sodass sie eines Tages von einer schweren Nervenkrise befallen wurde, die sie für längere Zeit in Italien und später bei dem berühmten Dr. Mezger in den Niederlanden auszuheilen suchte. Erst zu ihrer Silberhochzeit kehrte sie nach Rumänien zurück, wo »das Mütterchen«, wie sie mittlerweile genannt worden war, vom Volk begeistert umjubelt wurde. Die dichtende Königin und bewundernswerte Frau starb zwei Jahre nach dem Ausbruch des Ersten Weltkrieges im Jahr 1916.

# Schüsse, die die Welt veränderten

*Die Nacht von Mayerling birgt so manches Rätsel in sich. Was in den Stunden zwischen dem Abend des 30. Jänner 1889 und dem Morgen des darauf folgenden Tages in den Räumlichkeiten des Jagdschlosses geschah, ist bis heute noch nicht zur Gänze aufgeklärt.*

Die tödlichen Schüsse von Mayerling hatten nicht nur Franz Joseph und Elisabeth ihres einzigen Sohnes beraubt und Helene Vetsera, der Mutter Marys, die erst 16-jährige Tochter genommen, die Katastrophe war viel weitreichender und für die Zukunft der Monarchie verhängnisvoll. Kronprinz Rudolf galt all jenen, die mit der traditionsgebundenen konservativen Politik des Kaisers nicht einverstanden waren, als Hoffnungsträger, der eigene Vorstellungen von einem modernen Staat entwickelt hatte, die er nur in verschlüsselter Weise in die Öffentlichkeit tragen konnte. Und dieser Mann war plötzlich im Alter von nur 30 Jahren unter dubiosen Umständen aus dem Leben geschieden.

Wie ein Lauffeuer hatte sich die traurige Nachricht in Wien verbreitet, allerdings war in der vom Kaiserhaus bekannt gegebenen Version nur vom Tod des Thronfolgers die Rede, zu moralisch belastend wäre in diesem Zusammenhang der Tod der jungen Vetsera gewesen, eines hysterischen Backfisches, der bereit gewesen war, mit Rudolf in den Tod zu gehen. Deshalb setzte man alles daran, die Leiche des Mädchens möglichst rasch aus der Welt zu schaffen und sie bei Nacht und Nebel in Heiligenkreuz zu verscharren.

Betrachtet man in der Nachschau die Vorgeschichte der dramatischen Nacht, so verwundert es, dass die zuständigen Behörden, allen voran der amtierende Polizeipräsident Baron Krauß, nicht alle Hebel in Bewegung gesetzt hatten, um das Unglück zu verhindern. Denn nicht nur er, auch der Ministerpräsident Graf Taaffe, war von merkwürdigen Vorkommnissen, die sich rund um den Kronprinzen abspielten, in Kenntnis gesetzt worden. Helene Vetsera und auch die Gräfin Larisch, eine Nichte der Kaiserin, hatten das plötzliche Verschwinden der jungen Mary Vetsera der Polizei gemeldet und ihre Sorge zum Ausdruck gebracht, es könnte sich ein Unglück ereignen. Krauß hatte die Damen mit nichts sagenden Bemerkungen abgespeist, genauso wie er die Aussagen Mizzi Caspars, einer Prostituierten und engen Vertrauten des Kronprinzen, die im Polizeipräsidium erschienen war, um dort die Selbstmordabsichten des Kronprinzen zu Protokoll zu gegeben, als Geschwätz einer Halbweltdame abtat.

Kaiser Franz Joseph hatte trotz des offenbaren Selbstmordes vom Papst die Genehmigung erhalten, den einzigen Sohn mit allen Ehren in der Kapuzinergruft bestatten zu lassen. Die Aussage der den Schädel untersuchenden Ärzte, man habe Anomalien in den Hirnwindungen festgestellt, die zu einer plötzlichen Verwirrung des Geistes geführt haben könnten, hatte genügt um ein christliches Begräbnis zu ermöglichen.

Kaum hatten sich die Tore der Kapuzinergruft hinter dem Sarg geschlossen, als schon die ersten Gerüchte auftauchten, wie der Kronprinz eigentlich ums Leben gekommen sein konnte, denn die offizielle Version des Kaiserhauses, der 30-jährige Rudolf wäre einem Herzversagen erlegen, schien den wenigsten glaubwürdig. Daher trafen von überall anonyme Hinweise über mögliche Mörder oder Mordmotive im

Polizeipräsidium ein: »Die vox populi hält zähe daran fest, dass schon am Dienstag im Walde von Mayerling auf den Kronprinzen geschossen worden sei.« Im gleichen Schreiben findet sich noch eine erstaunlichere Geschichte, wonach Rudolf, der Aglaja Auersperg, eine Freundin seiner Schwester Marie Valerie, angeblich geschwängert haben soll, nach Vorsprache des Fürsten Auersperg beim Kaiser von seinem eigenen Vater zu einer ritterlichen Sühne gezwungen wurde. Dabei zog Rudolf in dem vorgeschlagenen amerikanischen Roulett die schwarze Kugel, die für ihn den Tod bedeutete. Er hatte die Pflicht, sich binnen sechs Monaten umzubringen. Und so, wie dies der Anonymus berichtete, war am 30. Jänner die Frist abgelaufen.

Diese Geschichte entbehrt aller Wahrscheinlichkeit, da im Kaiserhaus ungewollte Schwangerschaften auf eine spezielle Weise geregelt wurden. Weshalb hätte dies bei Aglaja Auersperg anders sein sollen. Warum allerdings die Familie Auersperg noch Jahrzehnte später bei der geplanten Veröffentlichung des Polizeiberichtes ihr Veto einlegte, ist heute noch ein Rätsel.

Auch die ausgestreute Vermutung, dass sich die ehemalige Geliebte Rudolfs Mina Pick, die in zweiter Ehe den Grafen Leiningen geheiratet hatte und sich an dem Kronprinzen rächen wollte, indem sie ihn bei Nacht und Nebel durch gedungene Mörder umbringen ließ, entbehrt jeder Realität.

Auch mögliche Attentäter, die sogar der Kaiser angeworben haben soll, da er sich durch seinen Sohn gefährdet gefühlt hätte, wurden ins Treffen geführt, wobei ein eventueller Staatsstreich durch Rudolf und seinen Cousin Johann Salvator als Motiv angesehen wurde. Diese kühne Vermutung ist mit dem Charakter des Kaisers völlig unvereinbar. Zwar hatte der Kaiser keine großen Visionen für die

Zukunft, war aber sicherlich ein redlicher Mann, dem so eine Intrige nicht zuzutrauen war.

Näher kam man schon mit der Vermutung, dass irgendein gehörnter Ehemann, erzürnter Vater, betrogener Förster Hand an den als Casanova bekannten Kronprinzen gelegt hat. Denn das Gerücht hielt sich in Wien hartnäckig, dass Rudolf keinem weiblichen Wesen widerstehen konnte. Dass der Thronfolger aufgrund seiner Gonorrhö, die ihm ständig Schmerzen verursachte und die man mit den damaligen medizinischen Mitteln nur eindämmen, aber nicht heilen konnte, ein kranker Mann war, der noch dazu alle möglichen Drogen benötigte, um überhaupt handlungsfähig zu sein, bedachte man bei den phantastischen Schilderungen der Manneskraft des Thronfolgers nicht.

Daher wurde einer Version eines wieder anonymen Konfidenten besonders Glauben geschenkt, der berichtete, dass Rudolf sich schon am Dienstag Vormittag in Mayerling mit der Tochter eines Bauern oder in anderer Berichterstattung Forstmannes vergnügte, als plötzlich der Vater die beiden in flagranti ertappte und in seiner Wut Rudolf so heftig über den Kopf schlug, dass der Schädel zu Bruch ging. Graf Hoyos, der seltsamerweise am Tatort eingetroffen war, eilte sofort nach Wien, um Professor Billroth mitzuteilen, der Kronprinz fühle sich nicht wohl. Der Professor konnte allerdings nach der Untersuchung nur noch den Tod feststellen.

Fast täglich wurden neue sensationelle Gerüchte innerhalb der Wiener Bevölkerung ausgestreut, die beinahe ins Schauerliche gingen. So erzählte man sich, dass der Kronprinz in einer ziemlich eindeutigen Situation mit der jungen Frau des Försters von Breitenfurt von dem plötzlich heimkehrenden Ehemann ertappt wurde. Der Förster zögerte angeblich nicht lange und entmannte den Thronfolger, bevor er sich und seine treulose Frau erschoss. Wie der in seinem Blute schwimmende Kronprinz dann nach Mayerling gebracht worden war, wo sich Rudolf in einem Augenblick, als er die Besinnung wieder erlangte, in den Kopf geschossen haben soll, darüber gibt der anonyme Konfidentenbericht freilich keine Auskunft. Auf alle Fälle erscheinen in den meisten Darstellungen Förster als Täter, so wie jener, der Rudolf mit einer Sektflasche erschlagen haben soll, um die Ehre seiner Frau zu rächen.

Natürlich konnte es nicht ausbleiben, dass nach einiger Zeit auch der Name Mary Vetsera auftauchte und mit ihm alle möglichen Vermutungen, von einer geheimen Schwangerschaft des Mädchens bis zur Beschuldigung, Mary habe ihren Liebhaber entweder vergiftet oder erschossen. Nur einige wenige kannten die Wahrheit, wobei der Sekretär im Obersthofmeisteramt Heinrich Freiherr von Slatin, der zusammen mit dem Prinz Philipp von Coburg am Tatort gewesen war, einen ziemlich genauen Bericht darüber gab, was er im Schlafzimmer des Kronprinzen gesehen hatte: Er bezeugte unter Eid, »daß die Schädeldecke abgesprengt, Blut und Gehirnteile herausgequollen waren … Der Kronprinz erschoß im Einvernehmen mit Mary Vetsera diese und dann sich.«

Das Kaiserhaus schwieg beharrlich zu allen Gerüchten und verpflichtete alle, die Genaueres über den Tod des Kronprinzen hätten aussagen können, zu ewigem Schweigen. Kein Schatten sollte auch in Hinkunft auf das Erzhaus fallen!

# Die Schwester von Kronprinzessin Stephanie war eine Verschwenderin

*Nicht die Gemahlin Rudolfs erlitt einen Nerven-*
*zusammenbruch, als sie vom rätselhaften Tod ihres*
*Mannes erfuhr, sondern ihre schöne Schwester Louise*
*von Coburg.*

Diese Tatsache musste die Gerüchte verstärkt haben, dass zwischen dem österreichischen Thronfolger und seiner Schwägerin mehr bestanden hatte als nur verwandtschaftliche Zuneigung. Und wer die schöne Louise kannte, die von einer Schar von Verehrern ständig umgeben war, der konnte alle möglichen Munkeleien nur unterstützen, wenngleich es sich herausstellen sollte, dass die belgischen Königstöchter in Wien nicht das Glück ihres Lebens gefunden hatten.

Louise von Sachsen-Coburg war so wie ihre Schwester Stephanie eine Tochter des belgischen Königspaares. Der Vater, König Leopold II., war ein skrupelloser Spekulant, der ein Vermögen durch dubiose Geschäfte angehäuft hatte, aber nicht gewillt war, seinen Kindern wenigstens halbwegs unter die Arme zu greifen. Seine Gemahlin, die schöne Henriette, hatte den Coburger eigentlich gegen ihren Willen geheiratet. Sie hatte wahrscheinlich geahnt, dass man mit so einem ausgeprägten Egoisten kaum glücklich werden konnte. Und sie hatte Recht gehabt. Denn schon wenige Tage nach der Hochzeit betrog sie ihr junger Ehemann in schamloser Weise. Zutiefst verletzt zog sich Henriette zurück, nicht um sich den drei Töchtern zu widmen, sondern um die Kinder drakonisch zu erziehen. Die Mädchen wuchsen in einer lieblosen Atmosphäre auf, sodass sie eigentlich glücklich sein konnten, dass schon sehr bald Freier vor der Tür standen, die allerdings zunächst ein Auge auf die schöne Louise geworfen hatten. Und da der Vater froh war, dass die Töchter bald aus dem Hause gingen, willigte er in die Werbung des wesentlich älteren Prinzen Philipp von Sachsen-Coburg ein, der um die Hand der 15-jährigen Louise angehalten hatte.

Zunächst schien es, als hätte Louise das große Glück gemacht, denn der Bräutigam erschien ihr als kultivierter, keineswegs unangenehmer Mann, der, so wie es üblich war, versprach, sie auf Händen tragen zu wollen. Und das war es, was das schüchterne Mädchen sich erträumte.

Den ersten Schock erlebte die »Rose von Brüssel«, wie die schöne Braut mit dem langen blonden Haar und den hellbraunen Augen genannt wurde, schon in der Hochzeitsnacht. Völlig unaufgeklärt war sie plötzlich mit dem leidenschaftlichen Philipp von Coburg allein, der seine Begierde nicht zu zügeln vermochte. Völlig aufgelöst floh die Braut aus dem Zimmer auf Schloss Laeken und versteckte sich in einem Glashaus, wo das weinende Mädchen von einem Gärtner gefunden wurde. Wenn sich auch in den späteren Monaten das Verhältnis zwischen den Eheleuten besserte, so blieb für Louise die Erinnerung an ihre Hochzeitsnacht lebenslang im Gedächtnis. Freilich war im Laufe der Zeit aus dem zurückhaltenden Mädchen eine blendend raffinierte junge Frau geworden, die man mit den diversen Männern des Kaiserhauses in Verbindung brachte, von denen der unattraktive Bruder des Kaisers Ludwig Viktor vielleicht die unüberlegteste Wahl darstellte. Da dieser junge Mann allgemein für seine böswillige Tratschsucht bekannt war, zögerte er nicht, seine Liaison mit der Schwägerin des

Thronfolgers bis ins intimste Detail herumzuerzählen, was den ohnehin übertrieben eifersüchtigen Ehemann rasend machte.

Je mehr Louise merkte, welche Wirkung sie auf Männer ausübte, umso intensiver widmete sie sich ihrer äußeren Erscheinung. Sie bestellte die teuersten Toiletten, dazu natürlich den entsprechenden Schmuck und die nötigen Accessoires, sodass es nicht lange dauerte, bis sie als die eleganteste Frau der Kaiserstadt galt, die überall, wohin sie kam, Aufsehen erregte. Auch dem völlig unbedeutenden kroatischen Leutnant der 13. Ulanen verdrehte sie den Kopf. Sie konnte dabei nicht ahnen, dass dieser eher schmächtige Geza Mattachich ihr Schicksal werden sollte, obwohl die Standesunterschiede in der damaligen Zeit unüberbrückbar schienen. Aber dies störte Louise keineswegs, denn schon nach kurzer Zeit entwickelte sich zwischen beiden ein Liebesverhältnis, von dem auch der Kaiser erfuhr. Und da Franz Joseph noch von den Vorgängen um den Tod seines Sohnes geschockt war, ließ er kundtun, dass diese Affäre möglichst diskret zu behandeln sei, er wolle auf keinen Fall ein zweites Mayerling.

Natürlich setzte der gehörnte Ehemann und Vater zweier Kinder Prinz Philipp alles daran, die Amouren seiner Gemahlin zu unterbinden, was ihm aber zunächst nicht gelingen sollte. Denn Louise und Mattachich hatten es vorgezogen, ein Luxusleben in Paris und an der Riviera zu führen, das allerdings Philipp von Coburg zu finanzieren hatte. Denn Louise orderte nicht nur die teuersten Roben, das Paar stieg nur in den exquisitesten Hotels ab, berauschte sich nächtelang mit teuerstem Champagner und beauftragte die Gläubiger, die Rechnungen an Philipp von Coburg zu schicken. Im Laufe der Zeit beliefen sich die ausständigen Beträge auf über zwei Millionen Gulden. Man hatte Louise überall Kredit gewährt, Wechsel und ungedeckte Schecks angenommen, da sie immer wieder darauf hinwies, dass sie einmal ihren steinreichen Vater König Leopold beerben würde. Anfangs zahlte Philipp die Schulden seiner Gemahlin und ihres Liebhabers, der sich überall als Graf ausgab. Als sie aber überhaupt keine Grenzen mehr kannte, ließ er öffentlich verlautbaren, »daß er keine Haftung für jene Schulden übernehme, welche seine Gemahlin Ihre königliche Hoheit Prinzessin Louise von Sachsen-Coburg und Gotha eingeht«.

Nun stürzten sich die Gläubiger auf das Hochstaplerpärchen, das überall nur kurze Zeit auftauchte und so schnell es ging wieder verschwand. Denn man drohte Louise und ihrem Galan mit einem Gerichtsverfahren, da man festgestellt hatte, dass die Unterschrift von Stephanie, der Schwester Louises, auf etlichen Wechseln gefälscht war.

Nachdem die Sache ungewöhnlich eskalierte, schaltete sich wieder der Kaiser ein. Und obwohl das Duell eigentlich verboten war, kam es doch zu einem Schlagabtausch zwischen Philipp und Geza Mattachich. Angeblich schossen beide daneben und im Säbelduell verletzte Mattachich den Prinzen am Daumen, sodass diese Auseinandersetzung ohne Ergebnis blieb. Jetzt wurden aber die Wiener Behörden tätig, man stellte Strafantrag gegen Mattachich wegen Urkundenfälschung, Unterschlagung und Verführung, wobei es nicht leicht fiel, das Pärchen aufzufinden. Schließlich verhaftete man Mattachich in Agram, Louise nahm man ebenfalls in Gewahrsam und brachte sie in ein Irrenhaus in Döbling, von wo sie in weitere psychiatrische Kliniken überstellt wurde. Nach seiner Verurteilung wurde Matachich nach Möllersdorf in den Kerker gebracht, wo es ihm aber möglich war, wieder ein Liebesverhältnis anzufangen, obwohl er nur einen Wunsch hatte, Louise aus der Nervenheilanstalt in der Nähe Dresdens zu befreien. Auf abenteuerliche Weise gelang die Flucht, wobei die beiden unerkannt quer durch Deutschland reisten, um nach Paris zu gelangen. Dort fanden sie abermals Geldgeber, sodass sie ihr gewohntes Leben wieder aufnehmen konnten, obwohl auch jetzt keine Gelder aus Belgien flossen.

1906 war die Ehe der Coburgs geschieden worden, nachdem Philipp an den Rand des finanziellen Ruins gekommen war. Mit Ausbruch des Ersten Weltkrieges veränderte sich das Leben Louises und Mattachichs drastisch, man besann sich darauf, dass die Prinzessin belgischer Abkunft war, und wies sie aus Österreich aus. Der absolute Abstieg begann für beide. Total verarmt floh Louise zu ihrer Schwester Stephanie, zog aber dann weiter nach Budapest, wo sie in den Verdacht geriet, Spionin zu sein. Im letzten Moment hob Bela Kun das Todesurteil gegen sie auf, sie wurde aus Ungarn ausgewiesen und fand trotz aller bisherigen Allüren wieder Aufnahme in Österreich. Nachdem im Jahre 1921 ihr einstiger Ehemann Philipp gestorben war, ohne ihr Geld zu hinterlassen, ereilte auch den »Pseudo-Grafen« Mattachich in Paris der Tod. Louise selber nahm ihr unstetes Leben wieder auf, reiste mit einigen Getreuen in Deutschland umher, machte überall, wo sie auftauchte, Schulden, bis sie am 1. März 1924 in Wiesbaden die Augen für immer schloss.

# Eine Erzherzogin auf Abwegen

*Schon als kleines Kind zeigte die Tochter des toskanischen Großherzogs Ferdinand IV. oftmals ein höchst eigenwilliges Verhalten, das so ganz und gar nicht den Gepflogenheiten des ausgehenden 19. Jahrhunderts entsprach. Ihr Leben sollte ein einziges Aufbegehren gegen die starren Konventionen sein.*

Aus dem ehemaligen, zu allen möglichen Späßen aufgelegten Wildfang Luise, der am 2. September 1870 in Salzburg als Tochter Nandos, wie der Großherzog im Familienkreise genannt wurde, das Licht der Welt erblickt hatte, wurde im Laufe der Jahre zwar ein überaus attraktives Mädchen, das aber keineswegs gewillt war, sich den Anordnungen der Eltern widerstandslos zu unterwerfen. Genauso wie sie im Spiel mit den Brüdern gewohnt war, ihren Kopf durchzusetzen, so hielt sie es auch mit den Freiern, die man für sie ausgesucht hatte. In ihrer Ablehnung des bulgarischen Prinzen Ferdinand nahm sie sich kein Blatt vor dem Mund und erklärte dem verblüfften jungen Mann rund heraus, dass sie niemals daran dächte, seine Frau zu werden. Sie hatte sich nämlich bei einem Besuch in Dresden unsterblich in den feschen Friedrich August von Sachsen verliebt. Luise konnte damals nicht ahnen, dass sie an der Seite des zukünftigen sächsischen Königs alles andere als glücklich werden sollte. Aber wahrscheinlich gab es zu dieser Zeit wenig blaublütige Männer, die die exaltierte, alle Konventionen ablehnende Luise länger als die Zeit der ersten Liebe ertragen hätten. Schon bald nach der Hochzeit mit Friedrich August wur-

den dem jungen Ehemann die Eskapaden seiner schönen
Frau, die vom sächsischen Volk vor allem wegen ihrer
Schönheit begeistert umjubelt worden war, zu viel. Der
extravagante Lebensstil, den Luise trotz ihrer fünf Kinder
zu führen gewohnt war, rief am bigotten, erzkonservativen
Königshof in Dresden die Kritiker auf den Plan. Wo sie ging
und stand, wurde sie von den böswilligen Blicken der
Klatschtanten und Gerüchtemacher verfolgt und man hatte
nichts Eiligeres zu tun, als dem Schwiegervater, dem die
freizügige Art seiner Schwiegertochter ohnehin von Anfang
an nicht zugesagt hatte, jedes kleinste Detail ihres Lebenswandels zu berichten, ob es sich dabei um einen Stadtspa-
ziergang mit den Kindern handelte oder gar um eine Rad-
partie, die man gegen Ende des 19. Jahrhunderts natürlich
als besonders »shocking« für eine Dame ansah. Übte der
Vater Friedrich Augusts Prinz Georg anfänglich noch
zurückhaltend Kritik an den »seltsamen« Vergnügungen
Luises, so veränderte er sein Verhalten ihr gegenüber in dem
Moment, als er den sächsischen Thron bestieg. Er war nicht
mehr gewillt, das nicht standesgemäße Verhalten seiner
Schwiegertochter hinzunehmen. Hausarrest war die Strafe,
die er sich für Luise ausgedacht hatte. Er konnte all seine
Strafmaßnahmen gegen die junge Frau durchsetzen, da der
eigene Sohn wenig Interesse daran zeigte, sich hinter seine
Gemahlin zu stellen. Die Jagd nahm Friedrich August allzu
sehr in Beschlag, alles andere um ihn herum war ihm im
Wesentlichen gleichgültig, wahrscheinlich auch der eheliche
Kontakt mit seiner immer noch schönen Gattin. Aber es gab
genügend Kavaliere, die ihr nicht nur ihre Verehrung entgegenbrachten. Besonders feurig zeigte sich der belgische
Sprachlehrer ihrer Kinder André Giron. Und da Luise einerseits am starren sächsischen Hof jegliche menschliche
Wärme vermisste und andererseits auch kein Herz aus Stein

hatte, gewährte sie dem charmanten Belgier ihre besondere Gunst, was natürlich bei Hofe keineswegs verborgen blieb. Der erzürnte Schwiegervater – nicht der Ehemann – zeigte der jungen Frau für die Zukunft zwei Wege auf: den ins Kloster oder den in eine Irrenanstalt! Luise ließ es nicht so weit kommen, dass man sie irgendwohin zwangsverschleppte. Sie floh trotz ihres schwangeren Zustandes zu ihrem Bruder Leopold Ferdinand, nachdem sie vergeblich versucht hatte, in Salzburg bei ihrem Vater Verständnis für ihre Situation zu finden. Aber auch der Bruder hatte ungeheure persönliche Probleme, hatte er sich doch unsterblich in die Professorentochter Wilhelmine Adamovic verliebt, eine Liaison, die der Kaiser niemals billigen würde. Luise, die fürchten musste, jederzeit von den Häschern ihres Schwiegervaters aufgegriffen zu werden, überredete den Bruder, mit ihr in die Schweiz zu fliehen, denn in diesem Lande durften keine ausländischen Polizeikräfte tätig werden. Sie hatte gut daran getan, denn König Georg beauftragte tatsächlich Geheimagenten, die unbotmäßige Frau seines Sohnes, wenn es sein musste, mit Gewalt zurückzubringen.

Kaum hatte sich die Flucht der Kronprinzessin von Sachsen herumgesprochen, an deren Seite Giron erkannt worden war, nahm die internationale Presse diese amouröse Skandalgeschichte begeistert auf. Und da Luise in Sachsen nach wie vor äußerst beliebt war, kam es regelrecht zu Protestkundgebungen gegen das Königshaus, sodass ihr Mann nicht umhin konnte, ihr brieflich das Angebot zu machen, zu ihm zurückzukehren. Luise kam nie in Besitz dieses Schreibens, die Handlanger des Königs hatten es längst vernichtet.

Es war für Giron ein unruhiges Leben an der Seite der dynamischen jungen Frau, der die Nerven hin und wieder einen Streich spielten, vor allem, als sie finanzielle Sorgen zu bedrücken begannen. Aber solange ihr Ehemann lebte, schien das Problem gelöst zu sein, denn wenn Friedrich August sie auch nicht mehr liebte, so erkannte er doch das Kind, das sie in Lindau zur Welt brachte, als seine Tochter an und garantierte daraufhin seiner Gemahlin, obwohl sie die Scheidung eingereicht hatte, lebenslang eine beachtliche Apanage. Dafür forderte er aber, dass seine Tochter mit den anderen Kindern am sächsischen Hof erzogen werden sollte, ein Ansinnen, das Luise niemals erfüllen wollte. Nachdem sie sich von Giron getrennt hatte, war sie nämlich nach Italien gezogen, um im Land ihrer Sehnsucht ein Leben nach ihrer Facon zu führen. Aber auch dorthin verfolgten sie die sächsischen Späher, denn Luise hatte eingewilligt, dass ihre kleine Tochter von einer Kinderfrau aus Sachsen betreut wurde, die allerdings schon nach kurzer Zeit versuchte, Monika zu entführen. Auch die zweite Nurse, die aus Dresden kam, hatte die gleichen Absichten. Als Luise dies erkannte, mobilisierte sie ihr Dienstpersonal, wobei der Koch sogar mit der Waffe in der Hand das Kind verteidigte. Trotz all ihrer Widerstände verhinderte Luise schließlich nicht, dass Monika zu ihren Geschwistern nach Sachsen kam, das großzügige finanzielle Angebot ihres ehemaligen Gatten war doch zu verlockend für sie!

Das unstete Leben, das Luise gewohnt war zu führen, änderte sich auch nicht, als sie den um 13 Jahre jüngeren Komponisten Enrico Toselli 1906 in Florenz kennenlernte, der durch eine einzige Serenade Weltberühmtheit erlangt hatte. Toselli war von der immer noch schönen Frau so hingerissen, dass er ihr in London das Ja-Wort gab. Das Leben mit Luise gestaltete sich für Toselli, der nach wie vor seine künstlerische Tätigkeit ausübte, zu einem einzigen Theater. Ruhelos wie sie war, mietete sie nur für kurze Zeit riesige

Wohnungen, um sie auf groteske Weise einzurichten und im nächsten Moment wieder zu verlassen. Ein konsequentes Arbeiten war für Toselli nicht mehr möglich, er erfüllte die Wünsche seiner exaltierten Gemahlin immer widerwilliger, sodass es schließlich zum Bruch zwischen beiden kam, obwohl aus dieser Verbindung ein Sohn stammte, der bei seinem Vater blieb. Luise zog nach der Scheidung zu ihrem schrulligen Onkel Ludwig Salvator nach Mallorca und nahm den Namen Antoinette Maria Comptesse d'Ysette an. Aber auch auf der Blumeninsel hielt es sie nicht lange, sie ging nach Brüssel, wo sie im Vorort Ixelles jahrelang ein sorgenfreies Leben führte, wobei sie freilich auf den einen oder anderen Liebhaber nicht verzichten wollte. Erst nach dem Einmarsch der Deutschen im Zweiten Weltkrieg versiegten alle Unterstützungsgelder, sodass die Comtesse plötzlich völlig mittellos dastand und manchmal nicht wusste, wie sie ihren Hunger stillen sollte. Verarmt und vergessen starb die einstige Kronprinzessin von Sachsen im Jahre 1947. Erst Jahre später wurde die Urne auf Umwegen im Familiengrab in Sigmaringen beigesetzt.

# Das »ungarische Kind« war für Sisi »die Einzige«

*Sicherlich war die Enttäuschung der österreichischen Kaiserin groß, als die kleine Tochter Marie Valerie in der Wiege lag, denn Elisabeth wollte dem ungarischen Volk einen Sohn, einen König schenken.*

Aus diesem romatischen Wunsch heraus war Sisi bereit gewesen, nach der feierlichen Krönung zur Königin von Ungarn im Jahre 1867 die ehelichen Beziehungen, die seit geraumer Zeit abgekühlt waren, wieder aufzunehmen. Sie wollte das Kind, das sie schon bald erwartete, nicht mehr in Wien zur Welt bringen und blieb deshalb, als der Zeitpunkt der Entbindung nahte, in Budapest. Natürlich nahmen es die Wiener der Kaiserin übel, dass sie so große Sympathien für die Magyaren entwickelt hatte und es ihr nicht nur gelungen war, Franz Joseph zu einem Ausgleich mit Ungarn zu überreden, sondern dass jetzt auch noch das Kaiserkind in der ungarischen Hauptstadt zur Welt kommen sollte. Gerüchte über eine intensive Beziehung Sisis zu dem feschen Grafen Gyula Andrássy waren schnell in Umlauf gebracht, vielleicht war er sogar der Vater des zu erwartenden Kindes? Die üblen Vermutungen kamen selbst der kleinen Marie Valerie zu Ohren, weshalb sie, solange sie denken konnte, den Bewunderer ihrer Mutter absolut unsympathisch fand. Sie begann alles Ungarische abzulehnen, von der Sprache angefangen bis zu den Menschen. Elisabeth übertrieb nämlich ihre Einstellung zu Ungarn auch ihrer Tochter gegenüber, das Kind musste, sobald es zu sprechen begann, nicht nur Deutsch, sondern gleichzeitig Ungarisch lernen, denn die Mutter sprach am liebsten mit ihr in dieser Sprache.

So wie sich Sisi meistens im Leben verhielt, fand sie auch Marie Valerie gegenüber kein Maß und kein Ziel. Sie überschüttete »ihre Einzige«, wie sie die Tochter nannte, mit übergroßer Mutterliebe und Fürsorge, etwas, was die beiden anderen Kinder Gisela und Rudolf niemals gekannt und während ihrer Kinderzeit schmerzlich vermisst hatten. Nicht nur, dass sie die Mutter höchst selten zu Gesicht bekommen hatten, Elisabeth verhielt sich ihren beiden älteren Kindern gegenüber derart zurückhaltend, dass vor allem Rudolf ein Gefühl der Eifersucht auf die jüngste Schwester nicht unterdrücken konnte. Selbst als erwachsener und verheirateter Mann konnte er es der Schwester nicht verzeihen, dass sie ihm und Gisela die Liebe der Mutter gestohlen hatte, etwas, wofür das junge Mädchen am allerwenigsten konnte. Denn schon von Kindesbeinen an war dem »ungarischen Kind«, wie Sisi die Tochter liebevoll nannte, die enge Bindung der exzentrischen Mutter an sie eher unangenehm, sie fühlte sich viel mehr zu dem nüchternen Vater hingezogen, obwohl Elisabeth ihr alles erlaubte, was nur irgendwie möglich war. Von klein auf erklärte sie Marie Valerie, dass sie später einmal, wenn sie sich in einen Mann verliebte, nicht auf seinen Stand schauen müsste, sie könnte einem Rauchfangkehrer genauso die Hand fürs Leben reichen wie einem standesgemäßen Prinzen.

Als heranwachsender »Backfisch« begleitete Marie Valerie die Mutter immer öfter auf ihren Reisen, besonders gerne hielt sie sich in Possenhofen bei der Großmutter auf, wo ihre Freundin Amelie, die Tochter ihres Onkels Carl Theodor, lebte. Die beiden Mädchen verstanden einander so gut, dass

Marie Valerie Amelie anvertraute, dass sie sich in einen Flügeladjutanten namens Plönnies verliebt hätte. Aus dieser Verliebtheit wurde aber keineswegs ein Drama im Kaiserhaus, denn die ersten romantischen Gefühle waren rasch verflogen, als Marie Valerie merkte, dass auch andere junge Männer ihr den Hof zu machen begannen, wie der 24-jährige Ferdinand von Coburg, den die Kaisertochter wohl als ernsten jungen Mann schätzte, der aber nicht zu ihrer großen Liebe werden sollte. Marie Valerie hatte zwar nicht die Schönheit ihrer Mutter geerbt, dennoch entwickelte sie sich zu einem hübschen Mädchen, das vor allem als Tochter des Kaisers als begehrte Partie auf dem Heiratsmarkt galt. Vor allem dem König von Sachsen wäre sie für seinen Sohn eine willkommene Gemahlin gewesen, sodass er Friedrich August nach Wien schickte, damit die beiden jungen Leute in Kontakt kommen sollten. Aber auch dieser Anwärter auf die Hand »der Einzigen« kehrte ohne kaiserliche Braut nach Sachsen zurück, er tröstete sich schließlich mit der toskanischen Prinzessin Luise. Marie Valeries Herz schlug schon heftiger beim Anblick eines feschen Hoch- und Deutschmeisters, aber sie war ganz die Tochter ihres Vaters und wusste genau, was sie tat, denn die Standesunterschiede waren so gewaltig, dass zumindest große Unruhe in der Kaiserfamilie nicht ausbleiben konnte.

Ihre Schwester Gisela, mit der sie sich ein Leben lang bestens verstand, begann in München ebenfalls auf Bräutigamschau für die kleine Schwester zu gehen. Aber auch sie traf mit ihren Vorschlägen keineswegs den Geschmack der Schwester, Marie Valerie vertraute nämlich am Fronleichnamstag 1886 ihrem Tagebuch folgende Zeilen an: »Schon lange ist es Giselas innigster Wunsch, Alfons und mich bekannt zu machen … um mich in ihrer Nähe zu haben … Ich hatte das Gefühl, von Alfons angeschaut zu werden, wie eine Kuh auf dem Viehmarkt.« Auch die Kaiserin äußerte sich absolut negativ über den Prinzen, der die ironische Art Elisabeths mit seinem simplen Gemüt nicht durchschaut hatte, als sie ihn auf Herz und Nieren prüfte.

Aber endlich kam der Richtige: Franz Salvator, Erzherzog von Österreich-Toskana, den auch die Mutter voll und ganz akzeptierte, sodass sie schützend ihre Hand über das Liebespaar hielt. Auf diese Weise konnte Marie Valerie das erleben, was anderen Habsburgerprinzessinnen nur ganz selten vom Schicksal vergönnt gewesen war: Sie hatte die Möglichkeit, ihren Bräutigam wirklich kennenzulernen, mit ihm romantisch lauschige Stunden der Verliebtheit zu verbringen und war sich sicher, dem Richtigen am 31. Juli 1890 ihr Ja-Wort zu geben. Auch der Kaiser akzeptierte den Schwiegersohn, nachdem seine Tochter den vorgeschriebenen Renuntiationseid, die Verzichtserklärung auf den Habsburger-Thron, geleistet hatte.

Der toskanische Erzherzog konnte allerdings der Kaisertochter nicht das gewohnte Leben inmitten einer großen Dienerschaft bieten, das junge Paar verbrachte die ersten Ehejahre auf Schloss Lichtenegg bei Wels, wo Marie Valerie vor allem ihre Kammerfrau vermisste und darauf warten musste, dass ihr der eigene Ehemann das Mieder zuschnürte. Aber wo ein Wille, da ein Weg! Marie Valerie gewöhnte sich allmählich daran, auch mit einfachen Leuten Konversation zu machen, etwas, was sie in ihrem bisherigen Leben niemals getan hatte. Sie kümmerte sich aber nicht nur um ihre ständig wachsende Familie, im Laufe der Jahre sollte sie zehn Kindern das Leben schenken, sondern sie besuchte auch die Eltern und ihre Schwester Gisela in München. Natürlich galt ihre ganze Sorgen nach dem schrecklichen Mord an ihrer Mutter ihrem gebrochenen Vater, der mehr und mehr die häusliche Atmosphäre in den Familien seiner

Töchter schätzte, etwas, was er niemals selber an der Seite seiner ruhelosen Frau erlebt hatte.

Der Erste Weltkrieg sollte auch für die Familie der Kaisertochter eine einschneidende Wende bedeuten. Marie Valerie, die mit ihren Kindern und dem Gemahl schon seit geraumer Zeit auf Schloss Wallsee wohnte, wurde zur Wohltäterin in der ganzen Gegend. Ihre Enkelin Marie Boniface erinnerte sich noch nach Jahren, dass die Großmutter half, wo sie konnte, und oft mit einem Henkelkorb voller Lebensmittel die Armen und Bedürftigen im Ort versorgte. Aber auch Franz Salvator, der in besseren Zeiten schnelle Autos liebte, machte als Helfer in dieser Zeit der Not als Generalinspektor der freiwilligen Sanitätspflege von sich reden, sodass ihm die Universität Innsbruck für seine Verdienste das Ehrendoktorat für Medizin verlieh.

So sehr sich Marie Valerie um ihre Mitmenschen kümmerte und ihre Leiden linderte, so wenig konnte sie für ihre eigene Gesundheit tun. Mit nur 56 Jahren konstatierten die Ärzte Lymphdrüsenkrebs, sie war unrettbar verloren. Als sie im September 1924 in Sindelburg zu Grabe getragen wurde, folgten ihrem Sarg 40 000 Menschen, die um den »Engel von Wallsee« trauerten!

# Mit dem Mord an der Kaiserin von Österreich wollte Luigi Lucheni ein Zeichen setzen

*Als nach dem 10. September 1898 die Nachricht wie ein Lauffeuer um die Welt ging, dass die Kaiserin von Österreich Elisabeth einem Attentat zum Opfer gefallen war, wusste niemand so recht, welche Gründe ihren Mörder Luigi Lucheni bewegt haben konnten, eine gealterte, politisch völlig unbedeutende Frau umzubringen.*

Das Schicksal hatte es mit Luigi Lucheni in keiner Weise gut gemeint. Irgendwo, irgendwann in Paris geboren, fand man durch Zufall das Findelkind und steckte es in ein Heim, wo es eher dahinvegetieren als leben konnte. Durch Zufall wurde der Knabe von einer italienischen Familie entdeckt, die das elternlose Kind nicht aus Barmherzigkeit aufnahm, sondern weil sie durch die wenigen Geldstücke, die der Staat für die Betreuung von Waisenkindern zur Verfügung stellte, sich ihr schmales Haushaltsgeld aufbessern konnte. Natürlich musste der Knabe schon früh schwer arbeiten, um sich so sein Essen zu verdienen; die paar Münzen, die er für seine Schufterei bekam, hatte er selbstverständlich der Pflegefamilie abzuliefern. Nur dann und wann durfte er eine Schule besuchen, man wollte auf seine Arbeitskraft nicht verzichten, weder der Pfarrer beim Glockenläuten noch beim Kirchenkehren und schon gar nicht der Steinmetz, der den schwächlichen Knaben die schweren Eisenbahnschwellen schleppen ließ.

Der einzige Lichtblick im Leben des jungen Luigi Lucheni war die Zeit, als er seinen dreijährigen Militärdienst abzuleisten hatte. Denn wenn ihn auch die Ausbildner aufgrund seines aufmüpfigen Wesens schikanierten, so bekam er in der Kaserne immerhin ordentliche Kleidung, ein Bett und regelmäßiges Essen. Nach den ersten Schwierigkeiten versah er den Dienst an der Waffe zur relativen Zufriedenheit seiner Vorgesetzten, sodass ihn der Prinz von Aragon nach dem Ende der Militärzeit als seinen Diener mit nach Palermo nahm. Jetzt hätte Lucheni endlich die Möglichkeit gehabt, Fuß zu fassen, um ein geregeltes Leben zu führen, noch dazu, wo er in der Familie des Prinzen gut aufgenommen worden war.

Aber der Charakter Luchenis ließ weder ein Gefühl der Dankbarkeit zu, noch war der junge Mann in der Lage, über längere Zeit hinweg einer ordentlichen Beschäftigung nachzugehen. Er sah alles um sich herum mit negativen Augen, selbst jede Wohltat, die ihm von seinem Herrn erwiesen wurde, war für ihn nur der Ausdruck einer verachtenden Herablassung. Sein Innerstes sträubte sich, nur irgendetwas Positives anzuerkennen, abgrundtiefer Hass auf Adel und Bourgeoisie war die Folge seiner Einstellung.

Es konnte nicht lange dauern, da streifte er angewidert seine Dienerkleidung ab und schlug sich bis Genua durch. Dort traf er mit gleichgesinnten Kumpanen zusammen, die ebenfalls Feinde der Monarchie, ja eigentlich Feinde jeder staatlichen Ordnung waren. Arbeits- und unterkunftslos wie man lebte, führte man endlose, hasserfüllte Tiraden gegen die Drohnen der Gesellschaft, gegen Kaiser und Könige, gegen alle Besitzenden auf dieser Erde. Schließlich reifte in Lucheni die Idee, zusammen mit einigen Gleichgesinnten über die Alpen in einen Schweizer Kanton zu ziehen, da sich dort angeblich Verdienstmöglichkeiten boten. Ohne Geld, mitten im Winter, die nackten Füße nur in Lumpen gewickelt, um auf den eisigen Wegen überhaupt gehen zu können, kam Lucheni bis Genf, wo er wie durch ein Wunder tatsächlich eine Anstellung fand. Und zugleich eine Unterkunft, in der er sogar, nachdem er sich zunächst mit anderen Junggesellen einen Raum geteilt hatte, nach einiger Zeit ein eigenes Zimmer bekam. Das erste Mal in seinem Leben konnte er den Schlüssel im Schloss umdrehen und war allein!

Und obwohl dies in seinem tristen Dasein einen Aufstieg bedeutete, gingen Lucheni ständig Gedanken durch den Kopf, wie man der Gesellschaft, die er nach wie vor als korrupt und verkommen bezeichnete, einen Spiegel vorhalten, wie er ein Zeichen setzen könnte, um die Welt auf die »untragbaren« Zustände aufmerksam zu machen. In Genf befand er sich in der richtigen Gesellschaft, denn hier hatten sich die Anarchisten von ganz Europa versammelt, um ihre krausen Gedanken nicht nur auszutauschen, sondern auch Umsturzpläne zu erörtern. Zwar war selbst manchem Revolutionär der düstere, mürrische Italiener etwas suspekt, der nicht nur die Genfer Zeitungen las, sondern sich auch italienische Journale kommen ließ und sich eher absentierte als mitdiskutierte. Denn allmählich war in Lucheni der Plan gereift, einen bedeutenden Menschen, der im Lichte der Öffentlichkeit stand, zu töten, um allgemeine Aufmerksamkeit zu erregen. Zunächst hatte er an Umberto, den italienischen König, gedacht, hatte aber dann von dieser Idee Abstand genommen, da ihm das nötige Kleingeld fehlte, um nach Rom reisen zu können. Als er hörte, dass der Herzog von Orleans in Genf eintreffen werde, hatte er diesen Adeligen aufs Korn genommen. Im letzten Moment aber hatte der Herzog seinen Aufenthalt abgesagt, sodass eigentlich für Lucheni nur die Kaiserin von Österreich übrig geblieben war, die unter dem Pseudonym einer Gräfin von Hohenembs im Hotel Beau Rivage abgestiegen war. Durch eine Indiskretion der Presse hatte Lucheni von der Anwesenheit der Kaiserin erfahren und sich sofort aufgemacht, ein geeignetes Mordwerkzeug zu erstehen. Da ihm zu einem Revolver die nötigen Mittel fehlten, dachte er zuerst an einen Dolch, den er in Vevey erstehen wollte. Ein 18-jähriger Grafiker namens Posio begleitete ihn zufällig auf der Fahrt dorthin. Auf die erstaunte Frage Posios, weshalb Lucheni Ausschau nach einem Dolch hielte, bekam er zur Antwort, der Italiener benötige ihn zum Selbstschutz. Später, als Lucheni als Mörder in Genf vor Gericht stand, wurde auch Posio als eventueller Komplize geladen. Als aber die Richter seine Rechtfertigung, warum er nicht die Polizei informiert hätte, hörten, ließen sie ihn laufen, denn Posio argumentierte: »Was wäre wohl passiert, wenn ich der Polizei gesagt hätte: Hier ist ein Mann, der sich einen Dolch kaufen möchte, aber nicht das Geld dafür hat. Mit dem Dolch, den er nicht besitzt, will er jemanden umbringen, ich weiß nur nicht, wen!«

Lediglich eine Feile konnte Lucheni für die paar Münzen, die er besaß, erstehen. Aber sie genügte. Sie war auf drei Seiten geschliffen und gerade so lang, dass sie bei einem präzisen Stich mitten ins Herz treffen konnte. Lucheni fand in Martinelli, einem Bekannten, einen geschickten Mann, der an die Feile einen festen Griff anbrachte. So lag das Mordinstrument Lucheni gut in der Hand.

Luigi Lucheni hatte Kaiserin Elisabeth ein einziges Mal ganz kurz aus der Nähe in Budapest gesehen und hatte sich damals ihr Gesicht eingeprägt, da er überrascht war, wie das einstmals schöne Antlitz der Kaiserin, das überall abgebildet war, gealtert war. Jetzt aber, als er im Schutze eines mächtigen Baumes auf die Kaiserin lauerte, die mit ihrer Hofdame Irma Sztaray ahnungslos das Hotel verließ, musste er doch noch einmal Gewissheit haben. Deshalb rempelte er zuerst die Dame an, schob den Sonnenschirm beiseite, um ihr Gesicht zu sehen. Dann stieß er zu und traf die Kaiserin tatsächlich mitten ins Herz!

Im Nu waren nicht nur die beiden Damen umringt, auch den Rüpel, wie man zuerst vermutete, machte man sofort dingfest, bevor man die ganz Tragweite des Geschehens erkannte. Von der Genfer Polizei einvernommen, benahm sich Lucheni ob des feigen Mordes wie ein strahlender Held, der seine Tat in keiner Weise bereute. Er stellte den Antrag, in Luzern abgeurteilt zu werden, da es in diesem Kanton noch die Todesstrafe gab, denn er wollte wie ein Sieger das Schafott besteigen.

Aus aller Welt waren Glückwunschschreiben für Lucheni eingetroffen, aber da und dort wurden selbst in Anarchistenkreisen Stimmen laut, die den feigen Mord an einer alten Frau verurteilten.

Lucheni wurde zu lebenslanger Haft verurteilt und bereitete am 19. Oktober 1910 – vergessen von der Welt – seinem Leben ein Ende. Er erhängte sich in seiner Zelle an einem Gürtel, sein Kopf wurde abgetrennt und präpariert. Im Wiener Kriminalmuseum fand er in einem Panzerschrank die längste Zeit über seine letzte Ruhestätte.

# Eine wahrhaft seltsame Karriere: Der vertriebene Großherzog der Toskana wurde Bürgermeister in Schlackenwerth in Böhmen

*Es war Leopold, dem Enkel Kaiser Leopolds, der am 3. Oktober 1797 in der Toskana das Licht der Welt erblickte, sicherlich nicht in der Wiege vorherbestimmt, dass er einmal beinah Hals über Kopf Florenz verlassen würde, um in Böhmen eine neue Bleibe zu finden.*

Zwar machten sich in den anderen italienischen Gebieten schon seit längerer Zeit Tendenzen bemerkbar, die ein einheitliches Königreich Italien forderten, aber die habsburgischen Großherzöge in der Toskana schien das alles nicht zu betreffen. Sie regierten das Land seit 1737 in vorbildlicher Weise und hatten einen blühenden Staat geschaffen, der als mustergültig in Italien angesehen werden konnte. Auch der junge Leopold wurde auf seine zukünftige Aufgabe bestens vorbereitet und als er nach dem frühen Tod seines Vaters Ferdinand III. mit 27 Jahren Großherzog wurde, konnte man sicher sein, dass er durch die Maßnahmen, die er einführen ließ, die Toskana in eine moderne Zeit führen würde. Wo er nur konnte, kümmerte sich Leopold um die Verbesserung der Situation der Bevölkerung, ließ sumpfige Gebiete entwässern, um so neuen Boden für Betriebsansiedlungen zu schaffen, denn er hatte per Gesetz die Gewerbefreiheit eingeführt. Der Ruf von den modernen Errungenschaften in der Toskana ging weit über die Grenzen des Landes hinaus, sodass der Engländer Cobden, der Begründer des Freihandels, anlässlich eines Banketts in einen begeisterten Toast auf Leopold II. ausbrach: »Ich bereise nunmehr seit acht Monaten fast alle Länder Südeuropas und muss bekennen, dass ich den Zustand des toskanischen Volkes vorzüglicher finde als jenen aller anderen von mir besuchten Völker.« So erfolgreich Leopold II. als Staatsmann war, so schien zunächst sein privates Leben von einer gewissen Tragik überschattet zu sein, als seine erste Gemahlin Maria Anna schon 1832 in jungen Jahren starb, nachdem sie drei Töchter zur Welt gebracht hatte.

Der Großherzog tröstete sich zwar überraschend schnell, denn schon ein gutes Jahr später heiratete er Maria Antonia von Neapel-Sizilien, die ihm die ersehnten Söhne schenkte, die für den Weiterbestand der Dynastie unerlässlich zu sein schienen. Dabei wurden die Unruhen in Italien immer stärker, sodass die Familie des Großherzogs den Entschluss fasste, sich in Sicherheit zu begeben, um sich nicht unnötigen Gefahren auszusetzen. Aber im Jahr 1849 kehrte der Großherzog mit seiner Gemahlin und der inzwischen angewachsenen Kinderschar überraschenderweise noch einmal nach Florenz zurück und wurde von der Bevölkerung frenetisch als Landesvater gefeiert. Die Harmonie im Staat, aber auch in der Familie war wiederhergestellt, denn mit seiner zweiten Gemahlin Maria Antonia hatte der um 17 Jahre ältere Großherzog eine Frau an seiner Seite, die mit ihm durch dick und dünn ging und die beinah all seine Interessen teilte. Durch ihr freundliches Wesen gewann sie im Nu die Herzen der Florentiner Bevölkerung, wenngleich ihre eigenen Kinder und vor allem ihre Enkel in der Nachschau ihre Eigenschaften nicht in besonders rosigem Lichte sahen. Denn die Eltern achteten streng auf Etikette, die stark an das spanische Hofzeremoniell erinnerte. Alles, was an einem

Tag zu erledigen war, war genau eingeteilt, angefangen vom frühen Wecken um Punkt fünf Uhr. Nachdem die Prinzen und Prinzessinnen sorgfältig Toilette gemacht hatten, wurden sie in zwei Reihen, auf der einen Seite die Buben auf der anderen die Mädchen, zum Vorzimmer der elterlichen Räume geführt, wo ein Kammerdiener die Ankunft der Kinder in aller Form meldete. Auf sein Klopfen hin wurden die Flügeltüren geöffnet und die Buben und Mädchen erhielten die Erlaubnis, eintreten zu dürfen, um dem Vater und der Mutter die Hand zu küssen. Danach wurde ein karges Frühstück serviert, das aus Kaffee, Butterbrot und Milch bestand und schweigend eingenommen wurde. Ohne ein Wort gesprochen zu haben, verschwanden die Söhne und Töchter mit den ausgewählten Lehrern, um sich ihren Studien zu widmen. Um zehn Uhr endlich wurde die Atmosphäre etwas lockerer, man schritt gemeinsam zur zweiten Mahlzeit und dann seufzten die Kinder wahrscheinlich erleichtert auf, denn jetzt durften sie in den Boboli-Gärten spielen.

Als die Kinder älter wurden und vor allem die Söhne Ludwig Salvator und Johann Salvator von sich reden machten, kursierten die seltsamsten Gerüchte über Einladungen im Hause des Großherzogs. Eine Enkelin, Luise von Toskana, die Kronprinzessin von Sachsen, äußerte sich in beinahe boshafter Weise über ihre Großmutter: »Meine Großmutter Marie Antoinette hatte zehn Kinder, wovon mein Vater (Ferdinand IV.) der älteste ist. Ich erinnere mich wohl ihrer… Sie war steif und kalt, von unnahbarer Etikette und eine bigotte Katholikin… Trotzdem war sie geistvoll. Ich erinnere mich wohl unserer Angst, wenn wir sie besuchen mussten, und da sie sehr geizig war, bekamen wir fast nicht zu essen.«

Auch Leopold Wölfling, der aus dem Kaiserhaus ausgeschieden war, beschrieb die Großmutter in ähnlicher Weise:

»Sie lebte höchst einfach, und ihre Mahlzeiten hätten kaum einem Vögelchen genügt.«

Als im Jahr 1859 endgültig die Alarmglocken der Revolution schrillten, wurde die Situation auch für den Großherzog trotz seiner Verdienste, die er um die Toskana erworben hatte, brenzlig. Denn ausgerechnet der Mann, sein Neffe, den Leopold als zweijähriges Kind aus den Flammen gerettet hatte, war jetzt die Ursache, dass der Großherzog mit seiner Familie fliehen musste. Man wollte diesen Viktor Emanuel zum König von Italien machen!

Völlig unvorbereitet, nur mit dem Allernötigsten versehen, floh die Familie des Großherzogs aus Florenz, nicht einmal die Leibwäsche der Kinder war mit im spärlichen Gepäck. Auf unrühmliche Weise verließen die Habsburger, die zum Wohle des Landes über hundert Jahre hier regiert hatten, die Toskana, sie machten einem einheitlichen Italien Platz.

Nicht zu Ende allerdings war das politische Wirken Leopolds, denn in der neuen Heimat auf Schloss Brandeis und in der kleinen Stadt Schlackenwerth in Böhmen brachte man dem unauffälligen und doch so würdigen Herrn bald nicht nur den nötigen Respekt, sondern auch große Achtung entgegen. Obwohl er sehr zurückgezogen lebte, trat die Bevölkerung von Schlackenwerth mit einem seltsamen Vorschlag an ihn heran: Man wollte ihn zum Bürgermeister wählen. »Und der gute Fürst verschmähte es nicht, ihrem Wunsche nachzukommen, er nahm das ihm angebotene Amt an und versah es gewissenhaft, überhäufte die Stadt mit Wohltaten.« Wie in einer Stadtgeschichte vermerkt wurde. In seiner erfahrenen Art erkannte der neue Bürgermeister sofort, wo Not am Mann war, er ließ die herabgekommene Stadt an allen Ecken und Enden verschönern und veranlasste vor allem, dass das Gymnasium, das längst seine Pforten wegen Baufälligkeit geschlossen hatte, wieder eröffnet werden konnte, wobei er verfügte, dass auch Kinder mittelloser Eltern diese höhere Schule besuchen sollten. Aber beinah vernichtete eine schreckliche Brandkatastrophe im Jahr 1866 alles, was Leopold mühevoll aufgebaut hatte. Als er, nachdem das Feuer gelöscht war, sah, welche Schäden entstanden waren, griff er großzügig in seine Privatschatulle und stopfte die ärgsten Löcher. Der einstige Großherzog war ein wahrer Wohltäter der kleinen Stadt, den es dennoch immer wieder nach Italien, seiner eigentlichen Heimat, zog. Als sich die politische Situation beruhigt hatte, unternahm er zusammen mit seiner Gemahlin im November 1869 eine Reise nach Rom, von der er nicht mehr lebend zurückkehren sollte. In der Nacht vom 27. auf den 28. November verstarb Leopold II., ehemaliger Großherzog der Toskana und Bürgermeister von Schlackenwerth, in den Armen seiner Gemahlin. Sein Leichnam wurde in die Toskanergruft nach Wien überführt, in eine Stadt, die ihm niemals eine Heimat gewesen war.

Maria Antonia zog sich nach dem Tod ihres Mannes an den Traunsee zurück, wo sie keineswegs ein einsames Leben führte und selbst im hohen Alter vor Reisen zu ihrem fernen Sohn Ludwig Salvator, der auf Mallorca lebte, nicht zurückschreckte. Am 7. November 1898 schloss sie die Augen für immer.

# Durch die Tragödie von Mayerling war ihr Ruf für immer ruiniert

*Ihre Beziehung zu Kronprinz Rudolf ist bis heute noch nicht geklärt. Nach seinem Tod fiel die Gräfin von Larisch-Moennich von heute auf morgen beim Kaiserhaus in Ungnade, obwohl sie sich mit allen Mitteln von jeglicher Schuld frei zu waschen versuchte.*

Schon über ihrer Wiege hingen tiefe Wolken, denn es war keineswegs sicher, dass Herzog Ludwig in Bayern, der älteste Bruder der österreichischen Kaiserin, ihre Mutter Henriette Mendel, eine Schauspielerin, auch heiraten würde. Liaisons und Techtelmechtel, die ihre Folgen hatten, waren in hochherrschaftlichen Kreisen absolut keine Seltenheit. Meistens blieben die jungen Mütter auf der Strecke und mussten froh sein, irgendeinen ehrbaren Bürger heiraten zu können. Aber Ludwig war ein Ehrenmann, der sich in die schöne Schauspielerin wirklich verliebt hatte und ihr zuliebe auf sein Erstgeburtsrecht verzichtete. Natürlich war die Eheschließung nur morganatisch möglich, sodass Marie, die Tochter, die 1858 geboren wurde, keinesfalls erbberechtigt sein würde.

Da der Vater sich eher einen Sohn als eine Tochter gewünscht hatte, erzog er Marie von klein auf wie einen Buben in völliger Freiheit. Sie ritt wie ein kleiner Teufel, scheute keine Gefahr und gewann auf diese Weise das Herz des Vaters, aber auch ihrer kaiserlichen Tante Elisabeth, die Marie 1869 kennenlernte. Das hübsche Mädchen gefiel ihr, sodass sie Marie nach Gödöllö auf ihr Schloss in Ungarn einlud, wo die attraktive Marie schon sehr bald von einer Schar von Verehrern umgeben war. Natürlich erkannte das Mädchen bald, welch großen Reiz ihre schöne Tante auf ihre Umgebung ausübte und begann, Sisi in jeder Hinsicht zu kopieren. Was sie als junger unerfahrener Mensch nicht wissen konnte, war, dass sie dadurch mehr und mehr in den verhängnisvollen Bannkreis ihrer Tante geriet, die sie immer um sich haben wollte.

Für die Eltern, vor allem für die nicht standesgemäße Mutter Henriette, die zwar als Baronin Wallersee geadelt worden war, kam es einer Auszeichnung gleich, dass ihre Tochter in so enger Beziehung zur Kaiserin von Österreich stand. Sisi würde für Marie eine hervorragende Partie arrangieren, dessen war sich Henriette sicher. Aber es sollte ganz anders kommen!

In weiten Hofkreisen war nicht nur die Intimität der beiden Frauen bekannt, man wusste auch, dass Marie ein ungewöhnlich kokettes Mädchen war, das wahrscheinlich so manchem Galan nicht nur schöne Augen gemacht hatte. Wie sehr sie mit ihrem Cousin Rudolf flirtete und wie auffordernd sie ihm ihre Reize anbot, darüber gibt es verschiedene Aussagen. Vielleicht sah sie in einer Liebesbeziehung mit Rudolf die große Chance, dereinst Kaiserin von Österreich zu werden. Aber obwohl Rudolf den Frauen selten abgeneigt war, schien es doch so, als hätte er nicht viel Sympathien für die aufdringliche Cousine übrig. Was natürlich nicht besagt, dass er nicht später ihre Dienste in Anspruch nahm.

Kaiserin Elisabeth suchte und fand einen passenden Ehemann für die Nichte in dem schlesischen Grafen Georg Larisch-Moennich, der keineswegs den Vorstellungen Maries entsprach. Aber das Wort der Tante galt. Am 20.

Oktober 1877 wurde diese unglückliche Ehe geschlossen, die von Anfang an zum Scheitern verurteilt war. Es war nicht nur der Ehemann, der Marie von Grund auf zuwider war, auch die eintönige Umgebung in Schlesien war alles andere, als was sie bisher gewohnt war. Die Kaiserin aber hatte ihr Ziel erreicht. Sie ernannte Marie zu ihrer Palastdame, Graf Georg zum Kämmerer, sodass sie Marie immer in ihrer Nähe haben konnte. Die junge Frau schrieb nicht nur die geheimen Gedichte Elisabeths ab, sie wurde nach und nach die Vertraute der Kaiserin, der Sisi ihre Gefühle offenbarte und der gegenüber sie sich über ihr Schicksal an der Seite Kaiser Franz Josephs beklagte.

Obwohl die Gräfin Larisch in den ersten beiden Jahren ihrer Ehe zwei Kinder zur Welt brachte, begleitete sie Kaiserin Elisabeth auf ihren Reisen und war auch Unterhalterin der jüngsten Kaisertochter Marie Valerie. Marie war glücklich, wenn sie zu ihrer Tante gerufen wurde, wurde ihr doch das Leben an der Seite Georgs immer unerträglicher, sodass sie sich schließlich einen Liebhaber zulegte, den feschen Henri Baltazzi, einen exzellenten Reiter, der aus einer eher undurchsichtigen Familie stammte und der ebenfalls in Pardubitz wohnte. Es war ein offenes Geheimnis, dass die beiden Kinder Marie Henriette und Georg Heinrich nicht von ihrem Ehemann stammten, der die Sprösslinge allerdings als seine eigenen anerkannte.

Die Gräfin begann ein aufwändiges Leben zu führen, stieg in Wien nur in den besten Hotels ab und gab das Geld mit vollen Händen aus. Das Beste war für sie als schöne Frau gerade gut genug, sie fragte nicht, woher es kam. Anfangs kam ihr Ehemann noch für ihre Schulden auf, doch dann sah Graf Larisch nicht mehr ein, warum er seine untreue Gemahlin unterstützen sollte. Marie sollte sich andere Geldgeber suchen. Von der Kaiserin konnte sie keine Hilfe erwarten, daher wandte sie sich an ihren Cousin Rudolf und an ihren Liebhaber Baltazzi. Beide überwiesen ihr immer wieder große Summen, als aber Rudolf selber bei Baron Rothschild Kredite aufnehmen musste, versiegte diese Geldquelle. Durch Henri Baltazzi lernte die Gräfin Larisch die Familie Vetsera kennen, die nicht im allerbesten Ruf in Wien stand. Denn beide Damen Vetsera, die Mutter Helene und später die Tochter Mary, hatten ein Verhältnis mit Kronprinz Rudolf, das nicht verborgen geblieben war. Als der 16-jährige Backfisch Mary sich Hals über Kopf in Rudolf verliebte, durfte die Mutter selbstverständlich von der Affäre ihrer Tochter nichts wissen. Wohl aber war Marie Larisch in die Sache eingeweiht und verhalf Mary und ihrem Cousin Rudolf zu so manchem Schäferstündchen. Auch am letzten Tag, an dem der Kronprinz noch in Wien gesichtet worden war, war es Marie Larisch, die mit Mary zusammen zur Hofburg gefahren war. Ob Rudolf der Cousine damals wieder einmal eine größere Geldsumme als Botenlohn in die Hand gedrückt hatte, ist nicht gewiss.

Wenige Stunden nach dem letzten Zusammensein mit Marie Larisch war Mary Vetsera tot. Über das Kaiserpaar war durch den Tod des einzigen Sohnes eine Katastrophe hereingebrochen. Niemand wusste eigentlich Genaueres, eines aber stand für Elisabeth fest: Marie Larisch hatte ihre Hände mit in diesem traurigen Spiel gehabt! Niemals wieder in ihrem Leben wollte sie die Nichte sehen, Marie war als Sündenbock in der gesamten Monarchie verfemt. Bis heute weiß man nichts wirklich Konkretes über das geheimnisvolle Kästchen, das der Kronprinz angeblich Marie anvertraut hatte, durch dessen Inhalt das Geheimnis von Mayerling gelüftet werden könnte.

1896 ließ sich auch Maries Ehemann Georg von ihr scheiden, sodass sie sich bar aller Mittel nach Bayern zurückzog. Als aktive Frau ersann sie Mittel und Wege zu Geld zu kommen. Die einfachste Art war, die kaiserliche Familie zu erpressen, indem sie drohte, Intimitäten, die ihr Elisabeth anvertraut hatte, der Öffentlichkeit preiszugeben. Der Kaiser zahlte viel an die unliebsame Nichte!

Natürlich blieb die immer noch hübsche Frau am Tegernsee nicht allein. 1897 heiratete sie den Opernsänger Otto Brucks, aber auch diese Ehe brachte ihr nicht das große Glück. Ruhelos suchte Marie irgendeine Beschäftigung und kam auf die Idee, ihre Memoiren unter dem Titel » My Past« zu veröffentlichen. Das Buch brachte nicht den erhofften finanziellen Erfolg, denn wer war schließlich knapp vor dem Ersten Weltkrieg an Tratschereien aus dem Kaiserhaus interessiert. Nachdem ihr Mann an Leberzirrhose 1914 gestorben war, verdingte sich die ehemalige Gräfin Larisch als Rotkreuzschwester an der Westfront.

Nach dem Krieg bekam sie das Angebot, einen Film über Kaiserin Elisabeth zu machen, in dem sie sich selber spielen konnte. Da sie immer noch von finanziellen Nöten geplagt war, nahm sie den Antrag eines amerikanischen Farmers 1924 an, den sie heiratete, nicht wissend, dass dieser Henry Meyers ein brutaler Hochstapler war, der sie körperlich misshandelte. Zwei Jahre später verließ sie ihn und arbeitete in New Jersey als Putzfrau. Erst 1929 kehrte sie nach Augsburg zurück, völlig verarmt und stets darauf bedacht, ihren ruinierten Ruf irgendwie wiederherzustellen, was ihr nicht mehr gelang. In einem Altenheim in Augsburg starb die ehemalige Gräfin Larisch am 4. Juli 1940. Was sie nicht wusste, war, dass sie schon längere Zeit von der Gestapo überwacht wurde!

Besuchen Sie uns im Internet unter
www.amalthea.at

1. Auflage November 2009
Durch das Kapitel »Süleymans sonderbares Geschenk oder Der goldene Apfel«
ergänzte 2. Auflage. Jänner 2010

© 2009 by Amalthea Signum Verlag, Wien
Alle Rechte vorbehalten
Schutzumschlaggestaltung: Kurt Hamtil, verlagsbüro wien
Umschlagabbildung: Albrecht Dürer, Maximilian I.,
Gemälde, 1519, IMAGNO/Austrian Archives
Herstellung: studio e, Josef Embacher
Gesetzt aus der 12/14,5 pt Caslon
Gedruckt in der EU

ISBN 978-3-85002-704-5